COLLECTION
FOLIO/ESSAIS

Jean Sulivan

Itinéraire spirituel

MATINALES I

Gallimard

Jean Sulivan est né en 1913 à Montauban-de-Bretagne, dans l'Ille-et-Vilaine. D'origine paysanne, il est entré au séminaire et est devenu prêtre. Il a obtenu une licence de philosophie. De 1946 à 1949, il est aumônier des étudiants. Plus tard, il se consacre à l'écriture et anime un cinéma d'art et d'essai. Il voyage en Inde, au Moyen-Orient, en Afrique, aux États-Unis. En 1964, il reçoit le Grand Prix catholique de littérature pour *Mais il y a la mer*, ainsi que le prix de l'académie de Bretagne. Il meurt en 1980, des suites d'un accident.

Jean Sulivan, dans son œuvre, a cherché tout le contraire du confort intellectuel. « Je dis ma vérité et je prie pour qu'elle rejoigne la Vérité. »

Jean [illegible] 1913 [illegible] Bretagne, dans l'Ille-et-Vilaine, [illegible] paysans. Il est [illegible] [illegible] Rennes [illegible] [illegible] ans. De [illegible] à 19[illegible] [illegible] de [illegible] [illegible] [illegible] [illegible] [illegible] [illegible] [illegible] [illegible] en 1958 [illegible] [illegible] [illegible] [illegible] ainsi que [illegible] de [illegible] [illegible] [illegible] en 1980 des suites d'un accident.

Jean Sulivan [illegible] le contraire du conformisme [illegible] de Vérité [illegible] pour [illegible]

Ces points fixes où l'on reprend haleine, et que les marins appelaient jadis atterrages ne sont les mêmes pour personne, et cependant sont communs à tous. Chacun y reconnaît quelque chose d'essentiel, mais aussi de fraternel.

DOMINIQUE AURY
Lectures pour tous.

Thomas qui n'était pas au Cénacle tout à l'heure approcha tardif, dense, livré au deuil mais non pas au désespoir. Haïr les illusions lui fortifiait le corps et lui réjouissait le cœur.

JEAN GROSJEAN
Le Messie.

PAROLE

Ce doit être mère qui m'a transmis l'héritage, elle qui n'avait rien d'autre à laisser, comme ses parents lui avaient transmis. Je sais que dans sa maison, chaque soir d'hiver, le père lisait à haute voix l'Ancien et le Nouveau Testament, et les chiens même se tenaient immobiles. Maintenant la télévision règne. Des hommes d'Église, l'air humble et contrit, y paraissent quelquefois, ou quelque vulgarisateur de service, ex-prophète qui cause psychanalyse, sexualité, morale, éducation, à la n'importe. Depuis longtemps nous sommes entrés au désert de l'âme. Et les guides patentés l'élargissent avec des idées, théories, débats au théâtre mondain et religieux.

Mère savait par cœur l'histoire d'Abraham, Moïse, Ruth, Tobie, les psaumes, chaque parabole, les imprécations du chapitre XXIII de Matthieu.

Ce doit être ma mère.

« De tout ce qui est écrit, je n'aime que ce que l'on écrit avec son sang. Écris avec du sang et tu apprendras que le sang est esprit... Je hais tous les paresseux qui lisent... Celui qui écrit en maximes avec son sang ne veut pas être lu mais appris par cœur. »

Nous étions pauvres comme les paysans des Indes ou de Palestine, et joyeux parce que nous faisions partie. Il n'y avait pas encore de honte à être pauvre. Les mille piqûres du désir et de la vanité nous étaient étrangères. Maintenant il n'y a que des pauvres qui n'ont pas encore réussi à être riches. Mère, chaque dimanche, après vêpres, marchait seule autour des champs de *notre maître*, en égrenant le chapelet, regardait les turgescences du printemps, les moissons blanchir, la nudité de l'hiver.

L'Évangile est issu d'un monde de paysans et de marins. Jésus est le Rabbi dont la parole est traversée d'images d'arbres, d'eau, de moissons, de troupeaux, de bergers et de vagabonds... Comme s'il y avait connivence entre la terre, ce qui pousse sur elle et l'invisible. Je sens bien ce qu'il y a d'inactuel et de rétrograde dans ces pensées, après Bultmann et Levinas. Qu'importe ! Je crois aussi à la nécessité du déracinement. Mais sans doute faut-il avoir été enraciné d'abord, avoir senti battre le cœur de la terre. Il me semble que beaucoup de Maîtres à penser de ce temps parlent de partout, de nulle part... Les mendiants passaient chez nous, dormaient dans notre foin, après avoir déposé leurs allumettes sur la table, nous savions leurs noms et ce que c'était que donner un morceau de pain, un verre de lait, une bolée. Ils faisaient partie de nous.

Il est évident que Jésus vit aux profondeurs de la non-dualité, c'est-à-dire là où Dieu, autrui, nous-mêmes ne forment qu'une seule réalité. Ceci est mon corps, ceci est mon sang.

ADIEU LA NOSTALGIE

Cependant j'ai quitté, avec enthousiasme, le monde des villages pour la grande ville, comme le premier imbécile venu, parce qu'il n'y avait plus de place pour moi. Je ne le regrette pas. Adieu la nostalgie. Y régnaient avec d'admirables vertus, le formalisme, la suspicion et le refoulement. Qu'on cesse de tant parler de l'anonymat des villes, de l'incessante mobilité. Nous ne connaissons pas nos voisins de palier, et après ? Vive la liberté. Fin de l'hypocrisie. On rencontre dans les villes qui l'on choisit, des rencontres plus vraies, brèves comme la vie.

Il est vrai que les grandes villes furent maudites. La Bible le dit tout au long. Condamné à l'errance sans fin, Caïn a inventé la ville comme un substitut de l'Éden. Caïn et sa postérité. C'est pourquoi les villes sont maudites. Babylone et Ninive comme les cités du bord du lac. Jérusalem elle-même. Car elles sont liées à l'avidité sans borne, à la puissance, c'est-à-dire à la guerre. Aussi tôt ou tard périssent-elles par les armes et le feu. Mais finalement Dieu accepte le projet humain. La ville, tout comme Jérusalem, devient image et promesse de la Cité sainte de l'Apocalypse, qui « n'a nul besoin que brillent le soleil ni la lune, car la gloire de Dieu l'a illuminée ».

Au milieu du béton, nous autres, nous portons en nous notre village, telle une blessure joyeuse, et la parole primordiale comme un ferment. Nous sommes des combattants secrets, des espions du double jeu, parfois des traîtres en apparence. Que d'autres brandissent l'âme comme un drapeau.

JE M'ÉTAIS PERDU DANS LA FORÊT BLANCHE DES IDÉES

Mère savait par cœur les paroles qu'elle disait dans un balancement léger. Je regardais ses yeux, ses lèvres, ses gestes, j'entendais son souffle.

> Voyez les oiseaux du ciel, ils ne sèment ni ne moissonnent ni ne ramassent dans les granges...
>
> Ne possédez ni or ni argent ni monnaie dans vos ceintures.
>
> Voici que le semeur sortit pour semer...
>
> Un homme avait deux fils.
>
> Jérusalem, Jérusalem, toi qui tues les prophètes...

Je ne connaissais pas le sens. Dans tout poème la révélation ne se situe pas seulement ni d'abord dans l'idée et n'est pas un savoir : elle naît d'un souffle et d'un rythme, c'est-à-dire qu'elle est véhiculée par le corps et non seulement par le mental. Il me faudra un jour découvrir chez un bouquiniste un texte de Marcel Jousse, pour oser dire une expérience qui est mienne, en surmontant la naturelle horreur que j'ai de parler directement religion.

Puis il y eut l'école, le collège, les prêtres. Innocemment portés par les habitudes et les mentalités, soucieux de communiquer un *avoir*, un *savoir* qui leur donnaient *pouvoir*, ils se servaient de l'Évangile. Comme s'il était un sermon, et non d'abord parole à germer dans la nuit de la conscience. Plus de souffle rythmé, mort du poème, agencement cohérent, faussement raisonnable, d'idées et principes.

Ce qui est arrivé arrive sans cesse. Qu'il faut de temps pour le comprendre ! Les scribes et les Princes des prêtres vivent en nous, en vous, en moi et ne désarment jamais. De même que Jésus fut rejeté, traqué, tué par fidélité à Dieu, de même par fidélité au message sa parole fut sclérosée, *nécrosée*, selon le mot de Jousse, par ceux-là mêmes qui avaient mission de l'annoncer. *Ils ne savent ce qu'ils font.*

On utilisait l'Évangile, lu une fois pour toutes, semblait-il, afin de prouver que Jésus était fils de Dieu, qu'il était ressuscité, que l'Église était fondée par lui, que tout était réglé, joué une fois pour toutes... Moi je voulais bien. Nulle objection. Je connus seulement le mortel ennui. L'illusion avait été de croire qu'il était possible de dégager une vérité abstraite du corps de la Parole, qui ne concernait que la tête et dans laquelle la joie ne battait plus des ailes.

On l'utilisait aussi, il est vrai, afin de faire aimer Jésus. On se formait tantôt l'image d'un Jésus doux et humble ou musclé selon les époques, tantôt celle d'un être exsangue, auréolé, par-delà les sphères. À quel point nos maîtres furent dénués d'élémentaire psychologie pour n'avoir point décelé les pièges des inflations sentimentales. Quand ils parlaient de Jésus ils parlaient généralement d'autre chose et de leur tristesse. Quel reproche pourrais-je faire quand je me suis si longtemps laissé piéger ?

J'EXCELLAI EN THÉOLOGIE

Je n'étais pas de taille. Après avoir regimbé à cause d'une certaine santé, j'imagine, je m'appliquai à ressembler. Je fis des dissertations conformes, je m'entraînai au grec et à l'hébreu, j'excellai en théologie, j'aimai la Vérité, je devins ivre, je devins pieux quelque temps, pieu dans la dérive. Je disais à Dieu : Tu es mon rocher. Qui n'a connu cette satisfaction de l'esprit, cet érotisme métaphysique, cette aura de paix, qui vous coupe du corps réel de la vie ne saura jamais ce que peut être la fabrication qu'on appelle vie intérieure.

Il y eut beaucoup de Bovary dans mon séminaire, qui m'aidèrent à me voir. Certains furent happés par la première fille venue : on crut qu'ils perdaient la foi, trahissaient leur vocation. Ce sont des mots. D'autres, abrités dans le cocon de l'intellectualité close et de la religiosité, parcoururent le champ de leur ambition. La piété abstraite et sentimentale va bien avec le conformisme et la passion de parvenir qui prend une coloration mystique.

J'ai cependant rencontré des hommes pieux, d'une autre piété, lucides et critiques, charbons ardents.

Voyons un peu. Combien d'hommes dont j'ai pu penser qu'ils étaient frères du Fils de l'homme ? Les grands déclarateurs, défenseurs patentés, fanatiques du passé, névrosés de l'avenir, ou les dévoués suicidaires, spécialistes de l'audiovisuel, par exemple, nés pour tout sacraliser dans l'apparence et qui frayaient la route à l'athéisme, les éternels bâtisseurs, hommes d'entreprise au service de structures supposées efficaces pour le salut, les intellectuels surtendus qui s'enfermaient dans les palais conceptuels anciens ou modernes. Non, je les voyais trop bien suivre leur nature. Ils appelaient foi la force qui les habitait, la sève inemployée. Combien ? Quelques-uns. C'est assez pour la fraternité. Ce sont eux qui me firent, me font traverser les apparences. Des hommes sans trop de vanité ni d'ambition, qui regardent sereinement la mort et qui savent rire.

Des frères qui rencontrent en vérité d'autres frères, voilà l'Église. J'y reviendrai, un matin. Le reste n'est qu'un grand appareil nécessaire qui remplit sa fonction quand il permet à des frères de vivre la communion. L'Empire ne m'intéresse pas. J'accepte les restes d'Empire pourvu que quelque chose bouge dedans, la liberté créatrice des hommes blessés par l'Évangile.

Le jour vint que je fis des conférences, des cours, des sermons, soucieux à la fois de dire quelques vérités devenues miennes, mais aussi de plaire et de me protéger en mélangeant l'audace et la coquetterie. Je devins expert dans l'art de retenir ce que je donnais. Car il fallait veiller. Un public veut reconnaître ce qu'il sait déjà. Il aime être chatouillé, mais juste ce qu'il faut. Hormis un petit nombre ce n'est pas la Parole qu'il vient chercher. Malheur à vous si vous attaquez de front ses certitudes, c'est-à-dire les vérités de ses habitudes ou de ses intérêts ! Il proteste et dénonce. Pourquoi s'étonner ? C'est l'ordre des choses et pas seulement dans le domaine religieux. Supposons que j'eusse annoncé droitement la Parole, j'eusse souffert sous Pie XII. Je ne fis que frôler la persécution. Quel dommage ! Auréolé du martyre j'eusse pu m'installer comme beaucoup dans un nouveau conformisme, en me croyant encore aux avant-postes. À vrai dire ce qui m'arrêta fut moins la lâcheté que la claire conscience que le ressentiment et le souci de paraître étaient à l'origine de mes éclats oratoires. Quand vous voyez un grand parleur s'avancer parmi les notables au cirque de l'audiovisuel, il n'annonce pas la Parole.

Avant-hier comme aujourd'hui, il fallait complaire aux hiérarchies politiques et religieuses qui se donnaient la main, un peu plus la main hier qu'aujourd'hui. La hiérarchie proprement dite avait à tenir compte, croyait-elle, de beaucoup de choses. Elle louchait. Un œil sur la mince frange de fidèles qui l'entourait et l'empêchait de voir la foule, un autre sur Rome qui demandait bien d'annoncer la Parole[1], mais qui ne pouvait plus être convertie par elle puisqu'elle en *possédait* toutes les significations.

1. J'écris délibérément *parole* tantôt avec une majuscule, tantôt sans. Il n'y a rien à expliquer.

D'autant plus conduite par la peur qu'elle refusait d'en prendre conscience.

Donc je pérorais en fignolant des discours. Je fustigeais l'indolence et la tiédeur. Je me sentais croyant, saint dans les chaires. Après je devenais triste comme un poisson... Que de fois j'ai souhaité de nouveau me livrer à l'éloquence. C'est un tel alcool. Ce n'était plus possible.

Bref durant mon service actif j'ai assisté et participé à l'humiliation de la parole, en moi et hors de moi au profit des idéologies et des sentiments.

ÉCRIRE POUR MENTIR UN PEU MOINS

On peut rire de certaines questions qui sont maintenant devenues des tartes à la crème, mais enfin, quand quelque chose survint qui me réveilla, ce fut cela. Une seule question dans la tête : Qui parle, d'où, à qui ? Je rendais ce qu'on m'avait appris. J'éprouvais une fatigue. Quand n'étais-je qu'un reflet du milieu ? Quand parlais-je de ma propre voix ? Réponse impossible et vaine. Dès que je pris conscience du malaise, ne sachant plus qui j'étais, quand je parlais l'Évangile ou quand l'habileté me conduisait à dire ce qui convenait, l'idée me vint de quitter l'Église. Mais où aller ? D'autant plus que je n'avais pas le goût d'être un anneau dans la chaîne de l'espèce. L'espèce n'avait nul besoin de moi. Pour une raison quelconque, sans doute très repérable, j'étais marqué par l'Absolu, l'Évangile. Il y aurait eu beaucoup d'hypocrisie à sortir en claquant la porte ou en demandant la *réduction*, comme on dit, sous prétexte que l'Église n'était pas conforme à l'idée que je m'étais faite d'elle à travers l'Écriture et la Tradition qu'elle m'avait communiquées. L'adolescence terminée, je n'ai jamais cru que l'Église devait donner une image achevée du Royaume. Je crois au contraire que le destin ultime du monde se joue dans la bataille qui a lieu en elle et hors d'elle, entre elle et la Parole, et que c'est dans la mesure où elle lutte contre ses propres scléroses qu'elle est une lumière pour le monde, infiniment plus que par ses industries apostoliques.

Si je voulus être libre de toutes responsabilités, et si je pus l'être grâce à la bienveillance peut-être sceptique d'un cardinal, ce fut non seulement pour me mettre à distance mais pour être présent autrement.

Écrire c'est entrer en silence, parler à voix basse pour quelques-uns qui entrent en silence avec vous parce qu'ils reconnaissent une voix qui monte du fond d'eux-mêmes. Il existe une race d'hommes, voyez-vous, qui vous est accordée. L'un est écrivain, l'autre lecteur, qu'importe ! Ils sont branchés sur le même courant, par-delà les idées et opinions. Si tant d'êtres humains vivent selon les apparences et s'épuisent au théâtre, c'est afin de fermer le puits des abîmes. Car si la voix immémoriale murmurait encore ils ne pourraient plus croire au progrès, à l'argent, à la réussite, à la gloire.

Écrire n'est pas ce que l'on croit : agencer des idées hors de soi selon une logique qui entraîne l'accord du mental. Cela ne se déroule qu'à l'intérieur d'un savoir commun. Ainsi procèdent les penseurs et commentateurs. Ecrire c'est oublier, laisser la mémoire devenir chair et sang jusqu'à ce qu'émerge la parole millénaire de l'instant-éternité, c'est-à-dire ce brasillement que font la vie et la mort qui se rencontrent entre le néant du passé et la nuit de l'à venir.

Écrire c'est partir, refuser les mots de la tribu, s'enraciner ailleurs. Il faut donc consentir à devenir étranger, oublier ce que l'on sait, croit savoir, courir le risque de perdre ses amis, ne pas craindre de *perdre son public* quand on commence à en avoir un.

J'essayai donc d'écrire, en parlant de tout sauf directement de Dieu, Jésus, la foi, je racontai des histoires où s'entrecroisaient le vécu et l'imaginaire, des blessures et des joies. J'aurais tant voulu me laver des formalismes, être guéri des tabous, culpabilités. Je tentai de livrer passage à une parole qui ne me laissait jamais en paix. J'étais lié à elle, marié avec, indissoluble. Ce n'était la preuve de rien. S'agissait-il de germes ou de résidus, n'étais-je que le lieu de mots qui parlaient mes cicatrices, ou bien un souffle issu du grand fond commun anthropologique me traversait-il ? Tour à tour je pensais une chose, l'autre. Un jour je résolus de faire confiance à cette parole-là, non assurée, peu glorieuse, joyeuse cependant, dans la pauvreté d'un doute actif et passionnel qui était, je le crois, je l'espère du moins, la forme d'un amour.

POURQUOI DIRE JE ?

Non, je ne crois pas écrire par besoin de confidences. J'ai plutôt le désir de raconter et de mettre en avant un narrateur et des personnages, tandis que je guette en coulisses. Mon journal intime est mélangé à tous mes livres. Maintenant encore mon goût serait de ne parler ni de foi ni de moi mais d'hommes qui s'avancent contre la nuit, de routes, de gratte-ciel, de déchets, de clochards, d'amour, de blessures et de guérisons, dans l'espérance très secrète que l'absolu ferait signe malgré moi... Mais tant de lecteurs m'ont écrit depuis dix ans, croyants ou non, qui m'ont dit que mes livres les avaient aidés à ne pas mourir. C'est pour eux, chaque matin, que j'écris ceci où j'essaie d'exprimer ce qui sous-tend mes livres. Je leur dois cette vérité. Une phrase de Bernanos ne cesse de me hanter : « L'écrivain n'est que l'intendant et le dispensateur de biens qui ne lui appartiennent pas... S'il manque à ce devoir il est moins qu'un chien. »

Pourquoi dire *je* ? Ne serait-ce que parce que l'approfondissement d'une subjectivité est libérateur pour autrui en l'entraînant à devenir joyeusement ce qu'il est. Mais aussi à cause d'une vérité oubliée.

Se tenir dans les idées sans jamais faire mention de soi, quel rêve ! C'est celui que réalisent tant de penseurs et d'essayistes qui ne se mouillent jamais. Ils voudraient nous faire croire que dans l'ordre moral et spirituel il y a une logique des idées qui tournent hors de nous et de l'expérience vivante. L'humilité qui consiste à ne pas parler de soi en s'identifiant aux grandes pensées est finalement le pire orgueil. Quel repos ce serait de frotter les mots, les idées en déchirures de lumière, qui font comprendre les mécanismes, et *basta cosi*, on continue à jouer au tiercé.

Cependant, je dois le confesser, que de fois la tentation m'est venue, d'écrire, moi aussi, du dehors, mon livre sur *la Foi, l'Avenir du christianisme.* Être là, invisible, derrière la vitre lisse de l'écriture, laisser jouer les pensées, manifester une cohérence, en laissant croire que tout se passe dans l'impersonnel. Fameuse imposture. Ce sont les spécialistes qui construisent des développements dont ils feignent d'être absents. Ainsi n'en finissent-ils plus de rabâcher la crise et de rêver l'avenir au lieu de prendre la parole.

La parole est toujours issue du singulier. Ne vous y trompez pas, qui consent à aller jusqu'au bout de soi rentre dans l'humilité de l'anonymat, même si, au moment même qu'il se désenlise du *moi* qui est naturellement social, on s'imagine qu'il est un m'as-tu-vu.

Dans la société telle qu'elle est consentir à vivre sa différence c'est devenir *rebelle.* J'entends par rebelle quiconque refuse les automatismes non nécessaires. Faut-il écouter un rebelle ? Il est partial, le rebelle, injuste. Que ne nous laisse-t-il prospérer en ce monde ou seulement nous désennuyer avant la paix des cimetières ! S'il croit à la nécessité du théâtre social, il lui est insupportable que les acteurs comme les spectateurs ne sachent pas qu'ils sont au théâtre. Lui-même parce qu'il s'est exclu du jeu, en ayant perdu le goût, peut-être simplement parce qu'il y était malhabile, n'en finit plus de surcompenser. Il nous ennuie avec sa pureté. Nous savons de quoi elle est faite. Faut-il écouter un rebelle ? Mais les Princes, tous ceux qui croient aux grandeurs, prestiges et réussites et n'existent que par eux, ceux qui collent à la chair du monde comme des sangsues, les hommes des appareils et de l'uniforme, ceux qui sont accordés à la société de gloire et d'injustice dont ils vivent, sont-ils mieux placés pour parler du Galiléen ?

L'avez-vous remarqué ? Les mots pompeux, les vêtements de mots vont de pair avec les habits, ornements, décorations, même quand ceux qui les portent dans les cérémonies sont des pauvres. Impossible de ne point saisir la contradiction entre la parole de Jésus et la phraséologie, les chapes, les mitres, tout le tralala. Ce n'est pas un jugement, mais un regard. Ça jure. Vous êtes pris de pitié pour les acteurs solennels des assises cérémoniatiques, aussi bien d'ailleurs que pour les apôtres modernes des petites assemblées, si habiles à créer des ambiances, à jouer le saxo ou le violon des sentiments. On a envie de rire.

ÉVANGILE JE REVIENS À TOI

Je fus un émigré de l'intérieur, absent des rites, spectacles et débats, de la crise. Longue et secrète désaffection pendant laquelle je m'étais esquivé dans des *activités culturelles* en même temps qu'en quelques aventures et voyages sans jamais réussir à masquer le vide.

Le moment peut survenir que tout vous irrite. D'entendre dire que Dieu est, qu'il n'est pas, que Jésus est fils de Dieu, ressuscité, qu'il ne l'est pas. Que l'Église est en état de péché mortel, sainte, qu'elle doit s'engager politiquement, ne pas. Que les prêtres peuvent se marier ou non, les femmes devenir curés. Et si l'on entend vanter l'oraison comme une médication par quelque grand-prêtre, à la manière du yoga on est pris du désir de dire que la vie spirituelle est une production comme une autre, une machine à laver, une voiture, de prôner l'activisme...

Il n'y a plus de langage commun, vous parlez une langue inconnue dont vous ignorez le premier mot. L'idée vous vient qu'il est aussi bien de tomber dans le conformisme le plus bête, d'être cynique, d'aller à la messe salle Wagram, de rire de tout. Or vous êtes peut-être sur le chemin du retournement spirituel.

Parfois je crois pressentir ce qui m'a touché. J'avais circulé au Moyen-Orient, aux Indes, en Afrique. J'avais quelque peu fréquenté Maître Eckart, Silésius, le Tao, les textes du Tch'an. « Superstitions, tabous, valeurs et autres ne sont que vanités qui ne mènent à rien et des entraves à la Voie... Toutes passions sont mauvaises même celle du bien... Ne connaître que par science est maladie... L'homme sage n'amasse pas. Plus il donne, plus il accumule... Laisser toutes choses afin que toutes choses viennent. »

Toutes ces voix si diverses, d'horizons si éloignés, se rejoignaient pour dire exactement le contraire de la pensée dominante en Occident, qui invite à savoir, à pouvoir, à prendre, à posséder.

Je relisais les Évangiles comme si je venais de les découvrir chez un bouquiniste, non liturgiquement, sans dévotion, comme j'avais lu Nietzsche. L'Évangile rassemble et condense la sagesse orientale. L'appel au retournement intérieur, à l'éveil est le même, cependant qu'il apporte une révélation en ce que la pointe de son enseignement est tournée vers l'amour dont la suite logique est la communion de partage. Mais l'éblouissement venait de l'obscure perception que la parole était la réponse à une attente. Existait hors de moi une parole qui se parlait en moi par-dessous les bavardages dont j'avais été nourri. Certes l'ambiguïté n'était pas levée. Un observateur, et j'étais l'observateur de moi-même, pouvait ne percevoir en cette parole intérieure que des mots de remploi, des images d'enfance paysanne, identifiés à trop bon compte à quelque appel métaphysique. Malgré tout l'idée ne me quittait plus qu'en tout homme qui ne s'était pas coupé des racines qui plongent dans le fond primordial, il y avait cette parole murmurée dans le corps, l'attente de l'inconnu, à travers l'apport culturel qui n'en finissait plus de dire Dieu Dieu, même quand il parlait de néant.

J'avais longtemps lutté contre la religion de ma mère au nom d'une conception plus pure. Fameuse illusion. En réalité j'étais déjà secrètement détaché de toute foi, ou du moins l'esthétique avait pris toute la place, du moins, un temps, le pensais-je. Toutes choses viennent en leur temps. Ma mère en mourant me donna une leçon. Elle refusa toute parole d'apaisement, toute consolation religieuse. Ce n'était donc pas seulement dans les romans de Bernanos que les serviteurs de Dieu mouraient dans l'abandon et pour ainsi dire dans la révolte. La mort de ma mère me permit de me détacher radicalement du « folklore » religieux qui est utile, sans doute nécessaire, mais pour la terre en certaines conditions définies, et fit de moi un errant. Je quittai définitivement le monde des villages pour le désert des villes, résolu à ne rien faire pour masquer le vide et à me tenir, autant qu'il était possible, hors du cirque.

Or en définitive la parole initiale de ma mère avait été la plus forte, sa voix, avec les gestes, le balancement du corps. Sa parole venait du fond du temps. Dans la ville, maudite et aimée, cette parole m'avait rejoint. Tout de même que ne pouvant plus marcher sur des chemins parmi des arbres ou le long des ruisseaux, je laissais monter du fond de moi les images de forêts et d'eau de l'enfance, de même les paroles se murmuraient : *Jérusalem, Jérusalem, combien de fois j'ai voulu rassembler tes fils comme une poule rassemble ses poussins...* Il s'agissait bien de certitude ! Mentalement je voyais des obstacles partout, des absurdités. L'agnosticisme et le scepticisme étaient intacts. Cependant quelque chose me tirait, une confiance dans la nuit, comme une allégresse de la chair qui n'était peut-être pas seulement de la chair.

UN TEMPS ET ENCORE UN AUTRE TEMPS

Voici donc ce qui arriva après quelques années. Je n'étais pas retourné au hameau depuis la mort de ma mère. Je résolus d'y passer deux jours. C'était pour moi un village aussi dévasté qu'un village palestinien, mais d'autre manière, parce que envahi par le progrès : les chemins avaient disparu, les arbres, on avait livré la terre au vent, on parquait les bêtes en d'immenses hangars métalliques, on faisait de la viande, la rivière puait... Qu'importe ! Je retrouvai des lieux, des objets, les marches usées de la maison, les noms de nos chiens me revenaient à la mémoire, j'entendais la voix de ma mère, je voyais son visage avec une joie indicible. Je serrai des mains. Les mots des habitudes me revenaient sur les lèvres, les plaisanteries locales. Tout continuait. Le tissu du langage était plus résistant que les pierres, hélas avili par les télés, radios, mais enfin il véhiculait encore les saisons, les soucis, la mort et l'espoir. J'étais immergé.

Je ne savais pas ce qui allait se passer. Quand, ayant rejoint la route, je parvins au sommet de la côte d'où le village par-dessus le cimetière est saisi dans un seul regard, je l'expulsai pour toujours. Il me semble maintenant que si j'ai tant rencontré de nomades, d'exclus, d'hommes et de femmes blessés qui vinrent vers moi à travers mes livres, dans l'illusion que je détenais un secret hors du texte, c'est que j'avais renoncé à tout enracinement. Mais il est vrai que lorsqu'on a vécu son enfance et son adolescence dans un village, on le porte avec soi toute sa vie. Je ne conseille cependant cet exercice à personne. Quand on survit on est nettoyé de beaucoup de désirs et de peurs. Mais il y a un moment difficile et long à supporter, un face à face avec la mort. Mieux vaut sans doute attendre que *cela* survienne.

PEUT-ÊTRE MALGRÉ TOUT IL M'AIME

Au moment où l'Évangile de nouveau me fait signe, quelque chose comme ceci se parle : Dieu est l'inconnaissable. Je ne sais s'il est tendre. La nature témoigne d'intelligence certes, mais en même temps de barbarie. Il est aussi cruel que tendre, aussi indifférent qu'attentif. Il convient de casser d'abord tous les mots qui fabriquent pour nous un dieu à notre image. Dire non à Dieu par fidélité à Dieu, c'est la démarche de la Bible.

Je ne connais pas Dieu. Je suis dedans, ou plus exactement dans le vide creusé par ma suffisance. Le poisson ne connaît pas l'eau qui le fait vivre, mais son absence et il en meurt.

Je n'ai de connaissance de Dieu que par Jésus. La grandeur unique du christianisme est d'avoir proposé un Dieu pauvre, comme s'il y avait une blessure dans l'absolu. Dieu, enfant dans une mangeoire. Nul homme ne peut inventer cela. Il y faut une révélation.

Jésus n'est pas né à Jérusalem. Bethléem, si c'est Bethléem, n'a rien à voir avec le Temple ni avec les temples grecs qui sont des machines à regarder le monde afin de l'exorciser de la contingence ni avec les temples des Indes, avec Elephanta, sa prodigieuse Trimurti de pierre. Dieu a la fragilité d'un enfant menacé. Jésus supporte avec nous, les errants. Jésus, du côté des nomades. Le ciel pour toit. *Je n'ai jamais habité de maison.*

Si je veux savoir quelque chose de sa tendresse et de son exigence, il suffit de lire les paraboles : non en les projetant dans l'Histoire, mais en les écoutant aujourd'hui, prononcées par l'Esprit qui est l'esprit de Jésus. Les paroles exigent d'être accomplies sinon elles deviennent légendes destinées à la consolation, dérisoires.

Autrefois la dérision fut de voir Jésus, ami des pauvres, homme de tendresse et de pardon, trahi, moqué, assassiné. Aujourd'hui, pour ceux dont la foi n'est pas assez forte pour traverser les pesanteurs, elle est inverse. Elle est par exemple de voir des hommes saints qu'au cœur de la foi nous saluons comme des vicaires de Jésus, emberlificotés dans les nœuds de l'Histoire, jouer encore à être chefs d'État, de voir des hommes pieux et mondains briguer des vanités dans l'approbation ou l'indifférence presque universelles, après s'être proclamés des disciples. *Basta*. De toute manière il y a des obstacles à traverser.

En vérité, quand je pense à la tendresse de Dieu, c'est une page de Simone Weil qui se dit dans la mémoire. Ce Jésus énigmatique, proche de celui que je découvrais avec stupeur à travers ma nouvelle lecture, m'en dit plus que les chromos et la théologie. Je respire un souffle, un départ.

« Il entra dans ma chambre et dit : "Misérable qui

ne comprends rien, qui ne sais rien. Viens avec moi et je t'enseignerai des choses dont tu ne te doutes pas", je le suivis.

« Il m'emmena dans une église. Elle était neuve et laide. Il me conduisit en face de l'autel et me dit : "Agenouille-toi." Je lui dis : "Je n'ai pas été baptisée." Il dit : "Tombe à genoux devant ce lieu avec amour comme devant le lieu où existe la vérité." J'obéis.

« Il me fit sortir et monter jusqu'à une mansarde d'où l'on voyait par la fenêtre ouverte toute la ville, quelques échafaudages de bois, le fleuve où l'on déchargeait les bateaux. Il me fit asseoir.

« Nous étions seuls. Il parla. Parfois quelqu'un entrait, se mêlait à la conversation, puis partait.

« Ce n'était plus l'hiver. Ce n'était pas encore le printemps. Les branches des arbres étaient nues, sans bourgeons, dans un air froid et plein de soleil.

« La lumière montait, resplendissait, puis les étoiles et la lune entraient par la fenêtre. Puis de nouveau l'aurore montait.

« Parfois il se taisait, tirait d'un placard un pain, et nous le partagions. Ce pain avait vraiment le goût du pain. Je n'ai plus jamais retrouvé ce goût.

« Il me versait et me servait du vin qui avait le goût du soleil et de la terre où était bâtie cette cité.

« Parfois nous nous étendions sur le plancher de la mansarde et la douceur du sommeil descendait sur moi. Il m'avait promis un enseignement mais il ne m'enseignait rien. Nous causions de toutes sortes de choses à bâtons rompus comme font de vieux amis.

« Un jour il me dit : "Maintenant va-t'en." Je tombai à genoux, j'embrassai ses jambes, je le suppliai de ne pas me chasser. Mais il me jeta dans l'escalier.

Je le descendis sans rien savoir, le cœur comme en morceaux. Je marchai dans les rues. Puis je m'aperçus que je ne savais pas du tout où était cette maison.

« Je n'ai jamais essayé de la retrouver. Je comprenais qu'il était venu me chercher par erreur. Ma place n'est pas dans cette mansarde. Elle est n'importe où, dans un cachot de prison, dans un de ces salons bourgeois plein de bibelots et de peluche rouge, dans une salle d'attente de gare. N'importe où, mais non dans cette mansarde.

« Je ne peux m'empêcher quelquefois, avec crainte et remords, de me répéter un peu de ce qu'il m'a dit. Comment savoir si je me rappelle exactement ? Il n'est pas là pour me le dire. Je sais bien qu'il ne m'aime pas. Comment pourrait-il m'aimer ? Et pourtant, au fond de moi, quelque chose, un point de moi-même, ne peut pas s'empêcher de penser en tremblant de peur que peut-être, malgré tout, il m'aime. »

Il existe une race, voyez-vous, les hommes qui portent en eux un clochard en filigrane, ceux qu'un rien rend heureux, un merle sur l'herbe, des lichens sur un mur, une flaque de soleil sur un arbre, ceux qui vivent pleinement l'instant, ils sont immortels, c'est pour eux que j'écris.

UNE RENCONTRE TOUJOURS À VENIR

Cependant le temps n'est pas venu de tenter de me *représenter* personnellement Jésus. Que je voudrais échapper à ce mot, représenter ! Nombreux sont les obstacles à surmonter. Certes, d'une part, l'Évangile et Jésus sont faciles, immédiats. Une légèreté, une grâce peuvent en survolant tout savoir, créer l'intimité qui efface ces obstacles. Mais d'autre part, la distance culturelle est telle, si ancré le vocabulaire qui pense pour nous, si insidieuse l'illusion qui fait que l'on se hâte trop, par fatigue, besoin de sécurité, de donner à ce que l'on trouve le nom de ce que l'on cherchait, que pour rencontrer en réalité Jésus à travers l'Évangile, de façon singulière (et en cet ordre toute rencontre ne peut qu'être singulière) un effort considérable est nécessaire, une bataille peut-être. On ne le sait qu'après. Vous êtes dès l'abord conduit, à condition que vous ne soyez pas tombé dans le désintérêt ni le dégoût, par une sorte d'instinct qui vous pousse à rejeter, à refuser, peut-être avec mauvaise conscience. Car la conscience docile et paresseuse persiste à vous habiter. Un long temps peut s'écouler pendant lequel vous vous battez contre les clichés, le bric-à-brac, le magma sentimental, avec toujours la tentation de tout balancer et de vous mettre à vivre la vie précaire, découronnée de toute spiritualité. Mais ce n'est pas si facile non plus, à cause d'une parole qui remue.

Rencontrer ! Que je n'aime pas ce mot. La rencontre n'est jamais acquise, toujours à venir.

Que je me demande d'abord si je ne suis pas sensible à l'Évangile comme à Nietzsche ! Car le paradoxe et l'ascèse peuvent être détournés et finalement ne plus servir qu'à susciter la ferveur et la jouissance. Gide et Rilke ont excellé dans cet exercice.

En un premier temps en effet la fascination est la même. Le corps du message ne serait-il qu'un miroir qui me renvoie mes propres désirs d'un ailleurs, n'importe où ? Plutôt naturellement asocial à cause de blessures d'enfance, étranger au théâtre mondain, j'aime voir puissance et prétention rejetées à la futilité. Cependant, il est vrai, s'il fallait être blessé pour comprendre, si trop de *santé* fermait les portes du royaume !

Nietzsche n'est pas loin du feu central. Mais il a besoin des étincelles et de la foudre. Il cultive l'élan, le paroxysme et la torture, vous arrache, vous jette au tourbillon de lumière et vous y laisse ébloui, immobile, dans une lucidité passionnelle, suffisante. Échapper à la complaisance du vertige ! Ne faire confiance à Nietzsche que dans l'ordre du regard et de l'analyse. En fracturant les mots, en dévoilant les mécanismes de l'attachement, il peut enfermer dans le refus, mais aussi bien rendre disponible à ce qui vient.

Jésus aussi déroute, casse nos assurances, mais non seulement pour illuminer : il entraîne, propose une communion à l'instant même.

Un jour je me suis trouvé dans un congrès international de théologie, comme un chien dans un jeu de quilles. Un notable romain qui avait quelque faiblesse pour mes livres m'avait demandé de parler du langage chrétien. Au cours du débat un célèbre théologien m'avait jeté : Vous êtes un artiste, mais que devient le *contenu* ? Vous êtes là pour y veiller, avais-je répondu afin d'éviter un éclat inutile. Je puis lui dire maintenant : Et vous, les théologiens classiques, qu'en avez-vous fait ? Du bouillon pour les morts. Vous avez extrait des idées abstraites du texte, justes peut-être mais mortes d'être coupées du corps de la parole. Vous les avez systématisées, transformant ainsi le message en vérités, et vous avez, sinon dit, du moins laissé dire et penser que la foi était la croyance en ces vérités.

Tôt ou tard il importe d'être délivré de cette foi-là. Il y a une santé du doute qui est de connivence avec l'authenticité de la foi. Le chemin du doute délivre de la foi en ses propres pensées. Car on se fait une idole de la vérité, maniable selon les lois d'une logique culturelle. Or la vérité n'est pas Dieu, dit Pascal.

Longtemps pour ma part je fus paralysé par cette pensée que peut-être je n'adhérais qu'à l'écorce. Ainsi que l'avait écrit un critique religieux à propos d'un de mes premiers livres : « Tout se passe comme si toute la spiritualité avait été happée par l'écriture et l'esthétique. » Si j'étais tenté de m'enfermer dans le silence en tout ce qui concernait directement la foi, suivant en cela les conseils d'un cardinal qui m'avait dit : Parlez de tout sauf de religion si vous voulez avoir la paix, c'est que moi-même j'avais été nourri par une théologie de pacotille et que son bric-à-brac m'habitait encore.

Maintenant je crois savoir un peu mieux, peut-être. De même que la sève d'un arbre ne passe que par l'écorce, de même la vie est véhiculée par une parole d'homme, non par des idées séparées. La parole est *divine* (parole ou Parole, à votre gré) non par l'idée mais par le souffle. Elle met en marche. Certes ce n'est pas à moi de décider de ma foi. Je fais confiance. Les doutes ne sont que dans ma tête. Moi et mon doute nous sommes en Dieu. La main qui écrit sait mieux que moi, elle tend vers la communion, même quand elle refuse les fausses fraternités.

Je voudrais me situer avant la formulation, crier dans le désert, désigner du doigt celui qui vient.

L'INVISIBLE DANS LE SENSIBLE

Ne pas être trop injuste. Il n'y a pas qu'une théologie. Des théologiens prophètes existent qui libèrent la Parole aujourd'hui, même si certains d'entre eux croient utile de l'exprimer à travers les catégories conceptuelles des philosophes athées de ce temps, aussi fascinés par eux que d'autres le furent par Aristote ou Platon. La théologie dont je parle ici est celle qui est entrée dans le socle culturel, qui a marqué d'innombrables générations et qui perdurera très longtemps encore. Plus tard, en un second temps, je parlerai du rationalisme et de l'idéalisme religieux, de leurs fruits. Pour l'instant je veux seulement dire ceci : La théologie conventionnelle, liée aux mentalités, est un gigantesque barrage contre la lecture de la Bible, c'est-à-dire contre le corps vivant de la Parole, et finalement contre la foi.

Indissolublement mariée au concept grec, sa pensée, quoique géniale à l'origine, reste fonctionnelle. C'est que nommer l'inconnu c'est le soumettre illusoirement à qui le nomme et ainsi le neutraliser en l'apprivoisant. Maîtriser et s'approprier, tel est le projet fondamental, malgré toutes les intentions déclarées. L'illusion de cette théologie est là. Elle a partie liée avec l'idéologie mécanicienne de l'Occident qui vise la puissance. Toutes les dissertations sur l'analogie sont justes en elles-mêmes, mais elles ne changent rien. Les serviteurs de l'idéologie religieuse confondue avec la foi participent à l'assassinat de Jésus. Bien entendu ils ne savent ce qu'ils font, comme tout le monde.

Le langage instrumental, reflet de la pensée, outil à signifier ne peut être que vieux, mortifère, même quand il se modernise et prend l'air actuel. Voulant trop dire, trop vite, il ne dit plus rien, et surtout autre chose se dit à travers lui : l'attachement, la peur, dans le temps même qu'il parle d'espérance. Ainsi par exemple se complaît-on dans la crise, on s'y attarde, on en fait des discours, on n'en finit pas de se situer dans la nostalgie. Car s'il y a crise, c'est qu'il y a un *avant* et un *après*. Voilà qui dispense d'exister aujourd'hui. Les spécialistes, rabâcheurs, dénoueurs de crise, soit qu'ils regardent vers le passé en imaginant quelque âge d'or de la foi, soit qu'ils se projettent dans l'avenir, sont les prophètes de l'illusion et du rêve, c'est-à-dire de l'éternité factice de l'abstraction.

Hantée par le faux universel abstrait leur pensée ignore l'individu dans la réalité du corps et de l'instant. Pour elle le sensible et le visible ne sont que passagères illusions. Ainsi malgré toutes les convictions déclarées et sincères la chair est niée et donc la résurrection qui n'est plus que certitude mentale. Ainsi la voie est-elle ouverte à la négation par l'affirmation même.

Or la pensée fondamentale de la Bible est que l'invisible ne se peut dire qu'à travers le sensible.

Il n'y a pas de concept des moissons qui blanchissent, du lys des champs, de la drachme perdue, du blessé sur la route de Jéricho... Et de même c'est la théologie qui distingue entre foi — amour — action. Cette distinction n'a aucun fondement dans l'Écriture.

Un choix est à faire entre la parole-poème-action et l'idéologie, c'est-à-dire le système doctrinal qui transforme ce qui doit naître du dedans en impératif catégorique : Voici ce que vous devez penser, croire, dire. Ainsi subordonne-t-on l'homme concret à l'idée et fait-on de lui un esclave en lui disant qu'il est libre. Ainsi en tuant toute créativité tombe-t-on dans la répétition stérile qui conduit à la tristesse et à la désaffection. Je sais ce dont je parle. J'ai joué ce jeu avec sincérité. J'ai participé à ce conditionnement après l'avoir subi. N'oubliez pas.

Il s'agit bien de refuser la raison ! Je connais la fécondité du concept qui a permis la domination de la terre. Sans lui ni sciences ni machines ni progrès ni confort. Et après ? Ni pollution ni bombes atomiques. Mais trêve d'hypocrisie : il ne s'agit ni de rêver ni de mépriser. Nous sommes en Occident. Il serait puéril d'oublier ce fait. Mais que la raison reste dans son ordre. Un autre matin, plus tard, j'essaierai de dire comment il me semble que dans l'ordre spirituel il convient de passer au-delà de la raison par le moyen de la raison.

L'ABSOLU IMAGINAIRE

Pour l'instant je tente seulement de retrouver les pensées qui accompagnèrent ma relecture. J'avais à me défaire du vieux rêve humain d'universel et d'absolu que j'avais confondu avec l'amour de Dieu. Car il est un temps où l'Espérance s'identifie spontanément avec l'imaginaire. Vous êtes conduit par le besoin de vous guérir de la condition humaine et de ses limites, et vous dites Dieu, amour. Ainsi vous servez-vous de la nostalgie comme d'un remède à l'angoisse. Ainsi pour un temps vous échappez-vous dans l'euphorie des fusions illusoires. Il existe une passion frénétique pour l'absolu, un goût du merveilleux et du miracle qui n'est que le camouflage de l'amour de soi, un moyen parmi d'autres de boucher le trou du désir en refusant l'invitation à sortir du rêve, à faire face, à se mettre en marche. On peut tomber en Dieu comme dans un vice.

Commencer donc par se guérir de l'envie d'être Dieu à bon compte, rentrer en son centre, devenir un homme parmi les hommes dans une expérience contingente de fraternité. Certes dans la perspective chrétienne ce n'est pas le non-désir qui sauve comme dans les religions orientales. Le désir traverse l'événement et devient salut quand, par grâce, il se métamorphose en oubli et en don. Cependant s'il n'est point à renier ni à refouler il est à guérir afin de laisser place. Car le Dieu qui remplit la faim humaine est en même temps l'Inconnu, l'Étranger.

Seule son absence-présence permet à un homme d'être homme.

Se perdre, tel est l'un des désirs le plus profond de la race humaine. Ainsi la béatitude au bord du sommeil quand vous coulez, ou dans l'amour le vertige de n'être plus personne, en toute création, l'action, la puissance, les drogues... Mais pour se perdre spirituellement en vérité il faut d'abord s'être trouvé.

N'être que ce que l'on est, consentir à la précarité, refuser d'être tout, partout illusoirement en cédant à la magie de l'abstraction et de l'enveloppement, cesser de faire de Dieu l'idole du rêve, créer une relation nouvelle, tel est le chemin. Quand on se trouve dans sa vérité il arrive que jaillisse l'alléluia qui traverse tout ce qui vit sans faire obstacle.

Toute vie spirituelle authentique, il me semble, passe d'abord par une déception. Un jour vient qu'on éprouve la haine des illusions et peut-être devient-on un disciple un peu moins menteur, un peu plus capable d'entendre la parole.

Peut-être ne devient-on réellement adulte que lorsque l'on a compris que tout est enchantement vital, comme dit John Cowper Powys, c'est-à-dire illusion. Impossible de s'arrêter dans un lieu, pas plus que de faire une demeure définitive de mots. La vie spirituelle est un dégrisement incessant pour une plus grande joie. Le Sens, Dieu, qu'est-ce que c'est, sinon ce mouvement en nous, qui traverse tous les désirs, le presque rien qui nous fait vivre et nous tue.

UNE PAROLE RECRÉÉE PAR DES HOMMES

J'avais d'abord cru ce qu'on m'avait enseigné, qu'*une* pensée pouvait être dégagée de l'Évangile, sorte de synthèse, maniable, que l'humilité et l'obéissance invitaient à s'y tenir et qu'il suffisait de piquer çà et là des versets pour l'illustrer. Peu à peu je sus ce que beaucoup de ceux qui m'avaient enseigné, retenus par la peur, n'ignoraient pas. Toutes les recherches sur le Nouveau Testament manifestaient que des tensions vitales s'y exerçaient. Apparaissait avec évidence que vouloir réduire les différences c'était couper les individus des racines concrètes de la foi.

Pour parler du message nous ne disposons que d'un langage grossier, parfois dérisoire. Longtemps nous avons cru naïvement que nos langues pouvaient nous livrer le sens dernier. Certaines découvertes de l'anthropologie, de l'ethnologie et de la linguistique ne permettent plus de le penser.

D'autre part nous ne connaissons avec certitude que certaines des paroles de Jésus. Mais les autres ? À maintes reprises le Maître s'impatiente contre les disciples qui ne comprennent rien... Jésus n'a pas écrit, n'a pas dicté. C'eût été trop de présence. Mais comment être certain que les dicteurs et les rédacteurs n'aient rien omis d'essentiel. Foi n'est pas crédulité.

Vénérer l'Évangile comme un objet sacré dont la seule lecture produit des effets bénéfiques n'est qu'une pratique magique. Le véritable respect est dans l'incessante recherche. De même qu'il *fallait* que Jésus s'absentât afin que vînt l'Esprit, ainsi fallait-il sans doute que sa parole fût jetée, nourrie, portée, recréée par des hommes, au hasard des caractères, des milieux et des circonstances, l'important étant moins d'y croire, mais « que cela croît en nous, ayant trouvé nourriture », ainsi que dit Claudel. Il y a dans ce fait une richesse inépuisable. La différence de perspective des Évangiles, les lacunes, ambiguïtés ou contradictions, l'incertitude même où nous sommes sur ce qui est de Jésus, des dicteurs ou des rédacteurs élargit la liberté du chrétien. Tout cela est maintenant acquis. Le pluralisme spirituel est inscrit dans les textes, comme dans l'expérience des premiers disciples. L'unité ne se fait pas du dehors par l'idéologie : elle est intérieure et s'enracine dans les différences.

Que de fois je me suis demandé s'il était possible d'être impersonnel, c'est-à-dire seulement obéissant, en adhérant à un Jésus officiel et obligatoire. Non, pas sans trahir. L'impersonnalité et l'oubli de soi qui se masquent sous le voile de la fidélité ne sont que démission et paresse. C'est la Parole jetée dans le risque incessant, comme Jésus se livra à tous les risques, que je veux entendre. La parole ample et non provinciale, non le discours figé des attachements, non les rabâchages et commentaires. Que toute prédication soit Évangile aujourd'hui, c'est-à-dire la « rencontre » dans une forme et un souffle du texte et de la parole intérieure qui se dit en tout homme, la même et différente. Inutile de parler de résurrection si les mots ne sont pas ressuscités, si la joie ne bat pas des ailes dedans.

LE MESSIE EST TOUJOURS À ARRACHER AUX SCRIBES

Je ne plaide pas ici pour que chacun s'invente son Jésus, mais pour qu'il puisse pressentir le Jésus imprévisible. Certes toute lecture se fait à travers nos propres désirs, et parlant de Jésus, le voulant ou non je parle de moi : il est possible de le savoir et de garder l'humour.

Le sens est clair. L'unité ne peut être imposée du dehors. Impossible de faire l'économie du risque de l'intériorité. Parler de subjectivisme et de fidéisme c'est réagir selon des schémas philosophiques douteux en cet ordre. À la pseudo-rigueur philosophique il faut opposer la rigueur spirituelle. Enfermer Dieu dans la distinction sujet-objet n'est qu'un enfantillage. Tout message est mort qui ne germe pas dans une conscience. Par l'individuel à l'Universel.

L'unité doctrinale, si nécessaire soit-elle, n'est finalement qu'une unité administrative. Disposer d'un sens ferme et unique pour apprivoiser le mystère, tel est le rêve. C'est un rêve de puissance. Est-ce à dire que tout doive s'émietter et se dissoudre ? C'est oublier l'Esprit qui est lien d'Unité. L'Église n'a nul besoin de puissance pour entraîner par sa masse à la manière des sociétés politiques. Le sens organisé sur un mode rationnel, quand il tend à se substituer à la Parole, est refus du Saint-Esprit.

C'est pourquoi le Messie venu est toujours à venir, à ressusciter, à arracher aux Scribes. L'interprétateur de l'Évangile ne peut être qu'explorateur et prophète, non administrateur du sens. Car la parole est d'abord liée à la vie concrète et à l'événement, non à quelque système de pensée. Jamais la parole ne fut prononcée pour entraîner d'abord la raison ni pour la convaincre, mais afin de mettre en mouvement. Son pouvoir précède la clarté. Il est d'appel et traverse les contradictions sans même les apercevoir.

Il n'y a pas d'Évangile dans sa fraîcheur d'origine. Ôtées les grilles de lecture, il devient déroutant. Il convient donc de regarder de près à travers les spécialistes dont la mission est de dire : Voici les sens possibles, soyez libres à l'intérieur. Mais, il est vrai, quand on a commencé à comprendre ce qui nous sépare du lieu et du temps des Évangiles, la distance qu'il y a entre eux et Jésus, leurs orientations diverses, l'essentiel reste à faire : oublier ce que l'on sait, croit savoir, recevoir le texte dans sa nudité, être animé par son souffle. Sans doute faut-il une grâce pour retrouver la naïveté seconde.

D'ailleurs les grilles ne sont jamais totalement ôtées. On ne se trouve jamais face à face. C'est une chance. Car qu'y aurait-il encore à dire ?

Imaginer la lettre de l'Écriture comme un absolu est une manière détournée de refuser la parole qui ne peut être que création nouvelle. C'est voir Dieu derrière alors qu'il est en avant, imprévisible. Une parole qui serait toute divine, objective enfin, tel un savoir, ne pourrait faire que des esclaves et serait ce *monument sépulcral* dont parle Hegel.

Et pourquoi les Évangiles seraient-ils immédiatement reçus ? Souffle, rythme et geste, parabole et paradoxe, c'est-à-dire poème, ils sont à la fois simples et secrets et ne peuvent être dévoilés que progressivement... Le poème réalise ce qu'il dit, mais inchoativement. Qui le reçoit rentre dans l'ombre, il n'a jamais fini de l'explorer, l'idée ne lui vient pas de l'exploiter, il le laisse croître en lui, prendre toute la place. Ce sont les mauvais poètes qui pervertissent en monnayant parce qu'ils croient le tenir, n'étant point possédés par lui... C'est que le poème des Évangiles concerne l'existence et vise à soulever à la manière d'un levain, absolument pas à diriger la vie avec des principes et slogans.

Si Jésus est rejeté souvent sans examen, ou pire, s'il est admiré comme un grand homme, un « héros de notre civilisation » à propos duquel les apôtres de ce temps interrogent les vedettes et les notables, croyant faire œuvre de foi, c'est que la piété en a donné une image tantôt tiède et légaliste, tantôt mondaine, c'est que l'on a longtemps profité de la malléabilité des enfants et des « pauvres » pour fabriquer des adorateurs, c'est que l'on n'en finit plus d'évoquer un mort au moment même où l'on parle de résurrection.

L'INSURRECTION ET LA BÉNÉDICTION

Comment est-ce possible ?

Comment les Évangiles purent-ils être déversés chaque dimanche, devenus matière à discours, à justification ? Comment le poème put-il être neutralisé ?... Quand je parle de poème, faites attention. La « poésie » ne m'intéresse pas, le pittoresque, le joli. Je parle de *cela*, indissolublement lié aux gestes de la vie, d'une manière d'exister, d'un éveil, d'une ardeur. Impossible d'extraire la poésie sans la détruire. Elle fait partie ou n'est pas... La tiédeur y fut pour quelque chose, une fausse idée de l'obéissance, l'inflation verbale, la fatigue. Mais est-ce qu'on va demander à tous les professeurs de l'Université d'être des initiateurs, à tous les prêtres du quadrillage d'être des prophètes, à tous les évêques d'être successeurs des apôtres. Chacun est là, recruté au petit bonheur, avec sa bonne volonté, sa lumière et ses œillères, ses blessures et son ambition. Et alors ! N'attendez pas que je me scandalise. Je ne prêche pas la pureté. Jésus est livré, le sera toujours. *Il faut que ces choses arrivent.*

Ainsi ce peuple tranquille communia à l'enfant pourchassé, au jeune homme de trente ans, toujours en marche, que les siens veulent faire passer pour fou, au crucifié, au ressuscité, à ce *rebelle* que toute société ne peut qu'empêcher de nuire, tantôt par la violence, tantôt par la vénération. Il y a quelque chose de fantastique dans cette démarche d'assimilation et de neutralisation qui n'a pas cessé depuis tant de siècles... Fais de nous, tranquilles paroissiens fidèles, ou requins des profondeurs, bêtes de la jungle, fais de nous des agneaux, guéris-nous de la peur de manquer, aide-nous à paraître et à posséder et en même temps garde-nous la jeunesse du cœur. Mais quelque chose de plus fantastique encore : c'est que toujours, au sein de l'illusion et de l'hypocrisie, perdus dans la foule il y eut des saints connus et inconnus, et que la parole jamais ne cessa de se frayer la route dans la chair des hommes.

Comment dire, vivre à la fois la bénédiction et l'insurrection, l'amour et l'humour, l'inimportance de tout et l'importance infinie. Parfois j'ai l'illusion que je suis au bord d'y parvenir, et cela m'effraie sans savoir pourquoi.

Cependant j'ai beau chercher, penser contre moi-même, essayer d'entrer dans la cervelle de ceux qui savent saupoudrer d'Évangile les idéologies de ce temps, la médiocre sagesse, l'existence absurde, je ne puis. Chaque parole blesse. N'ayant ni le courage ni la grâce du martyre, retenu par ma propre médiocrité, ne me reste que l'écriture-parole avec quoi je nourris quelques rebelles. Ce sont aussi des fidèles.

Impossible en tout cas de ne pas voir qu'au cœur du message il y a le refus radical de toute convention et que l'essentiel n'est pas dans la pensée qui accorde, mais dans le ton et le choc qui disloquent les assurances, invitent au retournement intérieur.

La confiance de Socrate dans le savoir est totale. Il vise à corriger les faux jugements par une arithmétique morale rigoureuse. Cette assurance n'existe pas pour Jésus qui invite à se mettre en marche d'abord. J'aurais honte de citer, de chercher à prouver. Je n'ai que trop tendance à céder au scribe qui m'habite et qui voudrait manifester son savoir. Rien à prouver. Lisez Marc et les autres. Je n'enseigne pas. Je dis ce qui m'habite. J'écris pour ceux qui portent en eux l'Évangile, qui le savent ou qui vont l'apprendre par cœur.

ÉCHARDE DANS LA CHAIR DU MONDE

Deux couches dans les Évangiles, si l'on veut distinguer : d'une part, le refus de tout conformisme, l'invitation à l'éveil qui se disent dans l'intrépidité du ton ; d'autre part l'amour et la communauté de partage dont le signe sensible est le pain et le vin, c'est-à-dire l'Eucharistie qui est mort et résurrection.

Pour que l'amour ne se dégrade pas en nouveau formalisme, pour que la communauté n'en vienne pas à se réduire au rite, tout en feignant de surmonter les divisions créées par l'argent, les classes, la race, il est évident qu'ils doivent échapper aux cristallisations idéologiques aussi bien qu'aux fusions sentimentales, c'est-à-dire être réalisés, inchoativement du moins, sinon amour et rite ne sont qu'un autre sommeil aggravé par l'imposture, malgré toutes les bonnes intentions. Avoir cru que l'amour pouvait être intellectualisé, rendu obligatoire comme le rite, qu'une communauté de partage pouvait concerner des masses autrement qu'abstraitement, en vague intention, c'était ouvrir la voie à toutes les illusions.

La messe-spectacle, qui l'est devenue depuis quelques siècles en même temps que l'art, est radicalement morte. Il a fallu que la foule déserte pour qu'on s'en aperçoive. C'est toujours l'événement qui oblige à quitter les refuges. Je ne mentionne tout cela que pour dire l'aura des pensées qui environnaient ma nouvelle lecture.

Ne pas brûler les étapes.

L'Évangile n'est pas fait pour dominer le monde. Il est un coin enfoncé dans son ordre, le grain de sable qui dérègle la mécanique. Impossible de se contenter d'en respirer les fumets en laissant les choses en l'état.

Jésus est écrasé sous le poids des carcans idéologiques, hiérarchies de type mondain malgré les récents aménagements, comme il fut écrasé sous la croix. Les empereurs ne sont plus couronnés ni déposés en son nom mais, en de nombreuses contrées il est encore symbole de pérennité et d'immobilisme social et politique.

Il y a péril à penser glorification.

Toute glorification aboutit au système, c'est-à-dire à la puissance. Or le message est l'envers de la puissance, le retournement du regard et du jugement, celui même du Magnificat.

L'illusion fut celle-ci : parce que la révélation aboutit à la gloire (ce que l'on croit dans l'obscurité de la foi) on fit refluer la gloire sur toute l'aventure, avant que le temps ne fût venu et l'on tenta d'imposer en morale et politique l'ordre de la gloire. Cette illusion, malgré tous les démentis, perdure en de nombreuses consciences. De même que Jésus, autant qu'il est possible de l'imaginer à l'humaine, ne sut pas et entra en agonie, de même nous sommes et ne pouvons être que dans la nuit de l'attente, même si cette nuit est lumineuse. Il y a toujours péril à utiliser la foi comme *savoir* humain.

Rien ne sert de *proclamer* une certitude abstraite. La virginité de Marie ou la résurrection de Jésus. Elles ne peuvent être qu'en nous lumière infiniment discrète. *La vérité attend l'aurore à la lueur d'une bougie.* Les proclamations sont des tentatives pour s'installer dans un ordre figé de gloire. La gloire de Jésus est en germe dans la pauvreté et toute misère où les hommes sont immergés.

Ne vous y trompez pas. Quand Jésus dans le prétoire est dévêtu par les soldats qui le recouvrent d'une casaque écarlate avant de lui poser une couronne d'épines sur la tête et de lui mettre un roseau dans la main droite, tandis qu'ils crient : Bonjour, roi des Juifs : là est bien la vérité ultime de tous les temps.

La dérision par exemple est de voir des foules qui se rassemblent, chantent le Credo, revendiquent au nom de l'abstraction du passé, des militants, au nom de l'abstraction du progrès et de l'avenir, qui veulent la même chose en sens inverse et qui rêvent à la manière de Thomas Müntzer d'un message heureux pour les foules, et qui apparaîtrait massivement comme un fait historique évident planté sur la terre. Toujours le même goût des miracles, alors que tout l'effort de Jésus vise à ramener chaque homme concret en son centre, là où se prennent les décisions.

UN SEUL CHEMIN, LE MIEN, LE VÔTRE

Sauveur, Messie, Fils de Dieu, Ressuscité, ces termes imposés, glorieux voilent l'image du Galiléen, tout comme les chapes, les ostensoirs d'or empêchent de voir l'homme torturé, l'humilité du pain et du vin. Au besoin de sécurité des enseigneurs qui mettent leur conscience en règle en proclamant la vérité officielle sans s'occuper des hommes réels correspond le besoin de sécurité des enseignés qui se recouvre du nom de *foi*. On dirait que pour de nombreux croyants, l'essentiel est que Jésus soit d'abord *déclaré* Dieu, Christ. Ils ont cela dans la tête, apprivoisé, fixé en formules dont ils ignorent le sens, pour tous et pour personne, les voilà dispensés de percevoir jamais ce que l'existence concrète de Jésus contient d'insurgé. Comment le leur reprocher. Ils furent manipulés, *forcés*, comme on dit forcer un cheval.

C'est l'ennui, la fatigue, l'horreur des embaumements, des voix de miel ou d'amertume, des formules abstraites ressassées, et finalement une certaine santé psychique qui ont conduit tant d'hommes à ne plus supporter d'entendre parler de Seigneur, de Christ, de libération divine... Le choix réel des hommes se fait pour ou contre l'argent, la réussite avant tout, pour ou contre l'amour qui loin de s'épuiser dans la morale sociale (elle n'est que *l'aménagement de la concupiscence*, ainsi que dit Pascal) la démasque, pour ou contre le plaisir non dominé qui sépare, substitué à la joie qui réunit. Rien ne sert de tant parler de Seigneur, Dieu, tout le tralala. Ce n'est souvent que du bourrage de crâne, comme on procède pour les marques de lessive. Dans l'ordre spirituel, quand on veut dire une chose, il est souvent meilleur de ne point trop la nommer ou de ne point la nommer du tout afin que les mots ne se substituent pas à la réalité vivante. Qu'elle transparaisse dans un visage, l'inflexion d'une voix.

Qu'est-ce qu'un salut, une libération qui ne naissent pas en réalité de l'expérience du dénuement ou d'un abandon et qui ne libèrent personne ? Beaucoup d'hommes, il me semble, ne refusent pas explicitement le salut pascal et pourraient le suivre dans son cheminement.

La chose inouïe, qu'on se soit servi de l'abaissement de Dieu et de sa discrétion pour diriger par des moyens de puissance.

La question qui, un jour, s'imposa à moi fut celle-ci : Comment éviter la cassure entre Jésus et Christ ? Comment d'une part n'en pas faire un symbole en projetant sur lui les aspirations nostalgiques ou révolutionnaires ? Comment d'autre part ne pas annexer son autorité pour l'imposer par le chantage à la foi ?

La gloire et le salut ne sont pas donnés hors du chemin. Le Rabbi-paysan n'est né ni de la philosophie ni de la théologie, il est le chemin. Donc c'est en le suivant pas à pas dans l'humilité de l'enfance, dans la jeunesse inconnue de ses trente premières années, dans sa lutte contre et avec la Loi, contre les Scribes, les Sadducéens et les Pharisiens, dans sa mise à distance de la famille, dans la fidélité au Père qu'il est le Libérateur. Donc le confesser sans opérer la *métanoia*, sans inverser l'échelle des valeurs n'est que dérision. C'est dans l'abaissement qu'est la gloire.

Ne pas vouloir faire adorer. Ne plus chercher à faire croire. Cela survient ou non, selon la maturation individuelle et la grâce, dans une expérience vivante de salut, qui fut celle des premières communautés chrétiennes. Les affirmations péremptoires ne révèlent jamais quand la vie ne dit rien, n'invite pas. La parole n'est pas adaptable d'elle-même. Elle n'est adaptable qu'en soi, dans le jeu vain des pensées qui sont souvent des chiens couchants.

Impossible donc de court-circuiter les questions avec les réponses préfabriquées. Le cheminement est tout. Il n'est qu'un chemin, le mien, le vôtre, éclairé par l'Évangile et l'Église, servante de l'Évangile.

Que l'Église ait foi en Dieu, Jésus-Christ. Qu'elle devienne transparente. C'est assez. Qu'elle en vive. Cela se saura.

Qu'on n'aille pas s'imaginer trop vite que je méprise ce qui est sous prétexte qu'il ne ressemble pas. Le rêve immaculé à trop bon compte. Je ne me sers pas du rêve contre la réalité. La réalité est plus belle que tous les rêves, quand on la dépouille des illusions que l'on prend pour elle. Dans la Communauté chrétienne, libérée, au moins intérieurement de ses attachements historiques, dénudée de ses oripeaux, centrée sur l'humanité en marche, il y a l'espace, la liberté, l'invention, le rire pour qui le veut et n'a rien à perdre, rien à gagner. J'habite l'Église *créée par la Parole*, née et toujours à naître, celle de Marc, Luc, Matthieu. J'admire Paul et le supporte, comprenant surtout mal qu'on ait pu à ce point conceptualiser et systématiser son lyrisme et son fanatisme. Avec Jean je lutte contre Paul, la loi et le ritualisme réintroduits subrepticement. Bataille en cours. La même suspicion que Thomas pour une ferveur plus secrète. Je ne m'absente que pour être présent autrement. Futuristes, passéistes, militants de tout poil, silencieux, charismatiques qui veulent le miracle pour échapper à l'humble et dur chemin des hommes, me sont étrangers. Et cependant partout, sous toutes les crispations, dans toutes les idéologies, évolutionnistes, involutionnistes, il y a des disciples. Je me sens solidaire de tous, à travers les différences, aussi bien que de tous ceux qui ne veulent plus entendre parler de Dieu, Jésus.

J'écris pour respirer, galoper, élargir l'espace, rencontrer des frères, exercer une liberté de lecture.

LIRE C'EST ÉMIGRER

Un jour les magnétothèques sauront choisir les éléments utiles du savoir et les communiqueront à l'instant même. Fameuse libération pour les cervelles encombrées ! La littérature, au lieu d'être confondue avec le bric-à-brac contemporain des documents proposés à la vanité, se réduira peut-être à ce qu'elle est : exigence intérieure, mouvement du corps, quelque chose issu de la main plus que de la tête.

Un homme ne veut pas n'importe quoi. Il veut l'absolu, même quand il croit s'en détourner ou le refoule à son insu dans les choses contingentes. Toute passion est flèche vers l'autre rive. La littérature dit l'expérience passionnelle d'un homme, brûlée au feu de la conscience, devenue *consubstantielle*, selon le mot de Du Bos, et ressuscitée de la mort. Les idées ne disent que la mort même quand elles parlent d'avenir et d'éternité. La littérature, du moins quand elle tend à échapper à la complaisance, peut dire l'instant vertical. Celle-là seule m'intéresse qui ouvre sur l'impossible-inconnu.

Telle est ma voie.

C'est une voie. Selon laquelle lire, comme écrire, c'est émigrer.

L'école, la société tout entière apprennent à ne pas savoir lire, c'est-à-dire à rester pour posséder. La lecture est parfaitement inutile si elle n'apprend pas à lire la vie et *cela* dans la vie qui brûle la vie. Certes pour lire il faut avoir été enraciné, éprouver en soi le battement de cœur de la terre, mais lire c'est partir. Tout livre qui comble une nostalgie ou ne propose qu'un savoir ne peut être lu qu'avec la volonté de demeurer. Or particulièrement l'Évangile, livre-parole, plonge dans l'Ouvert de l'instant. Il est le livre *insurgé.* Le lire c'est naître ailleurs.

Parole-poème, il n'existe que pour le *faire* et l'exister, non pour permettre de dépenser des sentiments ou susciter des développements logiques qui dispensent d'exister et de faire. Ce n'est jamais le résultat de notre réflexion et de notre propre compréhension qui peut être communiqué, mais seulement une expérience qui affleure sur une surface sensible, forme et souffle.

Il arrive que la parole parle à côté, de ce qui est autour, afin d'éveiller qui écoute à lui-même, parce que le dedans est indicible et ne se peut tenir que dans l'obscur, lié à l'image, à l'idée en son état premier, effervescent. D'ailleurs parler de *dedans* n'a non plus guère de sens. Question de respect ! La parole met en état de grâce et de réceptivité pour une découverte chaque fois unique, jamais définitive. Elle est toujours commencement.

Rien d'étonnant que soit préféré l'abstrait, c'est-à-dire la formulation répétable, clarifiée mais exsangue. Toute lecture de ce type, malgré les intentions, ne peut tendre qu'à légitimer et à maintenir dans le statu quo, qu'elle évoque la fraternité des premières communautés, ou qu'elle débouche sur les idéologies de progrès.

Les Évangiles sont achetés, répétés, commentés, cités : ils ne sont pas lus. Guère plus que les contes des *Mille et Une Nuits*, les Balzac, Shakespeare dont les reliures fleurissent dans les salons des gens du monde. S'ils sont lus c'est à travers des grilles, au sein d'idéologies qui n'invitent à changer que pour mieux demeurer. Pourquoi s'étonner ? Les mentalités sont faites d'idées, opinions, préjugés qui forment une carapace de protection. Une pensée neuve n'est acceptée que lorsqu'elle a la force pour elle, c'est-à-dire le nombre, qu'elle devient *naturelle* et peut ainsi, sans danger, prendre place dans le système de pensée.

Or un message spirituel ne saurait avoir pour lui la puissance de ce qui est *naturel*, sous peine de se renier. Ainsi est-il conduit à utiliser les armes de l'esprit insurgé. C'est pourquoi le guerrier de l'esprit qui sait que la signification est toujours en sursis s'exprime à travers le paradoxe, l'humour, la parabole. Qu'il en vienne, par peur de la solitude, ou à cause d'une certaine idée molle de la charité, à épouser le langage de la tribu qui, elle, ne peut vouloir que durer, il trahit le meilleur au moment qu'il est applaudi. S'il refuse d'entrer dans la voie large et illusoire de la communication, c'est que la sagesse ordinaire le blesse, les mots de paresse et d'appropriation. Aussi fracture-t-il la conscience en repos et se fait-il tour à tour ironique, énigmatique, trouble-fête. On le qualifie de paradoxal, de destructeur ou de fou. Et si précisément il annonce l'Évangile, on dit qu'il manque d'informations. Il convient de remettre le texte dans son contexte. Le temps où il fut écrit n'est pas le nôtre. Car il y aurait péril à s'apercevoir que le paradoxe ne fait que dévoiler la réalité secrète et crucifiante qui nous habite, que la vérité est sauvage, que le chemin qu'elle ouvre est sans fin, que l'accord et le repos n'existent que dans les limites des représentations ordinaires.

Qui sait lier n'a nul besoin de cordes, dit le Tao, et nul ne saurait défaire le nœud. Et Jésus : Donne aussi ta robe... Aime tes ennemis... C'est que l'ennemi fait aussi partie de nous. Mais alors il faut descendre là où je perds mon identité afin de la trouver autrement. Le dépouillement est proche, la dure joie. Voilà pourquoi les Évangiles ne sont pas lus.

Le guerrier de la connaissance, impossible de l'imaginer accordé. Il est parmi nous, tel l'émigré. Ne vous y trompez pas, lui aussi veut le bonheur, mais dans un autre espace. En attendant s'il est heureux, c'est d'un bonheur d'errance.

CECI N'EST PAS POUR LES BREBIS

En dernière analyse c'est l'Évangile qui inspire et conduit l'Église. Papes, évêques, prêtres sont les serviteurs de la Parole et nos serviteurs. Ils n'existent que pour veiller à ce qu'elle demeure vivante et indiquer les directions.

Si lire c'est partir, se transplanter, créer à nouveau, on peut comprendre que les hommes d'Église eurent tant de mal à lire. Car tout se passait comme s'ils étaient les auteurs du texte. Comment la communauté chrétienne pourrait-elle être arrachée aux pesanteurs par la Parole, recréée, quand elle la transforme en un savoir dont elle détient la clef ? Longtemps elle refoule la voix qui l'expulse d'attaches qu'elle considère avec raison comme nécessaires, jusqu'à ce que survienne l'événement qui bouscule et suscite la marée de l'Esprit.

Elle peut bien rejeter l'hérésie et être sage en cela, selon la règle doctrinale, mais conduite par une pensée abstraite, il arrive qu'elle se situe elle-même hors de la vie, c'est-à-dire dans l'hérésie.

D'où les répétitions doctrinales, le rabâchage sur la crise, les barrages destinés à retarder, à retenir mais qui étouffent en même temps les germes, les interventions disciplinaires qui refoulent à la fois les erreurs et les appels à la nouvelle naissance, afin de protéger l'*invariant de la foi*, dans la conviction qu'il suffit de déclarer vraie ou fausse telle ou telle pensée, alors que seule une expérience spirituelle d'hommes, cristallisée dans une parole créatrice, pourrait donner lumière et chaleur et rendre ainsi l'« erreur » insignifiante.

Dans l'ordre spirituel l'affirmation abstraite ne satisfait que celui qui la profère. Elle fausse le cheminement et dégrade le *poème.* On prend un enfant, on lui dit : Jésus est fils de Dieu, ressuscité, tu dois le croire, et encore ceci, cela. La foi devient cette chose idéale, sorte de satellite artificiel du mental, qu'on ne peut jamais rejoindre, qu'on finit par rejeter, ou à laquelle on adhère à travers l'illusion dualiste. Ainsi souvent peut-elle devenir maladie dont il faut d'abord guérir. Le Jésus merveilleux devient le centre de toutes les fictions. On aime Dieu, autrui dans un espace intérieur sublime et ce n'est qu'un moyen de s'abriter et finalement de s'aimer soi-même dans le cercle magique d'un vocabulaire constitué. Ainsi coexistent cette foi brûlante ou intolérante et des existences stériles, hors fraternité.

Les avez-vous rencontrés ces croyants sincères et tendus qui veulent savoir à tout bout de champ si vous y croyez ou non que Marie est l'Immaculée, que le Fils de l'homme est Dieu, qu'il est ressuscité il y a vingt siècles. S'ils pouvaient savoir que c'est l'incroyance en eux qui parle ! Comment faire comprendre qu'il y a des affirmations qui tuent ? Que l'Évangile est lié aux gestes, au regard, à la respiration, fait pour être proposé, mangé, devenir nous-mêmes, réinventé, rejoué, se confondre aussi bien avec notre silence qu'avec notre voix.

Jésus lui-même se dit allusivement et progressivement. Les disciples ne comprennent que plus tard quand ils comprennent. Nul n'a jamais fini de comprendre. Ne croyez jamais trop ceux qui disent : Il est ici, il est là. Il est toujours ailleurs. Mettre en avant l'image cadrée et achevée n'est jamais que transformer Jésus en objet de dévotion ou thème de réflexion. C'est exactement se servir de lui pour se protéger.

Oublier ce que l'on sait, croit savoir, participer à la Kénôse, c'est-à-dire à l'abaissement de Dieu : c'est la voie possible.

Jésus présent là où il n'est pas nommé. Existent des disciples hors frontières, si ennemis du salut chrétien, hantés par la déréliction, qu'on dirait une sorte de foi. L'indiscrétion spirituelle des affirmations dualistes les ont blessés à une telle profondeur qu'on pourrait croire à une expérience spirituelle. Un goût d'absolu leur fut communiqué dans la jeunesse auquel il ne fut répondu que par un système doctrinal. Un jour ne demeurent que l'usure et le vide... Il arrive que dans la déshérence de la foi ils réapprennent l'amour dans la contingence, face à un visage ou à la misère des hommes. Certes des illusions sont encore possibles : certaines vérités, d'être séparées, deviennent folles. Mais enfin le sens ultime du christianisme n'est pas dans un monde d'idées : il est dans la précarité, quelque chose de faible et d'humilié qui appelle.

Je ne *sais* pas, non, je ne *sais* si Jésus est fils de Dieu, j'ignore totalement le sens de ces mots. Ma certitude mentale est sans importance si les yeux, les gestes, les pas ne confirment. Et si Jésus est ressuscité c'est à l'instant même, dans la relation avec le prochain qui est tout homme même l'ennemi. Toute foi qui ne se dit pas contre le préjugé, les barrières raciales ou de classe n'est qu'un luxe idéologique et sentimental.

Je dis une chose très simple qui n'est scandaleuse que pour les aveugles. La foi si vous l'avez comme un objet mental, si vous êtes crispés dessus, inquiets, malades, si vous avez des « problèmes », perdez-la, perdez-vous, alors la foi peut-être, par grâce, pourra vous trouver, vous prendre. S'il y eut dans ma petite expérience quelque chose de fulgurant, ce fut ceci : plusieurs de ceux qui m'impressionnèrent tout d'abord avaient cristallisé précisément dans ce qu'ils appelaient leur foi, cela même qu'il fallait détruire pour accéder à la foi : l'attachement névrotique à un système, à une culture, à un passé ou à une certaine idée de l'avenir.

Dans une vie il y a un moment difficile. Vous écoutez de grands croyants, des hommes que vous admirez, aimez. Soudain vous lisez à travers leurs mots autre chose que ce qu'ils disent, qui dément à mesure. C'est en même temps une libération. L'affaire est entendue ! Non, ce n'est pas si simple. En un second temps vous gardez l'admiration, l'amitié. Ils sont des témoins. Nul ne peut jamais exprimer la totalité. Vous-même qui avez l'air si fier de votre chemin, vous serez balancé. C'est bien ainsi.

Ou, à l'inverse, un agnostique, un athée parlent. Avec stupeur vous écoutez Jésus se dire à mesure. Ce ne sont pas seulement ni surtout les idées qui unissent ou séparent les hommes, mais quelque chose de plus secret, invisible qui crée ou refuse la fraternité. « Vous serez étonnés »...

J'ai l'air de ne parler que d'une expérience individuelle. J'y reviens. Je suis contraint de faire aussi œuvre didactique « à cause de la dureté de votre cœur ».

Je n'écris pas pour dire ce qu'il faut, ce qu'il convient de penser, même si malgré moi je prends l'air impérieux. J'écris parce que je suis fatigué. De l'idéologie, de la foi, des inflations. Je n'écris pas pour les enfants de chœur ni pour les brebis. Je dis que ceux qui n'écrivent que pour les brebis sont de mauvais disciples. J'aurais honte de me taire. J'arriverai aux portes avec mes refus, mes doutes et je crierai avec le lépreux : Je crois en toi Jésus de Nazareth. Inconditionnellement, fils de Dieu, ou pas, à la manière dont nous nous imaginons dire quelque chose avec ces mots. Ressuscité, à la manière ou non où tournés vers le passé nous parlons de résurrection. J'ai toujours désiré avec le corps que tout soit vrai, même au temps où la tête n'était que sceptique.

Je *m'expose* certes, non sans quelque honte, mais dans les deux sens du mot, en me montrant mais aussi en courant quelque risque, dans la pensée que ce chemin n'est pas seulement le mien, que d'autres seront encouragés à s'avancer libres et souverains. J'ai parfois l'espérance insensée qu'à travers ces mots si peu miens un visage apparaîtra devant lequel se voilent les anges.

COMMENT ÉTAIT-CE ?

Se trouver de passage tout un été au bord d'un bourg de haute Corrèze, c'est vivre à nouveau dans un lieu d'enfance, à la fois proche et radicalement étranger.

Quelques métiers survivent ici par miracle, un menuisier, un vannier. Il ne manque au menuisier, tête chauve et long visage dubitatif, que le lys à la main.

À l'entour tout est vert, si vert.

En fin de semaine quelques jeunes gens casqués

viennent des villes faire de la pétarade. Ils retardent de vingt ans sur le film de Fred Zinnemann, ça leur est bien égal. Ils créent un semblant de bouillonnement sur la place autour des forains qui font tourner le manège et vendent les images de saints de la télé.

Avoir un lieu pour peu de temps, c'est bon. Meilleur que d'être propriétaire, à cause de la liberté. Des oiseaux nichent dans le faux grenier sous le toit. La nuit on entend soudain des cris, pépiements, un tumulte suivi d'un silence. Les pépiements reprennent. C'est un soulagement. Un lézard, un crapaud, un scarabée, trois vers luisants, deux bouvreuils vivent avec nous dans la cour et sur la haie. Le crapaud chaque nuit monte la garde près du chambranle de la porte. Écoutez sa note unique, pure, si humble. Sept moutons dans le pré à côté, tout le jour et la nuit même on entend le bruit de succion de l'herbe arrachée, broyée, des merles à l'aube parmi les moutons, trois corbeaux, une genette a montré son nez dans la haie, dans le bois tout près le hululement de la hulotte, voici le coucou, avez-vous quatre sous dans votre poche ? À midi, dans l'immobilité de tout, les cosses des genêts éclatent et font un crépitement d'incendie. Le sentiment d'être immergé, de faire partie.

C'est mon village d'autrefois avec ses fermes éparses, à l'ancienne, des chemins, des talus, des vrombissements de ruisseaux dans l'herbe et des arbres partout, qui sont encore de l'eau dressée dans le ciel.

Tout est vert. Je pense à la Galilée.

Un village breton d'avant la dernière guerre, la religion en moins. Pas un homme à la messe, une douzaine de femmes d'un âge certain. Dans mon village la pression sociale jouait dans le sens de la pratique. Je me souviens d'une mission. Un gaillard de capucin nous invitait du haut de la chaire à prier pour l'unique récalcitrant qui était le bistrotier. J'étais du côté du bistrotier. Je m'étais accusé à confesse.

La messe ici dure vingt-cinq minutes, *ce que vous avez à faire faites-le vite*, y compris les dix minutes de sermon que le prêtre tire d'un bulletin fanatique : contre l'argent (il n'y a guère que des pauvres), contre la drogue (inconnue), contre le divorce, l'érotisme (saintes femmes !). On aimerait entendre une parole qui viendrait de loin. Dos au peuple il fait son affaire et trouve le temps de nous faire réciter en cours de route trois *Notre Père* et trois *Je vous salue*. Le manège tourne sur la place. Les voix de Serge Lama et de Sheila emplissent l'église et disent amour, amour.

Bernanos serait étonné qui voyait dans la haine du prêtre un gouffre métaphysique. Le prêtre est ici parfaitement folklorique. Sa station-service est désertée et nul ne tient à le voir à domicile. Cependant des femmes qui ne pratiquent plus lui apportent des œufs, un poulet, une motte de beurre, parce qu'une grand-mère faisait ainsi autrefois. Les hommes généralement le saluent parce qu'il fut commandant aux temps de la Résistance... La haine du prêtre n'existe qu'aux derniers temps de chrétienté quand les industries ecclésiastiques tentent de prolonger artificiellement l'ordre chrétien. Là où la puissance a été balayée qui se donnait comme une image du Royaume et quand les germes évangéliques sont encore invisibles, ne subsiste guère qu'une tranquille indifférence. À la pression religieuse qui se croyait hors politique en a succédé une autre sans doute finalement peut-être moins humaine. Un nouvel ordre « laïque » et social règne ici, juste et triste. Les petits retraités, les pauvres et les vieillards qui se cachent dans les maisons délabrées ou coquettes sont aidés mais séparés. En Inde, en Afrique, en Amérique du Sud, même au sein de la misère il y a une fraternité des misérables, une confiance dans les yeux et comme une joie. Dans les villages maintenant comme dans les villes la solitude est extrême. À l'aliénation religieuse a succédé celle du progrès, à ses consolations celles de la télé. Nous sommes le Tiers Monde de la spiritualité.

Tout est si vert alentour.

La Galilée ne me sort pas de la tête.

Un tel silence pendant trente ans. Un tel silence.

Comment était-ce ?

Trouvais-tu naturel ? Chaque nuit pouvais-tu dormir ? La colère t'a-t-elle visité ? Quelle part en toi s'insurgeait, quelle bénissait ? T'est-il arrivé de regretter de n'être pas comme les autres ? T'écartais-tu déjà de tes amis, à cause de trop d'absence sur les visages, qui creuse la solitude ?

Te fallut-il refouler Dieu ?

Marchant vers le haut du village où se tiennent les infirmes et les vieillards à la lumière du soir, arrivait-il qu'à ton passage une vieille femme se redressât, par exemple celle qui marche la tête à la hauteur des genoux et qui a un coq orange à crête fauve, attaché par une ficelle à sa porte ?

Avais-tu un chemin de solitude, comme nous, par lequel on aime repasser rencontrant un scarabée ici, tel crapaud, deux hochequeues qui ont leurs habitudes et avec lesquels tu es en familiarité, à cause qu'ils sont dans l'innocence d'un autre temps ? Un buisson à l'ombre duquel tu somnolais, si tu somnolais jamais, près de quelque chien ou d'un ânon, et peut-être que les branches de l'amandier fleurissaient hors saison.

Étais-tu obligé de faire attention à la ferveur qui émanait de toi pour ne point trop déranger l'ordre ? Te fallut-il refouler Dieu pour ne pas t'offrir en sacrifice à l'instant même, ou bien fus-tu tenté de laisser s'échapper de toi les miracles, comme de nous partent les mots afin de compenser. Il ne faut pas. Ta mission est de retourner les hommes vers leur centre afin qu'ils trouvent en eux-mêmes force et amour, et non de leur faire du cinéma pour leur masquer ce qui survient inéluctablement.

À moins que tu ne fusses d'abord tel l'animal, sans passé ni avenir, tout entier dans l'Ouvert de l'instant-éternité, avant que la parole ne survînt qui déchira l'accord et te mit en marche.

Dieu mûrit-il donc ?

Si bien que, lorsque, de passage, tu te trouvas au village parmi les tiens, ils sortirent pour s'emparer de toi, te croyant devenu fou. Et le très sage Luc dit qu'ils te « conduisirent jusqu'à un escarpement » pour te précipiter.

Trêve donc d'attendrissement.

VOICI POURQUOI NOUS SOMMES INTEMPESTIF

Dès que mère fut enfin couchée sous la terre avec sa robe des dimanches, j'entrepris d'écrire un livre de consolation et d'éveil. Cet ouvrage eut quelque succès. Quelques années passèrent et je m'aperçus que la nostalgie m'avait conduit à écrire un exorcisme poétique.

Mon erreur avait été de recréer ma mère en la séparant. Il eût fallu parler des villages, de l'esclavage des femmes, de l'abrutissement des hommes et de l'injustice. Mère savait par cœur l'Évangile mais en même temps on lui avait inculqué tous les respects : des coutumes, des pouvoirs. Elle trouvait naturelle la condition humiliée des femmes. Toute pensée originale qui émergeait du langage conventionnel et qui la ravissait d'abord, lui semblait déplacée. Si quelque impulsion suscitait en elle-même des images et des mots un peu vifs, elle rougissait de s'être laissé aller. Sans doute s'en accusait-elle en confession. Il n'y avait qu'un seul chemin banal, banalisé qui conduisait au salut. Le salut n'était que pour l'au-delà. Toutes les questions avaient leurs réponses aussi creuses que les questions. On s'était tant attaché à des formules qui justifiaient la soumission et la douleur que ces formules étaient devenues sacrées.

Il me semble avoir été trop injuste envers le monde contemporain, la terrifiante passivité des masses, exploitée par l'audiovisuel. Ce monde-là existait déjà, approuvé, béni par la religion, ses slogans de catéchisme, sa morale fonctionnelle. Le regard bienveillant que l'on porte sur un temps révolu n'est jamais que pitié déguisée de soi.

Seuls les fous échappaient à l'univers clos, quelques militants politiques qui faisaient l'œuvre de satan, et les ivrognes. J'en ai tant vu, après les cris des grandes colères, s'enfermer dans le silence.

À cause du système de pressions, qui neutralisait la critique tout en permettant aux riches de s'enrichir, aux puissants de régner, justifiés par l'idéologie pieuse, système qui s'épanouit monstrueusement aujourd'hui, mais découronné de toute foi, soutenu par les mythologies de la réussite, ma mère n'avait jamais pu réaliser le lien entre l'Évangile qui l'habitait et l'existence sociale. Le message de libération ne lui avait donc donné ni assurance ni fierté et n'avait été finalement qu'une chanson par-dessus le langage conventionnel qui pensait pour elle et dirigeait sa vie.

Toute création ne se peut faire et donc la joie ne peut exister que contre le mécanisme du langage, ses répétitions, son terrorisme presque indiscernable. L'intention ni l'attention ne suffisent pour échapper au cercle magique, percer jusqu'à la vérité de soi. Il y faut un oubli, une pauvreté. Alors parfois vient la grâce.

Penser n'est pas reconnaître ni vérifier ce que l'on sait, mais pressentir, inventer hors des habitudes studieuses. Tant qu'un homme ne se fonde que sur l'intelligence close, à partir des mots hérités, non réinvestis, il reste le maître de sa pensée, il croit demeurer le maître, alors qu'il est parlé par la mort. S'il consent à être ce qu'il est et descend jusqu'au fond immémorial, il découvre joyeusement qu'il est conduit.

C'est sur un fond de sécheresse et d'absence, parce que la vie s'est étiolée, que poussent les questions et réponses, explications, comme des champignons vénéneux.

Donc en mourant la foi de ma mère dans les supports humains, les formulations, les objets religieux, s'était effondrée. Ainsi la pieuse femme avait-elle vécu l'agonie et l'abandon. Je les avais vécus avec elle, autant que ces mots peuvent avoir un sens. La fierté déjà s'était mélangée à la douleur. La fierté de quoi ? De ce qu'elle avait franchi la ligne avant de mourir, autant qu'il est possible d'en juger, et avait compris quelque chose même si je ne pouvais dire quoi.

Certes je suivais ma nature en me déracinant et en choisissant d'exister hors de la « gloire » que le monde réserve à qui le glorifie, mais en même temps il me semblait parfois, en supposant qu'il soit possible de parler de *mission*, au moins en affectant le mot d'une légère ironie, que la mienne était de *lire* l'Évangile qu'elle m'avait transmis dans son balancement.

Pour cela, je le vois mieux maintenant, il fallait créer la distance, se faire étranger, errant, afin de le pouvoir proposer à quelques-uns comme un ferment de liberté en ce monde collectivisé, déjà préparé à tous les esclavages, infiniment plus dur sous son apparent libéralisme, que celui où avait vécu ma mère.

J'étais porté à dire contre toute raison la souveraineté de l'*individu* (j'employais ce mot à dessein) et qu'aucune société, si juste et si libre fût-elle, ne pouvait être humaine si chacun n'avait son espace à lui, afin d'accéder à son lieu intérieur, non comme refuge mais tremplin, que l'aujourd'hui et l'instant importaient plus que toutes les prospectives et plannings de l'aliénation contemporaine.

Les lecteurs qui m'avaient écrit pour me louanger (et je m'étais complu dans ces louanges) avaient fini par m'alerter. Ils berçaient leur propre nostalgie avec la mienne. Mon livre leur servait de miroir. Exactement ce que sont la plupart des livres. Il fallait m'arracher à ce jeu confortable et stérile, suivre une autre route que celle de beaucoup d'écrivains et particulièrement d'écrivains chrétiens qui n'en finissaient pas de se retourner et qui s'étaient fait une clientèle de vivants déjà morts. Nul mérite à cela. Je ne savais plus faire. Je ne pouvais plus.

C'est alors que je commençais à mieux comprendre pourquoi dans ce qu'on baptisait mes *romans*, au premier plan apparaissaient des blessés de la vie, des cinglés. Rejetés par le monde, ils portaient obscurément en eux les sociétés à naître. Sans le savoir ni le vouloir ils s'isolaient spontanément des mentalités et structures qui sacrifiaient les individus à la croissance, à l'argent, à l'avenir, à l'image d'un bonheur venu du dehors plus aliénant que le bonheur éternel des cimetières dont on avait bercé tant de croyants.

N'oubliez pas. Pendant plus de quarante ans j'ai refoulé la voix qui m'habitait. Non seulement je n'osais mais je n'avais pas l'idée de regimber. Je me contentais de brouter par-dessus les clôtures, l'âme inquiète, tant je croyais à la nécessité et à la pérennité d'un certain ordre. Il m'a fallu rencontrer des jeunes gens, des hommes jeunes à un âge avancé, quelques pauvres pour savoir et oser. Guère plus de quinze ans que j'écris vraiment. C'est pourquoi je suis intempestif à mon âge. C'est ridicule. Je n'aurai jamais mon âge. Je passerai l'arme avant de prendre place. Vous n'avez donc rien à craindre. Laissez-moi délirer dans mon coin. Votre ordre sera toujours le plus fort. Hourra ! toujours aussi des rebelles seront là pour vous blesser, vous guérir avec leur joie insolente.

GAIS, ENCORE QU'ILS MARCHENT À L'OBSCUR

Premier matin d'automne. On dirait un printemps. Impossible d'écrire. Cependant il faudra bien en venir au Jésus de ma lecture. Je suis allé marcher autour des étangs de Ville-d'Avray. Une telle ferveur de la lumière au-dessus des nymphaeas. Ce serait un matin pour partir. Besoin de retarder sans cesse. Parler autour de lui, lancer quelques amorces : tout ce que je puis faire pour l'instant et prier que cela survienne. Des visages se lèvent sur les allées, près de l'eau, d'amis vivants ou morts qui m'accompagnèrent un bout de chemin sous les arbres des matins.

J'aimerais d'abord parler d'une race d'hommes.

Tels je les vois : inaptes à juger quiconque, respectueux des différences, et cependant le regard implacable à déceler les manigances, l'oreille exercée à lire sur les lèvres d'autres mots que ceux prononcés.

Sceptiques, à cause d'une « foi » qui brûle la futilité des opinions et croyances, intransigeants sur l'essentiel.

D'autant plus amoureux de la vie, gais, qu'ils marchent à l'obscur. Étrangers aux prestiges, leur vie est une insulte à tout pouvoir, encore qu'ils saluent les Princes. Peu de goût pour l'obéissance, moins encore pour commander. Le sens du ridicule les empêche. Ne craignez pas. Des manœuvres pour se sacrifier à la physique sociale, il y en aura toujours assez. Ce sont nos serviteurs. Un sens inné pour savoir qui se sert en croyant servir, qui se fait payer son dévouement et sa fidélité. Qu'ils reçoivent donc les médailles. Ils ne sont pas encore nés. Pour cela qu'ils participent si bien à l'ordre de ce monde, au service soit des pouvoirs soit des oppositions qui sont pouvoirs à venir. Bénédiction aux premiers puisqu'il faut que le monde dure, double bénédiction aux seconds, parce que, malgré tout, ce qui fait bouger la société est meilleur que la stagnation.

Cependant les hommes dont je parle font aussi bien leur travail que d'autres. Sans frénésie toutefois. Regardez-les attentivement, au fond de leurs yeux vous voyez une lueur doucement ironique, la mort tapie.

Peu de complaisances dans les supputations, regrets, remords. Vous êtes déjà pardonnés. Le passé n'existe pas. Les blessures morales ne sont que l'illusion des attachements. Tout commence à l'instant, inaugure. Donc nul besoin de prendre ni d'entasser pour se faire un rempart, trouver hors de soi raison d'être et importance. Mais la joie de créer, oui.

Dire l'exubérance et le gaspillage contre la parcimonie, éveiller la part de folie, égarer : telle la mission qu'ils ne se sont pas donnée, qui se dit à travers eux, malgré.

Non dénigrer ni mépriser, ni détruire : susciter le mouvement intérieur qui déblaie, laboure, l'érection de l'âme pour les nouvelles saisons.

N'allez pas les prendre pour des fanatiques de l'antifanatisme. Mais presque seuls dans le courant, contre tous, comment pourraient-ils ne pas se durcir, devenir injustes, pour résister à la médiocrité ? Vous avez beau jeu à désigner leur intolérance. Leurs outrances sont faites de vos lâchetés et de vos impostures consubstantielles aussi bien que de leurs utopies.

Couverts de cicatrices, d'avoir survécu à des traversées, à des batailles sur lesquelles ils se retournent peu, et de se savoir en sursis leur donne l'humour.

Certains mots font fleurir le sourire dans leurs yeux : bonheur, progrès, humanité, dieu. On ne les prononce tant que pour conjurer une absence. Pas de prosélytisme ni de propagande. Laisser le mal à lui-même. Que le bien prenne place en vous, puisque vous y tenez.

Ils ne sont que ce qu'ils sont. L'homme-orchestre contemporain, baratineur de télé, leur fait naturellement horreur. Aimant donc écouter qui parle de sa propre voix, essaie du moins, et aussi se faire entendre mais pas de n'importe qui, n'importe où. La parole a besoin d'un espace.

Le plaisir alterné des forêts et de la brillance des

villes. Proches de l'herbe, du chien qui passe. Physiquement heureux de presque rien. Des naïfs ? N'allez pas trop vous imaginer. Ni bons ni coupables ni innocents, Capables de blesser aussi bien que de guérir. Parfois virulents, radioactifs, exactement à l'opposé de ce qui fait le fond de toute doctrine : définir des principes et dire soumets-toi, tu seras libre.

Hommes sans lois ils portent leur loi en eux, non écrite, plus exigeante que vos codes. D'instinct ils sentent la part de haine qu'il y a dans l'amour organisé et savent lire l'insondable tristesse sur les visages des garde-à-vous du devoir.

Donc le goût du plaisir, plus encore de la joie où peut conduire la sobriété du plaisir, dans cette connaissance que sans ascèse le plaisir se dégrade et que la joie n'est jamais au bout des assouvissements.

Ils viennent de loin. Ils ont les millénaires pour eux. L'histoire n'en parle pas. Qu'importe ! Les institutions demeurent, leurs figurants, leurs héros et leurs martyrs, mais eux aussi. Leur race est invincible. Ils ont des complices avec qui rire. Ils meurent en vous faisant un léger clin d'œil qui vous suit la vie entière.

Qu'ont-ils à voir avec Jésus ? Je ne sais.

Ils ne se dérangent pas pour voir passer la procession. Ne montent pas au sycomore. Du moins, naturellement accordés au paradoxe et à la parabole, sont-ils capables d'attention et d'accueil. Qu'on ne compte pas cependant qu'ils se laissent prendre aux mots foi, salut, Christ, amour qui ont beaucoup servi. Trop longtemps que le sang du cœur ne bat plus sous leur peau. Mais le ton d'une voix, tel geste, un regard. Peut-être. Un repas pris ensemble. Un acte qui signifierait.

ALLEZ-VOUS RIRE ?

Cependant ne pas attendre de Jésus qu'il conforte des idées, opinions, *ma* morale. Jésus inconnu. Il débusque de tous les refuges, esquive les questions, rend au nomadisme. Son langage est d'actes, de paraboles et de paradoxes, non d'idées, car les idées en imposent et en cet ordre font les suiveurs.

Concilier, non au sens de compromis, mais de tension vitale, le Jésus du savoir lié au texte et pourtant à distance incommensurable du texte, celui proposé par la tradition de l'Église, et le Jésus d'une respiration particulière, des circonstances, péchés et cicatrices d'une existence. Ce doit être possible, quoique jamais réalisé. Chacun comme dans l'Eucharistie ne communie qu'à une parcelle et cependant le reçoit tout entier.

Comment dire à la fois l'assurance allègre que l'on a sur une route qui n'est pas seulement vôtre, en même temps que la claire conscience que ce n'est qu'une route de rien du tout, une sente comme on disait chez nous, une *rote* à messe. Les notables qui roulent carrosse n'y passent jamais.

Au lieu de répondre à nos désirs il nous retourne vers nous-mêmes, à une autre profondeur. La béance morale et politique, la situation économique, l'accord intellectuel que je cherche entre toutes choses ne le concernent pas directement. Il entraîne vers ailleurs, m'absente vers rien.

Donc pas de publicité pour une certaine idée de lui. Sinon vous en faites une idole. Jésus assassiné par les siens. Car il n'a pas de vision. Aristote en a une. Platon après avoir trahi Socrate. Thomas d'Aquin en a une, Teilhard. Pourquoi pas ? L'intelligence est faite pour unifier, mais il importe de casser à mesure.

Pas de projet sinon d'aller vers la mort. Il vit dans un autre temps. Sa seule volonté, on dirait, en nous arrachant au connu est de nous marier avec ce temps en faisant de la mort un chemin vers la vie, alors tout, morale, politique, économie, amour, prend un nouveau sens vers l'impossible-nécessaire.

Dénudé, déconnecté, je perds toute importance, ma fortune, mon nom, mon âge, ma race et le toutim. Comme lui dont le tombeau est vide. Car s'il s'absente, ce n'est pas pour nous attacher aux images et aux mots. Nourris du pain et du vin de sa parole, c'est par vos gestes qu'il se dit, le verre d'eau donné. Qu'on le projette dans l'histoire, qu'on l'enferme dans des représentations organisées selon une logique d'efficacité à court terme, il devient un chef ou un héros, un dieu à notre petite mesure.

Quand le savoir notionnel prend la première place il rend presque impossible la communion réelle au moment même qu'il entraîne la conviction : il énumère, désigne en s'embusquant pour surveiller. Le passé, le futur l'intéressent, non le présent. L'agencement et l'équilibre des idées, non la vie. Or demain s'occupera de lui-même. Laissez les morts. Sors du sommeil, lève-toi et marche.

Ou bien que le savoir devienne danse. La danse suit des lois mais ne laisse rien de figé. Elle détruit à mesure ce qu'elle crée et s'accomplit ainsi pour une nouvelle création, un chant toujours nouveau.

Allez-vous rire ?

Je n'aime pas les gens qui aiment Jésus, le disent. Et me voici à écrire de lui. Comment savent-ils qu'ils n'aiment pas seulement l'image qu'ils s'en donnent ? Et moi ?

Je comprends les difficultés du vocabulaire. Mais enfin comment sans rire pouvez-vous dire que vous l'avez rencontré ? Vous cesseriez de toucher des jetons de présence, on vous désignerait du doigt, vous monteriez sur la croix. Quelqu'un qui dirait qu'il l'a vu, qu'il a fui, qu'il continue à accumuler fortune et gloire, solidement ancré dans sa nouvelle conviction, je comprendrais. J'aurais honte de demander à quiconque la sainteté quand je me traîne moi-même dans la médiocrité. Mais ils rencontrent, font des trémolos et continuent à s'engraisser à l'auge.

On éprouve un bonheur de vivre, une sérénité de l'esprit et l'on dit Dieu, amour. L'érotisme spirituel prend des formes multiples. Il arrive qu'un jour on se blesse, Dieu s'en va, on perd la foi pour ne pas avouer qu'elle ne vous avait jamais possédé. Les mots sont de fragiles passerelles. On nous a trop appris à dire je crois, j'aime. On décide innocemment qu'on est arrivé, que le projet est accompli quand on a à peine commencé d'entrer dans la voie.

Les hommes habités que j'ai rencontrés se taisaient généralement sur l'essentiel, parlaient d'autre chose. On ne peut qu'aimer ce qu'il aima : guérir les malades, ressusciter les morts, les mots faute de mieux, avoir faim et soif de justice, changer de regard, inverser spirituellement l'ordre de ce monde.

Oui, fatigue extrême d'entendre dire que Jésus est ceci, cela. Comme si la prudence à défaut de la pudeur ne devait pas être la même qu'en son temps, quand il enjoignait aux disciples de se taire. L'avoir fait maniable à ce point ! Il faudrait laisser immergée longtemps sa part inconnue, sauvage.

Ne pouvoir lire ou entendre l'Évangile sans un frisson. Avant tout sentiment, toute pensée être au bord de pleurer. Savoir que cela vous condamne aux yeux des éclairés de ce temps. Avoir passé une partie de sa vie à résister à la folie, à faire mine d'être raisonnable. Souhaiter d'avoir un commencement de sainteté, prier pour, afin de pouvoir parler haut et clair. Mais alors on se tairait. Car comment oser proclamer des paroles quand on ne les accomplit qu'en imagination ou en rites à l'intérieur du cercle culturel, sans se dépêtrer de ses mensonges ? Comment reparler l'Évangile si l'on a une âme de lapin ?

DU REGARD À L'INTÉRIORITÉ. DE LA FOULE À L'INDIVIDU

Marc m'éblouit parce qu'il découvre à mesure et s'émerveille lui-même de tout. J'aime qu'il n'ait pas l'air de savoir où il va. L'affaire n'est pas réglée. Elle ne le sera pas avant la fin des temps. Tout ici est regard, écoute, et peut-être regarde-t-il à travers d'autres yeux, entend-il. Qu'importe !

La stupeur domine. Étonnant, imprévisible, tel apparaît le Galiléen. Je ne suis pas venu pour les justes (Marc II, 17). Serré par les gens, il monte sur une barque et parle sur l'eau à la foule qui est à terre (Marc IV, 1-2). Un jour il dit : Passons sur l'autre rive. Il est avec ses disciples sur le lac. Une tempête s'élève. Il dort à la poupe (Marc IV, 35 à 38) sur le coussin du patron de la barque. Une jeune fille va mourir. Il lui parle. Elle se lève. Dans le brouhaha, il est seul à penser qu'elle a faim (Marc V, 35). N'en parlez à personne. Près de Tyr, étant entré dans une maison, il ne voulait pas qu'on le sût (Marc VII, 24). Pourquoi cette obsession du silence et du secret, alors qu'il dit : Aucun secret qui ne se dévoile, rien de caché qui ne vienne à découvert (Marc IV, 22). En pleine nuit il disparaît, on le cherche, il est seul et prie. On lui amène sa mère. Il dit : Qui est ma mère ? (Marc III, 33.) Avant les paroles, les gestes de sa vie sont des paraboles inépuisables.

Ils passent parmi les blés et Jésus dit que le sabbat est fait pour l'homme non l'homme pour le sabbat. Pourquoi mange-t-il avec les percepteurs et les pécheurs ? Un aveugle qui vient d'être guéri se met à voir les hommes comme des arbres qui marchent, si bien que Jésus intervient de nouveau. On lui amène un paralytique par le toit d'une maison, qui s'entend dire : Tes péchés te sont remis, comme si tout mal venait du péché. Un possédé l'appelle Fils de Dieu, deux mille cochons se précipitent d'un escarpement dans la mer. L'effroi devient plus fort que l'émerveillement. On l'invite à quitter le territoire.

Le don de séduire la foule, mais non comme le tribun qui en a besoin pour exister. Il dit des choses stupéfiantes, guérit et s'esquive. On dirait qu'il redoute ses miracles et veut à la fois se révéler et se cacher. Un sens prodigieux de la propagande, si l'on veut, mais pour finalement retourner les individus sur eux-mêmes. Imaginez un génie de la publicité qui lance triomphalement un produit, et soudain déclare : Faites attention, vous êtes blousés, il ne s'agit pas de miracles, mais d'autre chose. Ou mieux, un prodigieux leader politique qui casse le jeu, cesse d'appliquer son talent à tromper, inverse les prétendus ordres de priorité, vise les hommes concrets aujourd'hui, il sera hué, éliminé.

Une foule comme foule ne saurait entendre un message spirituel. Quand une foule (un grand nombre rassemblé en un même lieu) ou un public (un grand nombre dispersé en des lieux différents) s'échauffent ce n'est jamais pour la vérité. Du moins la vérité même est saisie comme préjugé. Une foule est conduite par des lois de physique. Aimer la foule, c'est-à-dire les individus qui la composent, c'est se mettre à distance d'abord.

On dirait que Jésus redoute les adhésions superficielles, parce qu'il sait de quoi elles sont faites. Est-ce de son village qu'il sait cette science ? À quoi bon semer sur la pierre du chemin, dans les épines ? Le message ne s'adresse pas à la foule comme foule mais à chaque individu dans la foule : il opère d'abord la déconnection, déconditionne. D'ailleurs *l'homme, l'humanité, la foule* n'existent pas. Ce sont des concepts. C'est l'idéologie et la politique qui saisissent la foule comme foule : là est leur fonction. Flatter la foule, l'aimer en poursuivant à travers elle ses propres fins : c'est le mépris en forme d'amour. Si Jésus l'entraîne, c'est afin de lui arracher des hommes libres. Il se retrouve toujours face à face avec un visage. Passer du sommeil et de l'aliénation à l'éveil qui rendent possible l'accueil et l'adhésion réelle : telle semble sa loi.

Marc le voit se retourner vers la foule et la prendre de front, casser les cristallisations sentimentales. Faites attention, vous pourriez le payer cher. Tout comme Jean le voit au chapitre VI, devant la multitude avide de miracles, qui s'en va découragée par ses paroles incompréhensibles. S'éclipser, prendre à rebrousse-poil sont dans les habitudes du Nazaréen. Si quelqu'un veut venir à ma suite qu'il se renie lui-même, qu'il prenne sa croix... À quoi sert de gagner le monde entier au détriment de sa vie ?

Jésus homme des ruptures. Ainsi passe-t-il en territoire païen après des disputes sur les observances juives (Marc VII, 24).

Le péril est de comprendre trop vite. La parabole et le paradoxe tiennent le message à distance, retardent la compréhension en bloquant le réflexe et en provoquant le trouble des évidences. Sans labour et retournement pour une nouvelle naissance il n'y a qu'information et savoir. C'est pourquoi ces choses sont dites en paraboles afin que celui qui croit comprendre ne comprenne point. L'explication rationnelle transforme le message en recettes et le rend inoffensif. Non point comprendre d'abord mais être compris, expulsé de sa suffisance. La charge que contiennent paraboles et paradoxes doit être conquise ou plus exactement reçue comme don injustifiable dans une conscience vidée de ses propres ressources. « Ces choses-là sont rudes, comme dit Hugo, et pour les comprendre il faut avoir fait des études. » La logique de l'Évangile est le petit nombre. Le salut universel, mais d'une conscience à l'autre. Tout système de suggestion ou de pression pour saisir les hommes comme masse par les réflexes, hors de l'intime adhésion, va contre la démarche évangélique. Il faudra s'en souvenir. L'Évangile de saint Marc appelle celui de saint Jean. Du regard à l'intériorité.

Le paradoxe qui est au cœur du message est celui-ci : les miracles sont des actes de puissance à partir desquels Jésus tente de révéler l'humilité et la faiblesse de Dieu. On peut pressentir déjà que le *miracle* de l'Église, c'est-à-dire sa puissance, n'aura de sens que renoncée.

DES INSTANTS PRIVILÉGIÉS INSCRITS DANS LA CHAIR DU SOUVENIR

Traversées, passages de frontières, il n'habite pas de maison. Vous n'avez pas ici de demeure permanente. Le temps se fait court. En marche, toujours en marche. Tel le voit Marc. De la Galilée en Judée par Jéricho, en longeant le Jourdain, aller et retour. À vrai dire Marc ne s'occupe pas d'histoire ni de géographie, mais d'autre chose qui au long des temps sera arraché à l'histoire comme une moisson invisible. Jésus nomade, de plain-pied avec les errants. Quand il se trouve à passer dans sa patrie les siens ne le reconnaissent pas. Il dit : Un prophète n'est méprisé que dans son pays, parmi ses parents, dans sa maison... Et si un lieu vous refuse secouez la poussière de dessous vos pieds (Marc VI, 4-11). Il faut porter en soi de larges espaces, devenir passant, étranger... Ce jour-là il ne put faire aucun miracle. Étonnant. Son pouvoir est lié.

Un jour ils sont en chemin vers Jérusalem, Jésus marche seul en avant. Ils étaient saisis et ceux qui suivaient étaient effrayés (Marc X, 32). Tout est écrit dans cette image d'un homme seul qui s'avance devant les siens. Hormis ces femmes venues de Galilée qui regardent de loin il sera seul quand on l'assassinera. Cette marche incessante, ces passages de frontières annoncent d'autres départs, d'autres marches qui porteront l'Évangile au-delà de la Palestine. Il s'agit toujours de se déplanter. « Ne craignez pas. » Tout le mouvement de la Bible est là depuis Abraham. *Exi*, Sors. Toute église sera toujours invitée à quitter son lieu. « Si je ne m'en vais, l'Esprit ne viendra pas. »

Flashes rapides. Ne jamais s'arrêter en route, pas de regards en arrière. Des instants privilégiés inscrits à jamais dans la chair du souvenir, un battement de cœur, le sentiment d'étrangeté, l'écroulement, le déracinement, l'éveil dont il faut s'éveiller encore. Le chroniqueur ne veut rien prouver. Pas de théories, rhétoriques. Par là qu'il me touche. Un langage à la fois précis et haletant, des enchaînements plus rythmiques que logiques et qui déconcertent parce qu'ils survolent le savoir. Et moi-même, voyez-vous, je suis encombré de bagages, citations, peurs de ne pas ressembler, de ne passer que pour un artiste en ces temps d'idéologie, et pourtant, misérable scribe, un instinct me pousse plus fort que tous mes scrupules d'ancien prof, c'est un ton que je voudrais transmettre, celui que ma mère me transmit sans le savoir, l'intrépidité de Marc, la respiration qui parfois passent miraculeusement en certaines traductions, l'attente, la virulence d'une joie avant toute pensée.

Ses paroles sont celles d'un homme en marche : la couleur et l'odeur des champs les habitent, le vent dans les arbres, les gestes des hommes. Peut-être faut-il avoir été paysan pour comprendre, ou bien redevenir naturel ? Elles invitent à être joyeusement présent à l'instant, comme le ruisseau est sans cesse à la recherche du fleuve, le fleuve en route vers la mer. Cherchez le Père. Votre prochain c'est vous-même, votre moi inconnu. La non-dualité est présente partout. La parole de Jésus reste inconnue. À peine avons-nous commencé d'en dégager les implications.

Alors peut-être maintenant peut-on mieux percevoir que si les paroles avaient été écrites ou dictées sans traverser d'abord le regard et la conscience des hommes différents que furent les dicteurs et les rédacteurs nous eussions été éclairés mais contraints. L'obéissance prenait la place de la liberté et de l'amour. La certitude, une certaine idée de la certitude risque toujours de durcir et finalement de détruire ce qui ne peut que mûrir en nous, mûrir, mourir pour germer. Les paroles telles qu'elles sont, hors de nous, venues d'ailleurs, soumises à la contingence, peuvent émerger du grand fond anthropologique commun, naître de moi-même. Ainsi la parole de Jésus m'atteint-elle comme une main qui se pose sur votre épaule par-derrière, aussi bien menace qu'amitié, invitation fraternelle et dangereuse qui vous sort du monde et du texte déchiffrés pour vous faire passer dans le *pays* d'ici et d'ailleurs, dont vous portez en vous l'image en creux.

L'IMPOSSIBLE NÉCESSAIRE

Rien d'un idéologue, les yeux fixés sur quelque aménagement du monde ou le point ω. La présence à l'instant. Par exemple : Qui est mon prochain ? Dans Luc (x, 29-37) il répond par le Bon Samaritain. À chacun de décider dans l'instant. On dirait qu'il y va de tout chaque fois, la vie, la mort. Impossible de s'abriter derrière la nécessité. Le stoïcisme devient ce qu'il est, une grimace.

Un homme descendait de Jérusalem à Jéricho... Un homme avait deux fils... On peut se laisser bercer par la chanson. Et soudain la pointe, la percée. Quelque chose qu'on n'avait jamais encore perçu. Je perds mes limites. Ma sagesse en miettes. Le mauvais fils est fêté, la prostituée c'est vous, moi au sein de la prostitution universelle. Pas de raisonnement. L'élan balaie toutes objections. D'ailleurs il ne s'agit pas de paraboles. Jésus décide de nourrir la foule qui a faim, passe à l'action pour la veuve de Naïm, pleure et fait ouvrir le tombeau de Lazare. Pour lui des mains qui se tendent, des yeux qui pleurent, des corps qui souffrent signifient plus que les idées avec lesquelles on se défend, les névroses du passé, de l'avenir, *hic et nunc.*

Impossible d'enclore la parole-parabole sans la scléroser. Certes quand elle devient germe dans un homme et impulsion, elle peut se confondre avec les humeurs partisanes. La critique ne peut jamais être absente. Mais d'être seulement vénérée, devenue rituelle, le danger est pire. Elle n'est plus qu'une ritournelle à élargir le confort moral. Tandis que portée, nourrie, liée à l'exigence intérieure d'un homme, son mouvement est sans limite.

Ce qu'il y a d'inquiétant avec l'imagerie de ce Samaritain qui descend de cheval sur la route de Jéricho, c'est qu'on pourrait croire qu'il suffit d'arriver après la bataille pour soigner ou ensevelir. Certes ceux qui luttent pour la justice, quand ils combattent réellement pour la justice et non pour une autre forme d'oppression, dans le tissu des jours, au sein de toutes les ambiguïtés, afin qu'il y ait moins de blessés et de morts, ont moins belle apparence que cet homme de Samarie tant vanté. Et je sais qu'il est illusoire de penser qu'une société pourrait jamais éliminer certaines pauvretés et malheurs. Qu'une telle société serait finalement inhumaine. Mais enfin comment se situer du côté de ce qui est humilié sans prendre parti contre les oppresseurs ? Y a-t-il jamais eu d'amour sans colère ? Comment ne pas voir que certain amour des malheureux n'est que complicité avec l'ordre de ce monde qui crée le malheur ?

S'aimer à l'intérieur d'un clan, d'une classe, en Dieu, en Christ, tout en voulant ignorer la culture, l'argent, les rapports de force, c'est-à-dire la violence consubstantielle, quasi invisible, qui est faite chaque jour à des hommes, cela est relativement facile et va bien avec la sincérité. Il suffit de se laisser aller à l'évidence du préjugé ou de ses propres intérêts. Ce l'est moins quand il s'agit de prendre parti dans l'instant contre ce qui en réalité empêche les hommes d'être *proches*, contre l'exploitation du travail, contre le supermarché mondial qui fait régner la loi de la jungle. Parce qu'il faut payer le prix.

Être heureux dans la foi. Il peut s'agir du bonheur infantile de qui a posé des limites à la parole et l'a encoconnée. Un jour quelque chose peut craquer. Une vérité devient fulgurante : l'amour chrétien n'est qu'une comédie s'il ne travaille en quelque manière à rendre des hommes *prochains*.

En revenir à ce figuier feuillu et scandaleux (Matthieu XXI, 19-21, Marc XI, 13-20). Jésus et les disciples qui ont faim passent, le voient, se dirigent vers lui qui ne porte aucun fruit. Jésus le maudit, et le voici l'instant d'après desséché jusqu'aux racines. Or, dit Marc, ce n'était pas la saison des figues. Cet homme qui oscille sans cesse du sensible et de la contingence à l'absolu n'a pas le sens du raisonnable et nous arrache vers l'impossible.

Et quand il est dit : Quoi, tu regardes la paille qui est dans l'œil de ton frère, et tu ne considères pas la poutre qui est dans le tien ? (Matthieu VII, 3-5, Luc VI, 41-42), il s'agit bien de se comparer ! Ce ne serait que céder à la médiocre sagesse des nations. Mais au moment que je juge autrui, un homme particulier, c'est alors que je deviens aveugle, qu'on puisse me reprocher quelque chose ou non. Qui juge se situe hors communion.

Et de même voyez Jésus disant : Quiconque regarde une femme en la désirant est déjà adultère...

Certes il rappelle la loi de Moïse concernant le mariage, mais la pointe de son enseignement est tournée vers ailleurs... Le désir fait partie de la nature. Le refoulement ne l'élimine pas mais lui ouvre d'autres voies détournées. Seule la sainteté le change de signe. Jésus ne voit pas le péché partout, en regards et pensées qui sont en nous sans nous. Il signifie que celui qui ne vit pas hors de la connaissance de lui-même ne saurait juger personne, parce que les mêmes pulsions nous habitent. Ce n'est pas une prime au péché. Nous sommes en Évangile, c'est-à-dire dans une vision ample parce que ontologique et non légaliste qui suppose l'ouverture à l'amour, hors de tout calcul. La morale en ce sens n'existe pas pour les autres, pour soi seulement, comme exigence à cause d'une lumière qui nous habite. Ce qui perd ou sauve un homme ce n'est ni son bien ni son mal mais l'attitude qu'il a dans son bien et dans son mal. Le *juste* fier de la vertu dont il s'estime propriétaire s'exclut aussi bien du royaume que l'homme du plaisir débranché de sa signification humaine. La loi est le substitut du bien pour qui ne s'y dirige pas spontanément : elle ne fait généralement que masquer l'envie et l'absence d'amour. Impossible donc de se fonder sur les apparences. Le *Ne jugez pas* va très loin. En Évangile nul ne possède personne et n'a de droits sur quiconque. La morale des droits peut se réclamer à juste titre des nécessités et coutumes sociales, elle ne le peut de Jésus. Dès qu'on cesse de faire de l'Évangile un livre pieux, ramené insidieusement à la sagesse de nos peurs et de nos rêves, la parole nue fait craquer la voûte de plomb des formalismes, la jeunesse du cœur remue.

Je vois encore un autre exemple dans l'invitation à tendre la joue gauche (Matthieu V, 38, Luc VI, 29) qui fut l'occasion de tant de variations épaisses ou ironiques. Généralement on l'a interprétée comme une réaction de faible, à la manière du pardon imposé à l'adversaire comme ultime supériorité, quand il est évident que dans l'Univers habité par Jésus il s'agit simplement d'un appel à la fraternité du grand fond universel, hors des catégories de force ou de faiblesse. Même le loup n'attaque pas le loup qui lui présente sa gorge, dit Konrad Lorenz.

L'INFARCTUS NE LE MENACE PAS

Le mode de vie qui a la préférence du Galiléen est étranger à la sécurité telle qu'elle est comprise. Les hommes sont obsédés de réussite et d'assurance. Ils refoulent donc leur désir profond et leur intime vérité, car tôt ou tard ils doivent passer l'examen implacable que leur fait subir la société afin de leur permettre de devenir les figurants d'une fonction au théâtre de l'existence.

Quiconque tente de franchir les barreaux de la cage ou seulement de regarder à travers est un *corrupteur* comme le fut Socrate.

Que Jésus ait eu des opinions définies, que ses idées aient été organisées selon une logique rigoureuse n'est guère concevable si l'on s'en tient aux textes. Sa logique est intérieure. Ce sont les commentateurs et explicateurs qui, à travers des langues mortes, les ont transformées en système et en ont donné une image qui pouvait prendre place sans trop heurter dans les catégories mentales.

Déconcertant, inclassable. Donc objet de scandale. Dangereux pour lui de dévoiler son identité. Impossible de répondre sans risque mortel au questionnaire qui permet de prendre place, d'avoir son aire où vivre et prospérer. Quelle est ton origine ? Tes diplômes ? Es-tu Messie, prophète ? Tes revenus, numéro de Sécurité sociale ?

Il prie dans le Temple mais annonce sa ruine. Dire ce qu'il dit, et ne pas vivre en anachorète, manger et boire avec plaisir, faire sa compagnie d'amis, de publicains, de femmes, de pécheurs, de quel bord est-il ? Comment ne créerait-il pas le malaise ?

À quoi veut-il arriver ? À rien. Pas de plan, encore qu'on surimpose maintenant le mot *stratégie* à tort et à travers. Abattre les préjugés, c'est-à-dire les murs de protection et de satisfaction, toucher le cœur endurci, tourner les hommes vers le Père inconnu. Éveiller, dévoiler, comme si tout déjà était mystérieusement présent en nous, comme s'il ne s'agissait que d'ouvrir les yeux, les mains, de faire un pas et tout le reste suit.

Mobilisé ni par les idéologies ni par les espoirs qui soulèvent les masses et avec cependant, à une autre profondeur. Mao lui est aussi étranger que Franco. Étranger aux papes à cheval et aux diplomates qui se servent de leur puissance spirituelle afin d'agir politiquement. Aux catholiques polonais quand ils traitent de puissance à puissance pour la religion de leurs attachements. À l'évêque de Braga quand il prend la tête de la croisade. Et cependant avec les catholiques portugais, polonais, avec les communistes aussi bien, dans le secret de chaque conscience.

Pour la disparition des classes, non pour la lutte des classes. Avec les masses et contre les mythologies qui les meuvent comme des armées aveugles. N'est-il donc qu'un individualiste et se désintéresse-t-il à ce point du sort de l'humanité ? Changer le cœur et l'esprit des hommes un à un, voilà ce qu'il semble chercher d'abord, et non par le moyen des mythes collectifs du bonheur, qui, pour un temps bref soulèvent les humains, puis les laissent à eux-mêmes, si bien que toujours reviennent l'envie, la guerre, le malheur.

Jésus avec le fils prodigue sur les chemins, avec le père qui attend sur la colline. Avec les pauvres toujours jusqu'à ce que la convoitise leur tienne lieu de richesse, jusqu'à ce qu'ils appellent justice le goût du luxe et du confort. Avec les riches jamais quand ils collent à l'argent qui leur donne la dignité, le sens aigu de la morale légale, le respect du bien d'autrui, la politesse, le scrupule dans les petites choses, presque toutes les vertus, jusqu'à la charité. Avec les riches dès qu'ils ont l'esprit pauvre, s'ils comptent pour rien leur avoir, quand ils ont précisément réalisé que leurs vertus sont des produits et que leur ordre n'est que l'aménagement de la concupiscence.

La civilisation occidentale enseigne à prendre — avoir savoir pouvoir. D'ailleurs pourrait-elle jamais durer autrement ? Toutes les prédations, la guerre sont au départ. Il ne peut y avoir de « civilisation chrétienne » que par abus de langage. Le christianisme suppose la nature et sa violence. Perturbation introduite dans les mécanismes de l'instinct et de l'intelligence captatrice, blessure dans la conscience, ouverture sur un autre espace, un autre temps, tel il se présente dans sa vérité essentielle. Car Jésus enseigne à déposséder. La croissance ne l'intéresse pas ni l'ascension sociale des individus qui accompagne ou suit l'argent. Le critère de réussite n'est pas le même pour lui que pour nous. Il recommande de descendre l'échelle sociale afin de retrouver l'humilité de l'enfant (Matthieu XVIII, 3). Ainsi se produit le renversement des hiérarchies de la puissance et des prestiges.

Faut-il y voir l'action du ressentiment ? Un temps bref, je le crus. Nietzsche était passé par là et j'interprétai certains textes à travers cette grille. Certes il arrive que ne pouvant, par manque d'agressivité, de courage ou de talent, atteindre certains biens, on feint, en les méprisant, de se tromper soi-même et de tromper autrui. *Ces raisins sont trop verts.* Ainsi rétablit-on l'équilibre intérieur et retrouve-t-on, à peu de frais, l'estime de soi. Les chrétiens n'ont pas toujours échappé à ce piège. En partant de Nietzsche, Max Scheler a analysé ce mécanisme. Mais Nietzsche se trompe quand il voit Jésus animé par le ressentiment du faible. Il s'agit d'un regard nu, direct qui perce les apparences, voit la pauvreté dans la richesse même, la faiblesse dans la puissance.

Jésus du côté des exclus, marginaux, émigrés, bien sûr. Et cependant à une telle distance du misérabilisme comme de la bienveillance démocrate. Les majorités ni les minorités ne le concernent. Le voit-on par exemple, comme nos habiles hiérarchies, tenter de se servir de la démocratie pour imposer des lois chrétiennes sur le divorce, l'avortement à des non-chrétiens ? Comme si la morale chrétienne ne devait pas naître en chaque conscience particulière au sein d'une liberté.

Contre lui les gros revenus qu'il invite à se dégonfler, aussi bien que les syndicats, toutes les bourgeoisies paysannes et ouvrières. En tout cas il ne fait qu'un bout de route avec. Et en même temps n'importe qui en n'importe quelle situation peut accueillir son message, même si son attention va à ceux que l'histoire oublie, écrase et qui sont la matière première avec laquelle les nations s'accroissent, font les guerres tantôt sanglantes, tantôt économiques, tout aussi mortelles au sein de ce qu'on nomme paix, n'en finissent plus de préparer le bonheur des générations futures, élèvent leurs monuments, tous les signes de grandeur, en acceptant pour aujourd'hui le supplice des misérables.

Pour lui la plus grave folie pourrait bien être celle de l'accord et de l'insertion dans une société donnée comme seule possible et raisonnable, et qui est démente en ce qu'elle détruit psychiquement et spirituellement ceux qui en tirent profit aussi bien que ceux qu'elle élimine.

À quoi bon penser à demain ! Demain prendra soin de lui-même. Dans sa perspective la démence est d'accumulation. Un homme avait de grands biens et il fit une bonne récolte et il se dit : Que vais-je faire ? Car je n'ai plus de place où entasser. Je sais ce que je vais faire. Je vais abattre mes remises et en bâtir de plus grandes où je serrerai tout mon avoir et je dirai à mon âme : Mon âme tu as de grands biens et pour longtemps, réjouis-toi... Imbécile, cette nuit, on va te redemander ta vie (Luc XII, 16 et suiv.).

À quel point on a pu délirer sur les textes quand on n'en faisait pas des gorges chaudes. Voyez les lys des champs... Observez les oiseaux du ciel... (Matthieu VI, 26.) Naïveté, splendide utopie. Comment l'homme de ce temps y porterait-il une seconde d'attention ! La cause est entendue.

Il s'agit bien de prévision ! La relation à Dieu traverse aussi l'ordinateur, le béton, la prospective, le système monétaire, les rapports de classe. Il s'agit de l'âme. Ceux qui sont engagés dans la prospective et les plannings sont invités à la distance intérieure. Il s'agit de liberté spirituelle dans la prévoyance même, c'est-à-dire de la capacité de se tenir dans l'œil du typhon avec sérénité. Comment un homme peut-il réussir dans cette société de guerre, entrer dans la gloire de ce monde et se croire, se dire chrétien, sans cette zone en lui, secrète, qui le désintéresse, encore qu'elle puisse compromettre apparemment son efficacité immédiate.

Et pourquoi serait-il facile d'être un homme du temps et de l'éternité ? Le monde n'aime que ce qui est à lui (Jean XV, 19).

Avez-vous pensé à ceci ?

Il n'a guère passé les trente ans.

La cirrhose ni l'arthrite ni l'infarctus ne le guettent. Que les fatigués de naissance, amertumés, résignés, sceptiques ne l'invoquent pas pour demeurer inertes avec leur pureté sublime ou aigre, sous prétexte qu'il est difficile de vivre.

La conscience malheureuse n'en finit pas de discourir sur la vanité et l'aliénation de tous engagements. Mais hantée par les vanités qu'elle méprise, elle est elle-même vaine en n'adhérant qu'à une image de rêve. Elle s'en tire par des gestes symboliques ou des paroles qui la dispensent de l'expérience réelle. Ou bien en ne portant l'aspiration spirituelle que dans l'au-delà elle s'asservit sans le savoir aux réalités mondaines. Ainsi, s'avance-t-on un pied dans chaque univers et n'en finit-on plus de tricher. En croyant assurer la relation à Dieu on manque le prochain.

Une seule façon d'être disciple. Rajeunir. C'est-à-dire apprendre à mourir, c'est-à-dire se faire libre afin qu'elle n'ait presque plus rien à prendre, la voyageuse. Pas de situations acquises, crispations, regrets, embaumements, décorations. « Arrache ta vanité. Je te dis arrache-la » (Ezra Pound). Que l'unique rêve de ta vie soit : te réveiller.

Finalement s'il est condamné, exécuté, c'est qu'il révèle que réformes et tous changements ne sont pas seulement à faire au-dehors mais en nous. C'est insupportable.

C'EST TOUJOURS L'AURORE

Cependant, que je demande si l'Évangile a quelque chose à dire à la société de supermarché qu'on nous a faite. Et pour cela, essayer d'abord de la regarder avec son regard.

L'Occident a vécu et vit encore sur le mythe d'une nature inépuisable et d'une croissance indéfinie. Augmentation du niveau de vie et bonheur suivent le développement de la production. Progrès automatique. Telle est la religion dominante des temps de ténèbres spirituelles.

Diverses surprises qu'on appelle *crises* pour ne pas s'apercevoir qu'on a vécu dans l'illusion permanente commencent à révéler ce que l'homme traditionnel n'ignorait pas, à savoir que les biens de la terre sont limités. Ne nous y trompons pas, « la paix est une autre forme de la guerre ». Car les catégories sociales, comme les individus, se battent pour la possession de ces biens à l'intérieur de nos démocraties dites avancées, pendant qu'une partie du Tiers Monde souffre de la faim.

Les sociétés tout comme les individus vivent en état de divorce d'avec la terre, en oubliant que ses racines sont les leurs. La pollution qui suit est le symptôme d'une asphyxie spirituelle. Les hold-up, prises d'otages, concussions de toutes sortes ne sont que l'expression plus visible d'une avidité insatiable.

Car ce n'est pas le besoin d'exister qualitativement qui meut les hommes mais le désir d'avoir et d'entasser, car tout tend à les convaincre que seule la quantité peut donner le bonheur. Télévision, presse, publicité visent d'abord la quantité : les idées, les livres comme les produits de consommation sont soumis à cet impératif qui est celui du Prince de ce monde, l'argent.

Longtemps la technique ne s'appliqua qu'au milieu de vie et au mieux-être. Maintenant science et technique confondues agissent directement sur les réflexes et la pensée, exploitent ce qu'il y a de mécanique dans cette pensée, aux dépens de l'expérience secrète, de l'intelligence du cœur et finalement de la liberté.

En face de cette découverte fondamentale des limites de la terre et de ses ressources il serait capital de vivre et d'agir en fonction d'une autre image du monde. Mais les pouvoirs ne sont et sans doute ne peuvent être que des *arbitres*, déchirés entre les catégories sociales qui à l'intérieur des frontières et par-dessus tentent d'arracher la plus large part du profit. C'est sans fin. Les oppositions comme les révolutions ne visent généralement qu'à redistribuer sans mettre en question les rapports des hommes et de la terre.

Dans cette perspective, quel politique, fût-il un génie, à quelque parti qu'il appartînt, pourrait-il proposer et mettre en œuvre une organisation sociale qui répondrait réellement au bien commun ? À moins qu'il ne veuille sa propre chute, il ne peut qu'être déterminé, à court terme, par des pressions divergentes et les échéances électorales. Comment le pouvoir qu'il détient pourrait-il mettre en œuvre une conception nouvelle du monde, quand il ne peut s'exercer qu'en fonction de désirs immédiats. Il ne peut que se fier à une habileté faite d'intelligence et d'aptitude à la dissimulation.

Nous sommes en un temps de ténèbres spirituelles parce que les sociétés contemporaines ne mettent le salut que dans la satisfaction des désirs. Et pourquoi pas, si l'on vit sans arrière-plan spirituel ? Pourquoi disputer cette satisfaction ? Et en effet pourquoi ? C'est que la démesure du désir, dans l'assouvissement aussi bien que dans la frustration, débouche sur la tristesse et l'inhumain.

Tout se passe comme si le refoulement de l'éternité et de l'espérance conduisait à l'incessante et frénétique recherche de la sécurité pour tenter de mettre l'éternité dans le temps.

Rien d'étonnant qu'un des phénomènes les plus significatifs de ce temps soit l'occultation de la mort. Elle n'est plus que menace qui vient du dehors, catastrophe qui vous tombe dessus. Tout est fait, jusqu'à l'absurde, pour prolonger la durée. On appelle cela le respect de la vie, dans le même temps qu'on supporte qu'en de nombreuses régions la durée moyenne de l'existence humaine ne dépasse pas trente ans.

En vérité l'homme-individu n'a déjà plus de réalité personnelle. Il est mortel, qu'importe, la production est immortelle. Fiché, surveillé, manipulé, matière première, voilà ce qu'il est, pris dans un programme tendu vers le futur, à travers statistiques et sondages, gavé de faux espoirs avant d'être éliminé en douceur au petit matin, à moins qu'on ne l'embaume et le maquille dans les salons funèbres pour se tromper mieux.

D'ailleurs il est mort avant de l'être. Sitôt qu'il quitte la vie active. L'aide au troisième âge, au tiers monde des vieillards ne fait que souligner la déréliction dans une société qui n'existe que pour la croissance et le plaisir. Le chômeur lui-même, voué a l'inexistence, connaît l'avant-goût de l'humiliation et de la mort.

En réalité les sociétés conduites par la rationalité scientifique ne sont plus que des entreprises comptables. C'est pourquoi elles tombent sous le règne de l'explicable, de la platitude et de l'ennui.

L'Évangile a-t-il quelque chose à dire à ce monde de ténèbres ?

À vrai dire il n'y a pas pour lui de ténèbres, ou plutôt c'est toujours l'aurore. Dans ce monde soumis à la démence pseudo-scientifique, de nombreuses communautés, éparses à travers le monde, mouvantes, proches de la nature, vivent aujourd'hui le partage et la fraternité en prophétie et promesse.

Elles sont parmi les expressions les plus vraies de l'Évangile, révolutionnaires en ce qu'elles rejoignent une tradition.

Certes le Message de lui-même invite à la sobriété et à la réconciliation avec la terre, mais il se tient à distance des réalités économiques et sociales. Ne pas s'imaginer trop vite que la seule croyance en la proximité de la Parousie peut expliquer cette indifférence. Pour lui le salut n'est pas de ce monde, encore qu'il soit une réalité intérieure ici et maintenant. Il n'est pas lié au progrès. Aussi ne s'occupe-t-il nullement de la transformation de la terre et ne comporte-t-il, directement du moins, aucune critique économique et sociale.

Aurais-je le courage de dire, je l'ai, que pour qui vit réellement la dimension de l'éternité, la douleur et la mort ne sont qu'un bref passage. C'est un langage qu'on ne veut généralement plus entendre. Et cependant *Une seule chose est nécessaire.* Il y a une force fantastique dans la foi, pourvu qu'elle ne reste pas cette chose mentale, étrangère à la vie.

Car les serviteurs du Message ne peuvent s'évader dans les refuges idéalistes en laissant les choses en l'état. Logiquement ils chercheront à faire reculer l'inhumain et s'engageront donc, chacun selon son charisme, car le second commandement est semblable au premier. Cependant ils ne connaissent pas la frénésie des désirs immédiats ni des refoulements. Leur vie est une vie *avec* la mort, l'autre nom de Dieu. Elle rend libre parce qu'elle relativise et conduit à la sérénité dans l'action.

Parce que l'Évangile sait ce qu'il y a dans l'homme, derrière le voile de ses prétentions, il peut nous réapprendre qu'un système fondé sur l'abondance et l'avidité est radicalement pauvre. Qu'il y a une finitude de la terre, et au cœur de l'homme une insatisfaction fondamentale.

La libération qu'il vise est d'abord intérieure, aussi bien des pauvres que des riches, sans laquelle tout changement n'est qu'apparence.

Ni conservateur ni révolutionnaire. Si le pauvre est préféré sans illusions, c'est qu'il a plus de chances, étant vide, de s'ouvrir à l'Espérance. La justice sociale il ne la connaît pas telle que nous la connaissons : mais la justice intérieure qui ne peut s'exprimer que dans la recherche d'une justice sociale qui ne se confond pas avec l'expansion économique.

Le retournement des désirs immodérés vers un salut d'un autre ordre, qui met les hommes au service de tout ce qui est humilié : telle est sa voie.

Certes des hommes pénétrés de son esprit ne pourront se désintéresser des responsabilités politiques et seront conduits à des actions collectives nationales et internationales. Mais ils ne pourront se contenter d'être des arbitres au sein de l'universelle avidité. Leur logique est de proposer une autre vision du monde déprise de la fausse rationalité qui conduit à l'absurde. Réussiront-ils ? Le monde aime ses désirs et les catastrophes qui les suivent. Et qui a jamais dit la vérité sans passer sur la croix ?

DE PÈRE INCONNU

Après cette brève incursion dans l'actualité, en revenir à Jésus lui-même.

Celui qui me parle à travers la voix des dicteurs et des rédacteurs des Évangiles ne se laisse pas enfermer dans les adjectifs doux, humble, sage, qui tant servirent à le faire entrer dans la vision cléricale des choses. Pas plus que colérique, impérieux, changeant.

Cependant il est écrit : Je suis doux et humble de cœur. Il est vrai qu'on sent sous la colère une zone de paix comme si la violence même ne visait qu'à faire partager et n'avait qu'un but, conduire vers le Père.

Et quand surviennent la paix et l'humilité de la dernière semaine et que sans qu'on sache pourquoi, Jésus, rompant avec toute prudence, monte à Jérusalem, il est évident qu'il s'agit d'une douceur et d'une humilité volontaires qui ressemblent encore à un coup de force. Il décide de devenir agneau.

L'intrépidité domine. L'attaque des paraboles et des paradoxes le disent, plus encore la vivacité des reparties, et cette façon qu'il a de répondre à côté des questions et de les effacer. D'où tient-il son autorité celui qui a le front de renverser l'ordre naturel des choses ? Vous savez que ceux qui régentent les nations et exercent sur elles leur pouvoir sont appelés grands. Parmi vous qui veut être grand sera votre serviteur (Marc x, 42-43). Quelle audace si cet homme n'est qu'un homme quand il parle à la Samaritaine, s'invite chez Zachée ! Quand au bord de la colère il rabroue les disciples chez qui l'association des idées semble souvent déficiente. Quand ont-ils compris ? Ce qui est arrivé arrive sans cesse. La pesanteur humaine durera jusqu'à la fin. Peu de temps après la Multiplication les apôtres ont oublié de prendre des provisions et s'inquiètent. Pourquoi parler de pain ? Vous n'avez pas encore compris ? Êtes-vous sans intelligence ? Avez-vous le cœur endurci à ce point ? Des yeux pour ne point voir ? Des oreilles pour ne pas entendre ? (Marc VIII, 17-18.)

Qui est-il celui qui demande foi en lui-même ? Comédiens, quand le vent est au sud vous dites qu'il va faire chaud. Vous savez lire la face du ciel et de la terre, et vous ne discernez pas ce moment-ci ! (Luc XII, 55-56.) Ainsi attaque-t-il de front. Quelle prétention quand il brusque Nathanaël ! Qui ne croit pas en moi ne croit ni en cette vie ni en la vie éternelle... Quand il dit : Le monde passera avant que ne passent mes paroles. Ce patient s'enflamme dès qu'il s'agit d'idoles et de mensonges, et pas seulement quand il chasse les changeurs et les vendeurs. Aux disciples éblouis devant la splendeur du Temple il dit qu'il n'en restera pas pierre sur pierre. Son agressivité est intacte : Détruisez ce temple, je le rebâtirai en trois jours... Et quand vous priez ne soyez pas comme ces comédiens qui aiment prier debout dans les synagogues et au coin des rues pour paraître aux yeux des hommes. Oui, je vous le dis, ils ont reçu leur salaire. Depuis si longtemps que l'on parle de l'attaque de Jésus contre les scribes et les pharisiens. Généralement on ne dénonce chez autrui que ce que l'on porte en soi. C'est un jeu verbal sans aucun risque qui permet de s'estimer en ne se voyant plus. Mais on voit bien qu'il s'agit d'autre chose ici. Le chapitre XXIII de Matthieu n'a rien perdu de sa force. On peut l'avoir lu et relu, la violence reste stupéfiante. Celui qui fut assassiné le fut aussi pour son insolence, pour s'être placé au-dessus de la Thora, s'être dressé contre l'ordre des plus pieux des Juifs, comme destructeur des liens les plus sacrés, pour leur avoir lancé en plein visage qu'ils annulaient par leur tradition la parole de Dieu (Marc VII, 6-13).

L'esprit de résolution et de décision que les hommes d'action mettent dans leurs entreprises, le Galiléen l'applique contre le préjugé, la nécrose, les coutumes, tout ce à quoi sont attachés les pouvoirs qui ont besoin du sommeil ou de l'exaltation de la foule selon les saisons politiques. Je ne suis pas venu apporter la paix mais l'épée (Matthieu X, 34). Je suis venu mettre le feu. Quiconque met la main à la charrue et regarde en arrière n'est pas apte au royaume (Luc IX, 62). Laisse les morts ensevelir les morts (Matthieu VIII, 22).

Faire rire est mortel. Faut-il payer l'impôt à César ? (Marc XII, 14-15, Matthieu XII, 15-22, Luc XX, 20-26.) Le voici pris en fourchette, le doux Seigneur embarrassé. Car s'il dit de payer, il collabore et heurte le petit peuple ; s'il refuse, les Romains vont réagir. Apportez-moi un denier. Quelqu'un le sort de son gousset. Ainsi vous avez de l'argent romain, vous trafiquez avec Rome comme tout le monde ! La foule rit. Le piège est désamorcé. L'humour se paie.

Les paroles d'accord et de paix existent, d'une telle sérénité. Mais il s'agit d'une paix armée, conquise, quand les masques sont tombés, les plaies débridées, les conflits surmontés. L'imposture est de s'en servir afin de se créer un royaume mental et sentimental de nostalgie à l'abri de la dure réalité. Loin de faire de nous des évadés, le Nazaréen fait passer le glaive de la parole au juste point. Je suis venu diviser, séparer. Il érige son attitude en modèle. On vous traduira en justice... Ne craignez pas ceux qui tuent le corps et qui ne peuvent tuer l'âme (Matthieu x, 16 et suiv.). Ses paroles seront signées de son sang. Mais qu'il sera difficile de croire au martyre de ceux qui défendront tel ou tel ordre mondain afin de protéger leur vision idéaliste surimposée à la réalité, tout comme aux vertus diplomatiques de ceux qui tentent de faire échapper la foi aux vraies confrontations.

Jésus ne s'occupe pas de nos aménagements. Par exemple, que la famille défende son héritage mais qu'elle laisse Jésus en dehors. Le Droit romain lui est étranger. Nul n'a de droit sur personne, pas même Dieu qui fait de nous ses amis, ainsi qu'il est dit en saint Jean. Que les pouvoirs l'aident et la protègent. C'est leur affaire, importante, capitale, affaire de chair et de sang. D'elle-même elle est mise en ménage, en condition pour reproduire le même être borné à l'horizon conventionnel de la tribu. Jésus s'occupe de fraternité et d'esprit. Car, ainsi que dit Claudel, « ce n'est pas l'esprit qui est dans le corps, c'est l'esprit qui contient le corps et qui l'enveloppe tout entier. » Il nous attire hors de l'univers des naissances et de la mort. Tel est le poème, c'est-à-dire la réalité par-dessous le réalisme primaire et hors des illusions dualistes.

Un seul corps d'amour universel avec, à travers en même temps que contre le corps charnel et institutionnel. Ernst Bloch l'a bien vu, l'amour réel ne peut exister qu'à l'intérieur de petites communautés. Impossible de le faire échapper au relais des consciences individuelles. Qu'il devienne loi ou pression sociologique il n'est plus que la caricature de la fraternité.

Quel est-il celui-là qui nous laisse à notre condition, nous invite à exister dans le temps contingent, sans refuges et sans privilèges, et cependant hors du temps ?

De Père inconnu, hors de la race et dedans. Pas le fils d'un ménage.

Impossible de te rencontrer vraiment hors de l'imaginaire et de la complaisance. Et facile quand tu nous arraches à notre identité mondaine et à nos héritages. Tu es le pauvre, pas de domicile fixe, tu t'esquives sans cesse, ni avec ceux qui veulent créer un ordre qu'ils disent tien, ni avec ceux qui sont en marge de l'existence précaire, enfermés dans la nostalgie de toi. Toujours hors du cercle que nous traçons, et cependant avec tous, au sein de leurs erreurs ou de leurs illusions, fidèle et importun comme le chant du coq à l'aube.

C'est l'éveilleur de consciences, le remueur, qui sort le monde de l'ornière au bout d'une longue marche avant qu'il ne cède de nouveau à la pesanteur. Tandis que le Chef, le Président, tente de maintenir ce qui est en proclamant qu'il fait le changement, délégué des peurs et des refus.

Pourquoi ne se solidarise-t-il pas avec les zélotes ? Pourquoi ne pas appeler le peuple à la révolte ? Jésus n'est pas un agitateur. C'est qu'il s'agit d'autre chose. Exactement d'ensemencer des consciences par des actes-paroles inépuisables afin que surgissent au cours des millénaires les hommes éveillés qui tenteront inlassablement de faire l'unité spirituelle du monde à travers et malgré tous les impérialistes, avec et contre toutes les révolutions.

SOYEZ PÈRE ET MÈRE, LE MOINS LONGTEMPS POSSIBLE

J'avais cru pouvoir passer vite, me contenter d'une pointe. Que celui qui a des oreilles entende. Ce n'est plus possible. Tort de sortir hier dans les rues du soir. Trop de mots dans la tête, sur les lèvres à se bousculer au portillon. Qu'est-ce qu'un mot ? Presque rien, un souffle, une bouche ouverte, signe de besoin, de faim. À la réflexion toute parole est prière. Laissez-moi prier à ma façon.

C'est à cause de Noël qui se prépare, la dégoûtante nostalgie une fois encore. Fête de la famille rassemblée à mijoter dans ses préjugés, cadeaux, foie gras, crème Chantilly, sapins givrés, mitraillettes, tanks miniaturisés, fusées, menus aux portes des restaurants, réveillons pour le prix d'un mois de travail d'un émigré, tout cela sous l'averse des lumières multicolores, insulte aux pauvres du monde entier. Naïveté ! Je sais. Mais on ne décide pas de sa colère.

Je n'ai rien contre les fêtes du Solstice et du sang. Elles sont signes de santé même si elles ne lèvent les barrages que pour contenir mieux. L'espérance peut pousser dedans et pas seulement au petit matin des gueules de bois.

Mais enfin Noël n'a rien à voir avec ces faux délires, artificiels et commerçants. Les églises le disent parfois en exhortations. Seul un acte signifierait. Qu'elles s'absentent, émigrent ! Ce serait un jugement, une traînée de lumière.

Je le crains, ce serait encore recherche de l'éclat et du miracle. Peut-être finalement est-il meilleur que le mystère survienne mélangé à la dérision. Jésus aussi perdu, inconnu, au milieu des glorifications mondaines, qu'il y a vingt siècles. Aux « pauvres » de le choisir secrètement dans leur cœur.

Nulle envie de reprendre la chanson gidienne. Et pourtant, il est vrai, s'il n'y avait Jésus, je choisirais Sparte contre Athènes et Aristote. Je choisis Jésus, la fraternité de l'esprit.

Blessure de quitter le paradis amniotique, l'enfance, l'adolescence, une terre. Enracine-toi, dit Athènes. Déplante-toi, dit Jérusalem. Que toute terre te soit un désert si tu veux faire retour.

Sénile et impérialiste, telle est la famille que l'histoire nous a faite. Rarement présente, tournée vers l'avenir, donnée en spectacle, soucieuse de ressembler, d'elle-même elle est contre le jeu libre et joyeux de la vie. Que de temps perdu dans la lutte contre la jalousie ou l'ambition du père, contre l'amour maternel.

Ce qui est né de la chair est chair, ce qui est né de l'Esprit est esprit (Jean III, 6). La famille n'existe que pour être surmontée. Déjà la nature nous apporte le don et l'arrachement pour notre croissance, pour la dure joie ici et maintenant. L'heure peut venir qu'un homme se réjouisse de l'absence de ce qu'il aime. *Si je ne m'en vais l'Esprit ne viendra pas.* Marie, il me semble, devient totalement mère devant la croix. Morts ceux que l'on aime nous habitent davantage.

Chaque enfant arrive à l'existence avec sa manière à lui unique, inscrite dans les fibres du corps, de recevoir le monde par les yeux, les oreilles, la bouche, la peau, et de le mimer par les gestes et la voix. D'instinct il rejette certaines contraintes, se libère de ses langes. On l'aide à se désentraver pour marcher. La nature spirituelle est plus fragile. Comment au départ se défendrait-il contre les réflexes, les idées et les rêves dont on l'investit et dans lesquels sont ramassées certes les richesses d'une expérience, mais aussi toutes les peurs. Plus tard s'il n'a pas été asphyxié il sera contraint de fracturer le vocabulaire pour retrouver une innocence. Dure bataille contre la convention, le pré-jugé.

Car on lui fait un don merveilleux et terrifiant à cet enfant : les mots parlés, écrits, à travers lesquels il vient réellement au monde des hommes. Un épais vêtement de mots enferme, refoule le corps de chair bâti autour du souffle unique, créateur, pour faire de lui l'adulte soumis au réalisme primaire. Installe-toi, possède si tu veux exister, dominer. Dès le départ le langage l'invite à se dissocier en le faisant vivre *en face*, rien qu'en face de son corps et du monde et non *avec* lui. Ainsi lisons-nous, le sachant ou non, la mort en toutes choses et nous précipitons-nous vers des buts qui ne sont pas nôtres. La conscience malheureuse se love dans le creux, entre les mots conventionnels et la parole unique qui veut se dire et ne le peut. Les drogues, les formes dégradées de religion, les rêves de la nuit, la hantise de la réussite, la fascination du plaisir tentent de combler la distance et de répondre au désir d'épiphanie du corps.

La famille saisit l'individu et ne le laisse jamais seul, à l'image de la société qui l'immerge. Son projet fondamental : récupérer, enfermer dans le ghetto, intégrer. Or pour qu'un homme vivifie la société et l'empêche de se scléroser il importe qu'il devienne joyeusement lui-même.

Ainsi sans doute, pour une part, la stérilité de l'engagement politique tient-elle à ce qu'il est pris par des hommes de tribus, fonctionnarisés et comme insectifiés qui ne vivent pas aujourd'hui l'existence libre et heureuse qu'ils annoncent pour demain.

Qu'importe ! Rien n'est donné. Peut-être y a-t-il là une nécessité ? Chaque individu doit s'arracher au clan et à sa pesanteur, conquérir sa vérité sur l'inhumain. L'Évangile est un plaidoyer pour la solitude essentielle d'un homme qui veut réellement rencontrer autrui.

Il peut arriver alors que la famille devienne autre chose que le conservatoire des préjugés et le lieu de l'esclavagisme. Les liens de l'esprit deviennent plus forts que ceux du sang. Là est la direction spécifiquement chrétienne. De toute manière un homme éveillé, tôt ou tard *choisit* sa famille dont les proches ne sont pas nécessairement exclus.

Jésus n'a pas béni la famille comme telle. Sa mission est d'inviter à renaître de l'esprit. Ce furent les églises qui, un jour, se mirent au service de l'espèce, accrurent leur puissance par le nombre des baptisés tout en aidant les pouvoirs à recruter des soldats qui furent bénis avec leurs fusils, les canons et les bombes. À certaines époques sans doute contribuèrent-elles à maintenir la cellule familiale mais la tension ne fut pas maintenue entre la famille et la fraternité spirituelle. Là fut leur échec, encore que toujours un petit nombre vécut cette tension. Elles n'ont pas masqué les textes, c'est vrai : ils furent dits, mais l'amalgame se produisit. La foi devint naturelle.

Que les dicteurs et rédacteurs aient rapporté avec tant de clarté et de force des paroles et des actes qui allaient contre leurs pensées me paraît un signe prodigieux.

Les apôtres choisis, Jésus vit avec eux la vie d'errance et de fraternité. La famille s'émeut, s'agite, complote, tente de l'arracher à la démence et de le cacher. Lisez. C'est d'une telle évidence. *Qui est ma mère ?* Les exégètes qui, si longtemps, surent retenir ce qu'ils disaient, s'en sont tirés à bon compte en exploitant les mots qui suivent comme un redressement des propos tenus : Celui qui fait la volonté de Dieu, celui-là est mon frère, ma sœur, ma mère. Et à ce compte-là en effet la Vierge n'a rien à perdre. Mais il n'empêche qu'elle est pour l'instant avec les frères et écoute la voix du sang, comme si elle avait encore à apprendre que la chair ne sert de rien (Jean VI, 63). Quand Jésus déclare : Voici ceux qui sont mes frères... il regarde, dit Marc, autour de lui. Marie n'est pas du nombre. Comme la famille eût voulu l'abriter de la mort. Jamais il ne serait monté sur la colline. Ce jour-là sa mère rentre seule à la maison, comme elle repartira du Calvaire. Loin de moi la pensée que Jésus n'aime pas sa mère. Mais on dirait qu'il redoute par-dessus tout la confusion.

Comme s'il voulait par-dessus tout que l'on sût que ce n'est pas parce que sa mère est sa mère qu'elle est aimée, mais parce qu'elle a gardé la parole.

Peu de paroles du Nazaréen à sa mère sont rapportées. Aucune qui soit tendresse. Tout est écrit déjà dans la scène du Temple rapportée par Luc : Pourquoi me cherchiez-vous ? Ne saviez-vous pas... Et à Cana, quand Marie dit qu'ils n'ont plus de vin. Quoi de toi à moi, répond-il. Certes la tournure sémitique n'a de sens que par le ton qui n'est peut-être que d'humour amical et il va accéder à la demande. Mais il se met à distance. La parole du Golgotha, elle-même, est austère : Femme, voici ton fils. La logomachie sentimentale qui s'est tant développée le long des siècles n'a guère de support en Évangile.

Telle est son attitude vis-à-vis des liens familiaux. Passagers, provisoires, ils doivent céder la place à d'autres que la mort ne peut délier. Nul doute, comme les fondateurs de religion, à l'exception de Mahomet, comme Lao-tseu, Confucius, Bouddha, il ne se préoccupe pas des liens du sang. Si bien loin de remettre le mariage en question il rappelle la loi de Moïse, la pointe de son enseignement est tournée vers ailleurs. Il risque sa vie à le dire dans le village où il avait été nourri (Luc IV, 16-30). Si la croix qu'on voit encore parfois au-dessus des lits conjugaux a un sens ce n'est pas celui qu'on lui prête généralement. Jésus fait passer l'épée de la parole au juste point, entre la nécessité et l'appel. Cet appel concerne tout homme, dans la famille ou en dehors. Il exprime une attitude face aux enracinements naturels comme à la loi. Si nous avons souvent réussi à tout confondre, les pharisiens, eux, comprirent vite : Nous avons une loi et selon cette loi il doit mourir (Jean XIX, 7). Ne pas croire trop vite qu'il s'agit de circonstances particulières. C'est l'ordre spirituel des choses. Le frère livrera son frère (Marc XIII, 9 et suiv.). Heureux serez-vous lorsqu'on vous outragera et lorsqu'on vous persécutera... (Matthieu V, 11.) Quand vous voyez des chrétientés tranquilles, tenir par la pression sociale ou la force politique, les grandes tribus prospérer, ce n'est pas l'Évangile qui est annoncé mais une sagesse teintée de foi.

Bénédiction à l'enfance heureuse.

Rien pour un enfant ne remplacera jamais le spectacle et l'expérience de l'amour absolu d'un père et d'une mère. Que la famille soit intense mais rapide pour la sainte blessure et la nouvelle naissance. Car toutes choses tendent à se substituer au ventre maternel pour nous maintenir dans la caverne des illusions : la nostalgie, les affaires, l'argent, l'art, le plaisir quand il ne laisse point place à la joie, l'amour s'il n'est que remède à l'ennui, la religion quand elle dorlote, toute mémoire, heureuse ou malheureuse, qui nous mure dans l'individualité. Nous ne sommes pas encore nés.

La famille désunie est un enfer. Il y a parfois pire : une famille unie.

Si vous êtes père ou mère, soyez-le bien, le moins longtemps possible. N'ayez pas trop besoin de vos fils pour exister. D'ailleurs ils vous le feraient payer. Vienne vite le temps qu'ils vous choisissent. Que vos pensées, projets, angoisses, sagesses périssent avec vous. Vous ne verrez pas tous l'an 2000. Ils seront en pleine forme. Les convertir à vous, c'est les assassiner. Pour ça que beaucoup s'effacent sans mot dire, sans maudire. La nature fait bien les choses qui souvent dresse les fils contre la sagesse des pères. Trop de docilité et d'imitation : l'ennui asphyxierait le monde. Réjouissez-vous donc secrètement de leur insolence, sans leur jouer la comédie de la jeunesse et sans préjugé favorable pour cet âge imbécile.

Et baissez le pont-levis, haussez la herse... Jésus fut un scandale dans le monde palestinien, parce qu'il était un homme de fraternité et d'amitié. Presque rien n'a changé.

Un couple qui expérimente la fidélité à travers la précarité de la chair, dans l'absence comme dans la proximité des corps, apporte le seul témoignage d'absolu en ce temps de marché à court terme. L'amour fou *durable* fait craquer les conventions, se rit de toute importance, rend pauvre et souverain. Mais les sociétés de croissance indéfinie ont fait du mariage, en certains milieux du moins, une association fonctionnelle et publicitaire de dressage aux fins économiques. La nécessité de survivre, le désir frénétique d'émerger dans le théâtre mondain, la hantise de la réussite financière qui conditionne presque tout mais qui est sans limite, font les hommes absents, inattentifs et dominateurs, rendent le quotidien machinal et le vident de tout humour et poésie. L'érotisme, dans des enclaves minutées, tente de compenser, mal, l'absence d'une joie qui éclairerait tous les jours.

En ce monde dur, qui veut vivre l'amour joyeux qui baigne et soulève l'existence, ne peut que se désintéresser, donc se mettre à distance, refuser les faux impératifs, c'est-à-dire vivre dangereusement dans le temps même qu'il apparaît comme un amateur aux yeux des gens sérieux, parce que son véritable intérêt est ailleurs.

Je parle pour vous.

Que ceux qui ont définitivement partie liée avec Mammon ou la gloire de ce monde se laissent rouler dans le torrent des illusions. Je parle pour vous qui n'avez pas encore réussi à étrangler le rêve d'absolu de vos dix-huit ans si vous les avez jamais eus. Faites tomber les murailles du château fort conjugal. Cessez d'être des chefs, des fonctionnaires du Supermarché international, des servantes, esclaves, adoratrices perpétuelles, mères poules, des ménages.

Je dis une chose simple, dérisoirement banale. Je ne me réfère à aucune école. Je parle du fond de l'enfance de l'Évangile, à travers ma propre lâcheté, une parole qui ne m'appartient pas et qui enlève à l'amour toute idée de hiérarchisation mondaine, de domination et de possession. Je sais tout ce qu'on peut dire pour expliquer, justifier, balancer. Ce n'est que du verbiage pour masquer la parole.

Jamais je n'ai réussi à croire que la pureté pouvait exister séparée ou comme le produit de quelque refoulement. L'obsession de la pureté et l'obsession sexuelle parlent de la même réalité. La pureté survient à travers et par-delà le désir consumé.

Pourtant, un jour, marchant dans la 42e Rue le long des cinémas pornos qui projettent des séquences sur la rue afin d'appâter, parmi les peep-shops, sex-shops, je me surpris à réciter le *Je vous salue Marie...* tandis que la joie m'envahissait à la pensée de l'Immaculée.

Serait-ce donc parce que le sexe est réprouvé que Jésus échappe aux lois ordinaires de la reproduction et que Joseph n'est là que comme figurant avec son lys ?

C'est que la sexualité n'émerge pas facilement de l'infra-humain. Le sens a été perdu et les choses, semble-t-il, sont à reprendre au-delà de l'intervention humaine... Retrouver le monde d'avant la différence sexuelle, telle est, au dire de Freud, la tendance aveugle du sexe. Jésus invite ses disciples à lever les yeux vers l'avenir et à vouloir en pleine lumière de connaissance le même avènement.

Dans l'univers pansexualiste triomphant qui était le nôtre il me semblait beau soudain que des êtres humains puissent révéler, à travers tous les risques et toutes les dérisions, que l'amour existe hors du sexuel.

Je me prenais à rêver d'un temps où il serait possible qu'à la face du monde un homme et une femme puissent vivre l'impossible : un amour joyeux, hors du sexe.

Et à l'heure de notre mort. Ainsi soit-il. La mort éclairait tout, à la fin de l'*Ave Maria.* L'humble prière qui ne pouvait plus passer que pour une ritournelle était un défi. L'Immaculée invitait à vivre face à la mort, non à refuser le sexe mais sa dictature. Elle signifiait l'attente active, le projet et la résolution d'un univers de résurrection où il ne s'agit ni de prendre ni de dominer ni de dévorer, quand il n'y a plus ni hommes ni femmes ni pères ni mères ni fils au sein du corps universel d'amour.

UN VOILE SE DÉCHIRE

Certes, beaucoup des intuitions morales de Jésus se trouvent déjà dans l'Ancien Testament ainsi que dans la littérature talmudique et midrachique. Pourtant outre qu'est unique, insurpassable l'appel à une relation d'amour par-delà tous les conditionnements, hors de la catégorie des devoirs et mérites, qui fait éclater les conformismes, le langage est nouveau. Simple et paisible, soudain vif, insurrectionnel, au sens premier du mot.

Un voile se déchire. Tu vois les choses et les êtres dans leur nudité, personne avant ne savait parler, les mots ressuscitent, on voudrait se taire à jamais. Inutile de mentir. Oh, devenir les hôtes de la pureté dans le flux incertain, douloureux, irrationnel du monde ! Existe donc une physique de la vie religieuse avec ses couleurs et ses mouvements, qui a plus d'importance que le sens et les syllabes puisque l'absolu s'est fait chair, qu'il a vécu avec les hommes absorbés par les nécessités élémentaires et abrutissantes de la nourriture, du sommeil et de la reproduction...

Surviennent les paraboles en traits précis et rapides. Une parabole c'est faible, presque toute sa puissance est en celui qui la reçoit. Fragile comme un enfant qui n'a que la force de ceux qui l'aiment. Elles évoquent un drame, disent l'instant, quand l'heure est venue de décider et d'agir. Le maître rentre de voyage, le fils perdu est de retour, la fête commence. Invitation aux noces. Qu'est-il donc ce royaume ? Aucune définition n'est donnée. Impossible de l'objectiver sans péril. Qu'il demeure dans l'obscur puisqu'il doit germer dans la conscience des hommes, naître aussi de leur amour. Secret, trésor caché, il est inattendu, surprenant. Nécessaire de bazarder tout ce que l'on a pour y accéder. Découverte joyeuse pour les uns, catastrophe pour les autres. La seule chance : vivre éveillé.

Deux morales s'entrecroisent. L'une qui semble plus particulièrement viser la vie quotidienne, le royaume ici et maintenant. S'y trouvent les pauvres, les abandonnés, les souffrants, les miséricordieux, ceux qui ont soif de justice, les pacifiques et les cœurs purs. Ni les puissants ni les riches, les prétentieux ne le connaissent. Qu'on n'imagine pas cependant une société de saints. Les publicains sont conviés, les derniers sont les premiers, il y a plus de joie pour un pécheur repenti que pour quatre-vingt-dix-neuf justes. Pas de place pour les scribes, légalistes, pharisiens. Ce sont des observateurs de la Loi, mais ils oublient l'essentiel de la Loi, justice et miséricorde. Ils sont les héritiers de ceux qui tuèrent les prophètes. Les prostituées les précéderont. Et cependant n'importe lequel d'entre eux peut basculer à l'instant même dans le royaume.

L'autre qui met l'accent sur l'attente. Libérez-vous. Le temps est proche. Inutile de se marier, heureux ceux qui se sont faits eunuques en vue du royaume. Débarrassez-vous de vos biens, liquidez vos procès, car le jour survient comme un voleur. Montan, Tertullien n'entendirent que cette voix comme l'entendent encore de nombreux disciples. Mais la fin du monde est d'abord intérieure : opération en cours. Les temps eschatologiques n'adviennent pas à une date plus qu'à une autre, ils ne sont pas retenus derrière le barrage des siècles, ils débouchent et déferlent tous les jours. Le retour de Jésus survient à l'instant même.

Le consentement au mal, l'absence de tribunaux, le renoncement aux biens ainsi que le retournement des hiérarchies naturelles conduiraient au chaos... C'est pourquoi les conseils évangéliques et certains préceptes furent le lot des monastères. Réalisés politiquement ils mettent en question l'ordre du monde et certaines institutions ecclésiastiques qui en sont le reflet. Les Cathares, les paysans allemands du XVIe siècle, les Anabaptistes furent les témoins d'un Évangile en liberté.

La religion d'elle-même est conservatrice : peur de la mort, abri contre tout mal, goût du miracle afin d'échapper au poids de la vie. L'Évangile est incessante révolution en ce qu'il arrache qui l'entend en vérité au sommeil de la fable et de la magie comme à toute inconditionnalité politique conservatrice ou révolutionnaire. Impossible de choisir. Consentir aux tensions qui sont celles de la vie. « La vérité comme sur une croix subit son extension dans tous les sens. » Y penser quand plus tard j'en viendrai à l'Église.

PAS DE PRINTEMPS POUR LE BOIS SEC

La parabole des noces et du royaume, en Matthieu XXII, heurte d'un bout à l'autre, blesse. Il semble que lorsque Dieu invite il faille répondre. Il envoya ses esclaves appeler aux noces... De nouveau il les envoya. Son insistance rend inhabitable le bonheur ou le malheur dans lequel on se croyait à l'abri. Je suis à la porte et je frappe. Roi importun, intolérant.

Puisque ses messagers ne cessent de revenir nous embêter, il ne reste qu'à les éliminer tout comme son fils. Le verset 7 est de trop. Pourquoi cette vengeance ? Ne suffit-il donc pas de laisser les meurtriers faire, avec le temps, la découverte de leur erreur ? À quoi sert-il d'être Dieu ? Il est vrai que Jésus, quand il annonce la destruction de Jérusalem, laisse entendre qu'elle est la conséquence du refus des Juifs, les invités de la première heure.

Troisième relance. L'appel est cette fois sans limites : Allez aux carrefours des routes, ramenez tout ce que vous trouverez. Une parabole certes n'éclaire qu'un aspect des choses. Rien ici cependant ne laissait deviner qu'il y aurait une troisième invitation. Cette fois pas de convocation à domicile, tout le monde embarqué, bons et mauvais, nulle distinction. Ces nouveaux messagers sont les apôtres, on dirait, et leurs successeurs. Nous y voilà. Toutes les techniques de ramassage à la gloire du roi. Le discours combattant : Vous êtes libres, mais si vous dites non vous serez dans l'esclavage et les ténèbres. Quoi d'étonnant qu'il s'en soit trouvé un — un seul voilà ce qui est surprenant — pour n'avoir point la tenue idoine.

Ce pauvre bougre fait pitié. Comment es-tu entré, l'ami, sans queue-de-pie, cravate ? Qu'on le ligote comme un fagot, qu'on le jette dehors dans les ténèbres. La seule justification que je peux trouver à ce traitement, c'est qu'il y était déjà dans les ténèbres...

Jésus vient de sortir du Temple. Il marche (Matthieu XXIV). On se demande ce qu'il pense. Les disciples vont nous donner l'occasion de le savoir. Entre le Temple et lui il y a un rapport qu'il est seul à connaître. Si le Temple est cet espace réservé pour une présence particulière, où depuis Moïse, sous la tente, entrait Salomon, où est-ce que Dieu a jamais plus habité que dans l'espace humanisé qu'est le corps du Christ ? Le Temple a fait son temps. Détruit sans cesse, reconstruit, il n'était qu'une prophétie et doit maintenant céder la place.

Tandis que Jésus marche, s'éloigne, tourne le dos, les disciples s'attardent à contempler, fascinés par ce qui est périmé, comme le seront les chrétientés au long de l'histoire, comme la femme de Lot, le visage détourné vers les fumées de Sodome et Gomorrhe, avait été pétrifiée, les disciples s'attardent, ils ont un tel besoin d'approbation et d'immédiate communion, ils s'approchent de lui, l'invitent à se retourner. La réponse est stupéfiante... Ils feraient mieux de regarder celui qui marche avec eux, en qui habite toute plénitude. Et lui-même ne doit-il pas être bientôt détruit pour une autre présence en forme d'absence, quand, le temps ramassé dans un éclair, toute nouveauté ne sera plus que mythologie.

Parvenus au sommet des Oliviers, travaillés par les prédictions qu'ils viennent d'entendre, les disciples interrogent donc. C'est pour quand ? Et Jésus répond. Mais avant de répondre, il développe, dans le style traditionnel propre à ce genre de prophéties, toutes les calamités à venir, qui orchestrent ici la chute de Jérusalem, laquelle en Jean II, 19 est mise en rapport avec la Passion. Tous les malheurs du temps, des derniers et de tous, gravitent autour de ce malheur central planté au cœur de l'histoire et qui leur donne un sens joyeux. Vous entendez parler de guerres et de révolutions, épidémies et famines, tremblements de terre, ce n'est que le commencement des douleurs pour un enfantement. Pour ceux qui vivent l'événement rien ne ressemble plus à une mort qu'une naissance. La fin du monde arrive maintenant ou jamais. « La mort est un peu profond ruisseau calomnié » (Mallarmé).

Pour quand ? Poser la question est un signe inquiétant. Consultez le figuier. Inutile d'inspecter l'horizon ni d'imaginer l'avenir. Cela survient au moment que vous n'y pensez pas, quand Dieu se présente, l'autre nom de la mort. Écoutez la parabole des dix vierges, des talents (Matthieu XXV). Être en attente ce n'est pas une question de temps mais attitude d'âme, preuve d'amour. Qui ne cède pas à l'espérance ne connaîtra jamais l'Inespéré. Qui n'aime personne n'attend rien, est déjà mort, qu'on le jette aux ténèbres. Ce n'est pas une sanction. Seulement la logique de la vie.

COMME UN ÉVIDEMENT DE L'ABSOLU

L'un des grands sages de l'humanité, l'inventeur du christianisme, a-t-il seulement jamais existé ? L'utopiste qui voit dans l'amour la fin ultime, le rédempteur, le contempteur du plaisir, le socialiste-prophète qui a su que les pauvres posséderont la terre, le consolateur des faibles, mû par le ressentiment, le Dieu qu'adore l'Église et dont elle s'est servie afin de justifier sa tentative de domination, temporelle quand les circonstances s'y prêtent, spirituelle dès que les commandes lui échappent : sa robe sans couture n'en finit pas d'être déchirée.

Il est bon qu'il ne soit pas désigné, fulgurant, afin que les siens puissent le choisir dans leur cœur. Est-ce que je ne parle ainsi que pour consoler l'enfant qui tant crut à la gloire et pour exalter encore la réalité d'un Jésus déchiré, inconnu ? Je crois plutôt maintenant qu'il y a un ordre des choses qui émerge à chaque page des Évangiles.

J'avais imaginé de tracer son portrait, je l'avais amorcé. Je vois mieux qu'il est impossible de le détacher de l'expérience des disciples. Il fracture le vocabulaire dans lequel on tente de l'enfermer.

Douceur et violence, audace et humilité. Pacifique, mais au soir du Jeudi saint, les apôtres cherchent des épées, il leur dit que deux suffisent. Peut-être ne s'agit-il que d'un léger humour, un désenchantement né de la fatigue. À quoi bon leur expliquer ?

Le voici, un jour, débordant d'activité, les miracles jaillissent ; un autre, on l'accueille mal, ce jour-là il ne peut faire aucun miracle. Un temps il annonce la Parousie, un autre, il avoue qu'il ne sait ni le jour ni l'heure. Il veut une chose et le lendemain ne la veut plus. Il fuit la mort, se cache, va vers elle, l'accepte, en saint Jean il prononce des paroles déchirantes de sérénité, l'instant d'après il entre en agonie. Tout cela ne me dérange guère aujourd'hui. Les évangélistes ne font pas plus de psychologie que d'histoire. Peut-être les états intermédiaires ne nous sont-ils pas rapportés. Jésus ne sait pas notionnellement, ou s'il sait, c'est à mesure, à la manière d'un artiste ébloui ou terrifié de ce qui survient dans son œuvre.

À proprement parler il n'y a pas de doctrine dans les Évangiles. Il y a une pratique, une respiration, comme une hésitation qui nous révèlent un Dieu étranger au dieu de la métaphysique, c'est-à-dire à notre logique mentale, hors de la voie de puissance.

Enfant je crus comprendre que Dieu condescendait. Somme toute Jésus faisait mine d'agir à l'humaine, il était au courant et nous faisait du cinéma. Je n'y voyais aucune objection puisqu'il était si puissant. À l'école, un de mes camarades, interrogé sur les dernières paroles de Jésus sur la croix, avait répondu : Je m'en f..., je m'en f..., je m'en sortirai le troisième jour.

Est-ce que ma lecture actuelle est meilleure ? Non si je m'attache à un nouveau savoir. Aidé par l'expérience d'hommes innombrables, je suis ma route qui se découvre à mesure... S'il est cela qu'on nomme Dieu il n'a pas d'arrière-pensées et se dit dans l'innocence. Dieu ne peut mentir puisqu'il n'a pas de dehors.

Je m'avance plus loin dans une zone plus secrète. Envie de ne plus pinailler, en me laissant aller à la naïveté tout en sachant les roueries qu'elle peut recouvrir. Le caractère de Jésus tel qu'il apparaît à la surface sensible du texte exprime l'attitude et les mœurs de Dieu. Ce qui pouvait me surprendre, une pensée inégale et incertaine, ne m'est plus obstacle. J'y vois qu'il n'est pas facile de se dire dans un monde contingent, que Jésus ne sait trop comment s'y prendre avec les hommes, pour libérer leur liberté, en faire des amis, non des suiveurs. D'où peut-être que tâtonnements, paradoxes et contradictions sont ceux mêmes de Dieu traduits dans un corps.

Cependant je ne suis pas satisfait, comme si j'admettais mal que Dieu puisse prendre l'initiative du fond de sa plénitude. Comment comprendre que Dieu sort pour s'occuper de la race humaine ? D'ailleurs comment quoi que ce soit peut-il exister hors de Dieu, si Dieu en quelque manière ressemble à l'idée philosophique ?

Dieu livré dans la réalité, non dans le théâtre.

Nul besoin de savoir notionnellement qui est Jésus. Fils de Dieu, cela veut dire tant de choses, en Évangile comme dans toute l'histoire des religions. Les disciples sont éblouis, stupéfaits par un homme hors du commun, un prophète en relation très particulière avec Dieu qu'il nomme Père : cela d'abord, rien que cela. Ils n'en sauront plus que dans l'expérience qui suivra Pâques.

Les silences de Jésus sur son identité sont aussi parole de Dieu. Le tragique est que beaucoup de disciples déclarés, en ce temps, fervents d'une ferveur apparemment plus névrotique que mystique, se crispent sur des mots, le dernier carré, la bouée dans le naufrage de la puissance, alors que Jésus tout au long des textes bouscule les idées régnantes sur le *Messie*, le *Sauveur*, le *Fils de Dieu* et que c'est précisément à travers la déconstruction des images préfabriquées et idolâtriques, faussement claires, qu'ils révèlent les traits humains de Dieu.

C'est la théologie qui a monté un système tantôt étroitement juridique, tantôt animé et violent comme un western. Un Dieu fait mettre à mort un Dieu pour apaiser sa colère. Certes elle nous dit en même temps qu'il s'est humilié, mais enfin malgré toutes les nuances et distinctions, il tire les ficelles en donnant l'étrange image d'une justice et d'un amour vindicatifs. Ne vous y trompez pas, une certaine théologie didactique perdure dans les consciences. Qu'on lise Diderot, par exemple, on verra qu'il a parfaitement assimilé les sermons de son curé et tiré les conclusions. L'incroyance contemporaine parle encore comme lui. Elle ne manque pas de santé. Qu'on lise les *Cahiers rationalistes* ou *Raison présente,* si l'on ne se laisse pas arrêter par les partis pris, on verra ce que pèse la phraséologie de certains spécialistes de la modernité religieuse. Les sermons eux-mêmes, dès qu'ils s'éloignent de l'Évangile et de l'expérience spirituelle et partent dans l'ancienne ou la nouvelle théologie conceptuelle, ne peuvent que conduire un esprit attentif au désintérêt ou à la négation.

La lecture nue des textes, autant que la formule peut avoir un sens, m'invite à pressentir que quelque chose actuellement-éternellement se passe. Que Jésus exprime dans son caractère comme dans les événements de sa vie et de sa mort, la kénose, c'est-à-dire l'insondable anéantissement de Dieu en lui-même, un « Golgotha éternel », ainsi que dit Boulgakof. Une blessure saigne au cœur de l'absolu. Nul besoin de chercher à savoir pourquoi Dieu sort. L'idée théologique d'un projet et d'un plan qui prennent la race humaine pour matière première cesse de faire écran. Dieu incompréhensiblement supporte en même temps que chaque être humain qui est le signe de la douleur et de la joie. Jésus est ce qui arrive quand Dieu parle sans obstacle dans un homme.

QUE LA PAROLE PÉNÈTRE TON CŒUR AVANT D'ÊTRE DANS TA BOUCHE

En demeurer pour l'instant à cette béance. Ne m'occuper ni des *processions, circumincessions*, seulement d'une morale. La théologie conventionnelle, excroissance de l'Évangile, qui tente d'apprivoiser les paradoxes ne peut que s'engouffrer dans l'imaginaire et l'idolâtrie. J'y viendrai plus tard. Le décrochage de l'idéologie, bien avant et parallèlement à ma relecture, est aussi l'histoire de ma vie.

L'épiphanie du corps, c'est-à-dire le désir incoercible d'une vie parfaite, est inscrit dans la nature. Le désespoir et la dérision éloquente d'une partie de la pensée de ce temps n'est que le refoulement passionnel de ce désir.

Rêve impossible puisque la vie ne dure que par le flux de création, de destruction et de recréation. La Bible dit qu'il faut faire confiance à l'impossible. Mais le désir a pouvoir de susciter des phantasmes en créant des voies parallèles afin d'échapper à la peur qui est l'autre face du désir. La vie éternelle dans l'au-delà résout la difficulté. Ce n'est point à cette vie éternelle de nostalgie, dans un monde blanc de concepts, qu'invite l'Évangile. Si elle n'est pas ici, elle n'est point là-bas. D'ailleurs toute notion d'espace et de temps s'efface. Les « saints », qu'ils soient au calendrier ou pas, n'ont pas cherché seulement le bonheur pour l'au-delà, mais le royaume ici-maintenant pour les hommes concrets qui furent leur prochain. Insupportable leur fut de voir régner le mal et la mort, car ils ignoraient les limites de l'ego. Si leur langage nous paraît étrange c'est qu'ils n'ont pas la même idée que nous de l'identité et qu'ils expriment moins idéologiquement que corporellement l'unité humaine. Ainsi l'artiste, l'écrivain, le savant dignes de ce nom, ce n'est pas pour leur gloire à venir qu'ils sculptent, écrivent ou cherchent mais par besoin de créer, échapper à l'étroitesse des limites, respirer large, dire la blessure et la surabondance.

Jésus annonce et propose avant tout la transformation de l'esprit et du cœur pour ici-maintenant.

Paul a éprouvé intensément la nécessité de quitter l'abri que donnait la soumission à la loi, dans la claire conscience que la loi, expression de l'amour, était aussi l'obstacle. Il l'a dit dans des pages fulgurantes. Mais nos racines nous suivent, même lorsqu'on est passionnément soucieux d'intériorité comme il le fut. Sa pensée, pour une part, est retombée dans les archaïsmes mosaïstes, si bien qu'en refoulant la loi juive fondée sur la puissance, il lui substitue une loi de même type... Peu à peu, au cours du temps, l'accent sera mis sur la croyance, les rites, la loi et le miracle. Certes, la *metanoia* ne sera pas oubliée. Elle sera prêchée, l'Évangile de Jean qui réagit contre le légalisme et le ritualisme sera annoncé en même temps que celui de Paul, le courant mystique ne cessera pas, mais pour ainsi dire à l'écart, spécialisé notamment dans les monastères, tandis que la foi tendra de plus en plus à apparaître comme système de salut et appel à la soumission, surtout à partir de la Contre-Réforme, quand se durcit l'*ex opere operato*.

Ainsi s'opère la scission. La soumission à une loi,

même intériorisée par les techniques de méditation et de « conscientisation » si proches du conditionnement, n'apaise pas les monstres, elle les refoule. Comment demeurer vrai quand on pense ou agit même sincèrement par obligation, c'est-à-dire tel que l'on pense qu'il faut penser ou agir et non tel que l'on est ? Ainsi se développe l'hypocrisie. Telle est la question fondamentale qui sans doute s'est posée à beaucoup comme elle se posa à moi.

L'illumination proposée par le Livre vise d'abord la conversion de la mentalité et des réflexes. Elle est libération du corps et des réflexes. La parole qui entre par les oreilles descend dans le « cœur » avant de se dire par la bouche et les gestes. Ce langage en vaut bien un autre. C'est celui qui est inauguré dès le Deutéronome et qui trouve son accomplissement dans l'Évangile et paradoxalement en saint Paul.

Le Dieu que l'on reçoit dans l'enfance n'est jamais innocent. Pas plus d'ailleurs que le Dieu affiné que l'on découvre à travers une expérience et un savoir, si l'on ne se dépouille pas de ce savoir.

Toujours est-il que les miracles éblouirent ma première jeunesse. J'aimais les personnages héroïques qui disposaient de pouvoirs. Je lisais Mathias Sandorf... Les malades guérissaient, les morts ressuscitaient, les soldats romains tombaient à la renverse au milieu des éclairs, Jésus superman. Le catéchisme expliqué que Mère m'avait acheté, afin que je sois le premier à la communion solennelle, justifiait. Un jour je butais sur cette pensée : pourquoi ne guérissait-il pas tout le monde, qu'est-ce qui l'empêche s'il est Dieu ? Au fond je me posais la question de Hegel qui, un temps bref, me tourna la tête.

Selon Hegel la foi ne saurait adhérer qu'à l'universel. Comment croire à la multiplication des pains ? Qu'il nourrisse tout le monde ou personne. L'absurdité de ressusciter un mort quand tous meurent ! Il convient de s'élever au-dessus du particulier pour saisir l'aventure de Jésus. S'il naît dans une étable c'est que le Fils de l'homme n'est d'abord qu'un petit animal inintelligent. Peu à peu il prend conscience de lui-même, il est présenté aux Docteurs qui, après examen, l'introduisent au monde des adultes. Un jour il entre en conflit avec la société qui le détruit parce qu'il refuse de se soumettre aux nécessités de la civilisation. Ainsi l'être singulier, après avoir traversé le sensible, naît à l'esprit, à l'universel, *ecce homo*.

Rien d'étonnant que tant d'éminents théologiens furent happés par Hegel qui fut le grand aventurier de la théologie au milieu d'un désert spirituel. Pour ma part une certaine inaptitude au concept me détacha de lui, bien avant d'avoir lu Chestov. Fut toujours fermé aux Grecs, à la théologie, à Hegel qu'il y a plus important que l'Idée, que l'immortalité de l'âme : les gestes de la vie particulière, l'universel concret, la résurrection de la chair.

Et maintenant je suis frappé par autre chose. La réalité du mal n'est absurde que parce que l'on commence par se faire une certaine représentation de Dieu à l'image de la puissance et de l'amour humains. L'accumulation des miracles en certaines pages des Évangiles est trompeuse. En réalité ils sont épars. Le Père communique par l'absence et le silence, jusqu'au calvaire même. Qu'ils soient démonstration de puissance, tout l'Évangile est par terre.

Les miracles n'ont rien à voir avec le théâtre. Signes et anticipation du temps à venir, déjà venu, ils ne peuvent être que voilés et ambigus. Ils surviennent quand au cœur des hommes se produit une tension de foi et d'amour. Une fissure, un instant, fracture le néant des apparences. Comme sur les pentes du Vesuvio un guide allume une cigarette et partout autour montent des fumerolles de la terre, tandis que le guide se penche et dit : Touchez ici, c'est chaud. Les miracles parlent du feu central. La gloire existe au sein de l'anéantissement, mais elle est liée.

Le Golgotha n'est pas éloigné du Thabor. Que Jésus lors de la Transfiguration ait voulu conforter ses disciples, juste avant la montée à Jérusalem, ainsi qu'on le dit : peut-être. Je crois surtout que la réalité leur est révélée dans ses deux aspects indissociables, gloire et faiblesse. On dirait que la puissance et l'infime qui se déchirent en nous se déchirent en Dieu.

JE M'EN VAIS ET JE VIENS

Difficile de parler de la Passion, tant c'est retirer la parole à ce dont on parle.

À quel point l'Occident s'est complu dans la représentation et la contemplation du malheur ! La peinture, la sculpture, la plupart des monuments, si l'on excepte ceux qui furent marqués par l'influence orientale, en même temps que la littérature disent une fascination quasi pathologique qui va de pair avec les luttes sanglantes pour la possession du monde et qui préfigure les camps de déportation, Hiroshima, d'autres guerres encore fumantes qu'on ne se lasse pas de regarder et de commenter.

Une conversation, à la pointe sud de l'Inde, avec un prêtre hindouiste ne m'a jamais quitté l'esprit. En voulant caractériser l'Occident, il cita dans la même phrase Jésus-Christ, Napoléon, Hitler, Truman, Staline. C'était sa vision à lui. La nôtre est-elle moins déformante ?

Le grandiose et le terrifiant de la Passion prirent donc le pas, le spéculaire l'emporta sur l'intériorité. Rien d'étonnant que les séquences quotidiennes de nos écrans qui nous montrent d'autres passions et dérisions, tortures dans toutes les parties du monde, aient renvoyé à la fable l'assassinat de Jésus, qui pour un chrétien est au cœur de la destinée humaine et donne signification à toutes agonies.

Pourquoi décider de monter à Jérusalem, alors qu'il sait l'extrême péril ?

Je le vois adulte avec le projet intact de l'adolescence, toutes les exigences. Sa plénitude est atteinte, celle-là même qu'expriment les derniers chapitres de l'Évangile de Jean. Il ne pourrait plus être qu'écran et obstacle, puisqu'il veut retourner chaque homme vers son centre.

Sa parole vise le peuple et ses désirs. D'où, un temps bref, son succès. L'un veut du pain, une solution politique, la restauration d'Israël, l'autre attend les miracles ou l'extase, en se laissant porter par le courant. Chacun espère la satisfaction de sa demande.

Vient l'heure que la parole ne peut plus faire l'unanimité et qu'il faut se rendre à l'évidence. Il ne veut pas exactement ce que nous voulons, ou du moins c'est autre chose à travers. Non directement l'action politique mais d'abord la transformation du cœur et de l'esprit, non le miracle ni l'extase, mais la foi et l'amour qui parfois font des miracles. Le conflit est ouvert. La parole sépare d'abord, elle arrache des individus à la foule. Car la foule ne peut suivre que sa loi de foule. Il s'agit non de manier mais de créer un peuple nouveau, celui qui choisit contre la physique des masses, c'est-à-dire contre la puissance. C'est donc une communauté infime qui regarde de loin, condamnée à n'être point héroïque, en supposant qu'elle l'ait voulu.

Qu'il eût cédé au désir d'efficacité immédiate, c'est-à-dire, quoique à retardement, à la Tentation au désert, il fût devenu agitateur politique, chef de guerre, avant d'être éliminé par l'Empire, comme tant d'autres anonymes. Ou qu'il ait réussi, par impossible, en mobilisant ses ressources secrètes, l'aventure devenait insensée.

Judas trahit à cause d'une déception, ou bien secrètement espère-t-il que le Galiléen, dos au mur, va manifester sa force ? Ou bien tente-t-il de négocier avec le Sanhédrin et se trouve-t-il dépassé par les événements, trahi lui-même par un Caïphe irrité par l'intransigeance de l'homme qu'il voulait peut-être sauver. Ainsi Judas non plus ne sait ce qu'il fait. Croyant aider il referme le piège. On comprend mieux le suicide immédiat. De même les paroles d'amitié que lui adresse Jésus à deux reprises prennent un sens plus humain. Elles sont adressées non au traître patenté mais à l'ami qui tente l'impossible.

Mais Pierre aussi, en un tout autre sens trahit. Réaliste, soucieux de salaire et de gloire, désireux d'installer son maître sur le Thabor, entouré d'Élie et de Moïse, la kénose, très peu pour lui, ou alors quand il n'y a plus moyen de faire autrement. Positif, un sens inné de la hiérarchie, il supporte mal de se laisser laver les pieds. Mais quand Jésus lui dit qu'il n'aura point part à la fête, il propose qu'on lui lave aussi la tête et les mains. À Césarée. Qui dites-vous que je suis ? Pas une hésitation. Mais dès que tout est ramené à l'essentiel et que Jésus dit qu'il lui faudra souffrir, être rejeté, tué : Heureusement cela ne t'arrivera pas, dit Pierre. Et Jésus : Arrière, Satan, tu te diriges vers les hommes et non vers Dieu (Marc VIII, Matthieu XVI).

Pierre m'émeut. Avec son amour passionné et son habileté dérisoire, je le vois à l'œuvre depuis si longtemps, prêt à se battre, à signer des compromis, à faire la politique de l'autruche, spontanément tourné vers la gloire et la réussite à l'humaine. Le coq a souvent chanté. Le mot araméen Kepha, Pierre, a le même sens que le mot Caïphe.

L'histoire de vingt siècles est là, en germe. Pierre et l'Église avec lui, fidèle, amoureuse, trahissant en même temps, ne pouvant pas ne pas trahir, selon sa représentation des choses. La fantastique traversée de l'histoire, l'épopée admirable, violente, scandaleuse, les papes à cheval, les Croisades, l'amour au cœur d'une multitude, plus fort que la mort, un temps pendant lequel des peuples entiers, à travers les guerres, la peste, les famines, semblent expérimenter dans une sorte de savoir immanent, un salut qui suscite la joie créatrice dont témoignent les premières cathédrales, juste avant que la conceptualisation, l'enflure, l'inquisition, la religion de plus en plus spectacle, un énorme conditionnement ne tentent de créer l'unité chrétienne plus par le dehors que par le dedans. Dostoïevski a tracé pour toujours l'image du Grand Inquisiteur. Elle est fulgurante de vérité. Mais il n'a pas vu que souterrainement, contre et avec l'organisation impériale et doctrinale, portés, nourris par elle, l'amour humilié, la sainteté ont toujours témoigné de la Passion.

En un sens, comme on l'a dit, Pierre qui fut crucifié la tête en bas a tout fait à l'envers. Mais de même que rien n'arrive sans Judas, de même faut-il que Pierre ait aussi des pensées d'homme et que tout se passe dans la contradiction, puisque ce monde dure.

Jamais je n'avais si bien vu que la Passion n'est qu'un fait divers. Jésus victime d'une justice coloniale expéditive, comme tant d'hommes pris dans des rafles, éliminés avant de savoir ce qui leur arrive.

Un procès parmi d'autres. Petite audience. On parle du *peuple*, mais ce n'est qu'une fraction de peuple, les habitués de ce genre de spectacle. L'humilité de la Passion.

On croit tous les connaître. Et cependant au cours de l'aventure survient un inconnu sur le chemin du Calvaire, Simon de Cyrène dont on sait vaguement qu'il est jardinier.

Et d'où part la Résurrection ? Du tombeau d'un inconnu. Les apôtres ont décampé. Lui seul a le front d'aller réclamer le corps chez Pilate. Son nom est Joseph d'Arimathie.

Que d'hommes non inscrits, absents des assemblées, qui s'avancent à l'obscur, sont ainsi à l'écoute d'une parole millénaire, ou ne savent rien et font les gestes.

La raison fondamentale pour laquelle Jésus doit mourir renvoie le problème de la responsabilité de son assassinat à la futilité. Toute société, juive ou non, fondée sur l'argent, la puissance et la loi, le condamne. Il met les hommes à la première place, en leur subordonnant l'économique et le politique, alors que même lorsqu'elle proclame le contraire, en trompant et en se trompant elle-même, la société considère les individus comme un moyen.

Penser seulement que la Parole faite chair s'achève dans le cri qui recouvre toute parole : Eloï, Eloï, lama sabactani.

La Résurrection : ni concept ni événement historique, à proprement parler. Apporter des preuves : il y a contradiction. Tout se passe comme s'il lui avait fallu effacer les traces trop visibles du passé afin d'éviter le retour en arrière. La pétrification n'a été cependant qu'en partie évitée.

Présence impossible. La présence, c'est encore le monde ou les idoles qui en sont la projection, la forme figée du désir. Présence réelle. Il eût fallu de même parler d'Absence réelle. Trouver le mot qui dirait à la fois présence et absence, la blessure dans la joie. Trop de présence, comment l'homme eût-il jamais reculé ses limites ? Les mystiques savent que Dieu se donne en s'absentant.

La Résurrection comme savoir, *fait à croire*, transforme la foi en impératif catégorique. Jésus n'est plus que l'homme miraculeux, Dieu irrémédiablement autre.

Dire que la Résurrection fut *cause* de la foi des disciples trahit en partie. C'est Paul qui parle ainsi, la représentation grecque et spéculaire des choses à travers lui. Elle est l'expression de leur foi. Ce qui fut au-dehors est passé au-dedans : l'amour plus fort que la mort.

L'affirmation d'une conviction mentale est ambiguë, d'autant plus quand elle est passionnée. On voit si bien les attachements et racines. Importe davantage la conversion du regard et des gestes créateurs. La Résurrection est en avant. Demain à l'aube Marie Madeleine va le voir sans le reconnaître d'abord. Femme, qui cherches-tu ? Les disciples d'Emmaüs sont en marche. Des hommes se rencontrent et font mémoire de lui, non afin de se retourner vers un passé révolu, mais pour vivre dans le temps présent, créer la relation nouvelle selon la parole qui le conduisit sur un chemin difficile. Qu'avons-nous pour nous guider ? La perception d'un manque, quelques traces incertaines et suffisantes qui sont preuve voilée pour ceux qui n'ont nul besoin de preuves.

QUI N'AIMERAIT LARGUER CE MONDE DE GÉNÉRATION ET DE MORT ?

Avant la fête de la Pâque, sachant que son heure était venue de passer au Père, Jésus qui avait aimé les siens les aima jusqu'à la fin... Que votre cœur ne se trouble pas... le monde ne me verra plus, mais vous verrez que je vis et vous vivrez... Je ne vous dis pas mes serviteurs, je vous dis mes amis... Si vous étiez du monde, le monde aimerait ce qui est à lui... Vous êtes tristes mais votre cœur se réjouira et nul ne vous enlèvera votre joie... Père je ne te prie pas de les enlever du monde mais de les garder du mal... Je leur ai donné la gloire que tu m'as donnée pour qu'ils soient un et que le monde sache que tu m'as envoyé.

Lisez Jean, chapitres XIII à XVII, je vous en conjure, et pleurez. Ou plutôt apprenez par cœur. Apprendre par cœur n'est pas ce que l'on croit. C'est un acte d'amour né d'une connivence et qui s'irradie jusqu'au bout de vie, réunit ce qui est séparé par l'impermanence des choses, rassemble les vivants et les morts.

Celui qui voulut exterminer les villes du bord du lac, qui revendiqua pour son frère et pour lui les premières places, l'impétueux pêcheur, maintenant solitaire sur une île mais le cœur peuplé, envahi par la sérénité, laisse couler le sang de l'âme. La foi n'est plus nuit et clarté, tension de l'esprit spéculatif. La lumière rend toutes choses transparentes. Quelles paroles de Jésus ? Quelles de Jean ? Qu'importe ! L'unité est accomplie. L'écriture est devenue la respiration d'un homme habité qui peut bien s'exprimer en grec, mais qui, à la manière sémitique, traduit d'abord le mouvement d'un corps et d'une âme.

Tout ici est le rejeu d'une royauté intérieure. Paul est préoccupé de propagande et de grand nombre. Saint Patron de tous les agités chroniques, passionnément convaincu, il liquide un malaise. Redoutable polémiste il en revient toujours à la doctrine, et à la loi pour la mettre plus bas que terre, tout en lui sauvant la mise. Pour Jean il suffit d'exister ensemble et d'aimer. Toute discussion vaine. On dirait que pour lui doctrine et morale n'existent que dans la conscience des hommes et dans l'expérience d'une relation nouvelle.

À divers signes on pourrait penser que son Évangile réagit contre le développement du ritualisme. Cependant s'il ne rapporte pas la Cène, les cinq chapitres des dernières paroles n'ont de sens que par elle.

Une seule terre, un seul corps, nous sommes membres. Nulle drogue nécessaire pour surmonter la vie contingente. Seulement le pain et le vin de tes jours. Qui que tu sois, si tu as foi et amour, tu es ce que je suis à l'instant même.

Au cours du temps le repas fraternel devint cérémonie et spectacle, entreprise. L'Eucharistie apparut comme une marchandise de marché. La pesanteur spirituelle s'exprima dans le souci de la quantité qui conduisit à mettre au point des techniques de conditionnement, à transformer en obligation sociale et en impératif catégorique dans les consciences ce qui devait naître de la liberté et de l'amour. Combien plus immédiatement facile et efficace que de vivre réellement une expérience spirituelle. On se mit à compter, on fit des statistiques. On supputa sans rire le niveau de la foi. On déclara qu'elle baissait pour ne point s'apercevoir que seuls les faux-semblants disparaissaient. L'obéissance passive majorée aux dépens de la responsabilité, depuis longtemps avait mis beaucoup d'hommes dans une attitude de mensonge, qui peu à peu s'étaient éloignés. On avait cru qu'ils désertaient la table de la fraternité. Mais souvent c'était l'amour blessé qui les détachait d'un rite vidé de signification. On parlait d'indifférence dans le temps même que certains croyaient trouver ailleurs une fraternité plus vraie. Quelle bataille doit mener un homme, à quelle nudité il doit parvenir pour adhérer au réel par-delà tout ce qu'on dit réel, quelles déceptions à traverser ! Qu'importe ! Depuis deux millénaires les paroles avaient été prononcées sur le pain et le vin, et malgré le formalisme et l'hypocrisie, il y eut toujours des hommes et des femmes qui participèrent à sa mort et à sa résurrection, et se laissèrent consumer.

Lévi-Strauss, à travers notamment les mythes africains et amérindiens, a souligné la place essentielle du repas dans les cultures humaines. Le partage fraternel fait partie du symbolisme primordial qui trouve l'une de ses expressions dans la tradition hébraïque.

Jésus opère un déplacement et un élargissement. Le lavement des pieds, en inversant les hiérarchies naturelles, coupe l'histoire du monde en deux. Inscrite par ses signes sensibles en toutes cultures, l'Eucharistie propose la réponse inespérée. Participation à la kénose, c'est-à-dire au mystère de l'anéantissement de Dieu en lui-même, au Rien d'où émerge la Gloire, elle anticipe le rassemblement fraternel du temps à venir, déjà venu dans la communion au Premier-né d'entre les morts.

L'humanité entière depuis Adam, dit saint Augustin, est la vie d'un seul homme en mille morceaux répandus sur la terre. Donc ni hommes ni femmes ni esclaves ni hommes libres ni noirs ni blancs... Mon royaume n'est pas de ce monde. Mon royaume hors du spectacle. Vos rôles font partie du théâtre.

Surmonter le dualisme et le réalisme primaire, s'éveiller, se lever d'entre les morts, c'est effacer la frontière entre la santé de l'esprit et la démence, quitter aussi bien la folie de la distinction du moi et du non-moi. La réalité primaire n'est que du mauvais théâtre avec ses espoirs et sa prétention.

Perspective naturelle inversée. Le mangeur changé en ce qu'il mange, l'enseigné en ce qu'il apprend. Par-delà les apparences et à travers, par-delà Marx, Mao, Freud, les réussites et les déchets des capitalismes, des communismes, de tout ce qui conspire directement ou indirectement à l'unité, se crée secrètement le Corps universel d'amour. Mais l'histoire ignore la chair et le sang du Christ. La vérité, dit Chestov, est ce que l'histoire ne remarque pas.

Avant d'agir politiquement la foi agit poétiquement, crée le regard neuf, chante le Magnificat, c'est-à-dire abat la puissance, relève ce qui est à terre, non par envie, à cause d'une perception spontanée des choses, hors de l'aveuglement. Elle voit la force dans la faiblesse, la gloire dans la dérision. L'énorme absurdité de la Croix brise ce qu'on nomme réalité. La vérité est désarmée, elle est un enfant dans une mangeoire, elle survient montée sur un âne, elle pend sur une croix, ressuscite de nuit, s'efface et se donne dans l'humilité du pain et du vin. Tel est le poème, réalité pour les disciples, fable pour les autres. Qui n'aimerait assumer, consumer la mort, exister dans l'instant joyeux, sans regard en arrière, en avant.

Nous sommes loin de l'homme occidental, romain jusqu'à la moelle, et de l'immortalité juridique. Existence posthume dans l'héritage, dernières volontés, testament, à n'ouvrir qu'après ma mort, réincarnation dans l'héritier, mise de côté, thésaurisée, propriété privée. Ceci est mon corps, dit l'homme en contemplant son or ou ce qui en tient lieu, son fils, avant parfois de mourir avec tous les sacrements.

Je ne sais comment cela se fait. Nul mot ne me suffit. Ni transsubstantiation ni transfinalisation ni symbolisme. Pourquoi un mot suffirait-il ? Nul besoin de changer les mots. J'adhère à la parole en mystère et poésie, qui réalise ce qu'elle dit.

Car le sens n'est pas littéral. Il faut avoir des yeux pour voir, des oreilles pour entendre. Le paradoxe ne saurait être intellectualisé ni organisé en vue d'une domination. Le concept ici n'a rien à dire. Seule la parole incarnée dans un acte. L'absolu dans le pain, le vin, le corps universel. Par le renversement de la dictature de la réalité à la vérité secrète et scandaleuse. Ces traits sur le papier sont une forêt, ce caillou dans l'herbe est une étoile, ce coquillage me donne la mer, métaphore, grain de folie, jeu d'enfant, Ceci est mon corps, jeu divin, parole fondatrice du jeu incompréhensible d'infinie pauvreté. Pourquoi fûtes-vous si sages, communiants ? Pourquoi le saint spectre prit-il si souvent la place du Saint-Esprit ?

Pas de salut, clament les éclairés de ce temps. Seule la nuit sous la vaine splendeur des étoiles, avec l'absurde merveille de la conscience. Ils feignent de nous envier quand ils ne nous prennent pas pour des demeurés. Mais leur foi semble leur donner plus de contentement que la nôtre. S'ils connaissent une telle désespérance en forme de stoïcisme c'est qu'il se sont trop drogués d'espoirs.

Toutes ces disputes passionnelles et sanglantes, des siècles durant, à propos de pain azyme, pain fermenté, de communion sous les deux espèces, au temps de Jean Hus !...

Ce n'est pas le pain et le vin comme tels qui signifient, mais les aliments de base qui sustentent la vie humaine. Ce pourrait être aussi bien le riz, le manioc, le mil, le maïs, le miel fermenté, le vin de palmier... C'est à travers la nourriture des hommes que se crée le corps universel. La pulpe de l'invisible est dans le sensible.

Que de temps pour commencer enfin à s'interroger sur un *a priori* dogmatique. On commence à peine à s'apercevoir et à laisser dire que par fidélité à l'Eucharistie, afin qu'elle devienne ce qu'elle est, il conviendrait de l'exprimer dans des signes visibles qui parleraient réellement dans l'espace des cultures africaines, indiennes et asiatiques. C'est une vérité refoulée parce qu'elle fait mal en obligeant à reconsidérer la carte du monde.

Pourquoi s'étonner ? Tout langage est d'ancien testament, l'Esprit est enseveli sous la lettre. À chaque génération de redonner vie à la métaphore.

Et pas d'illusions ! N'allez pas me prendre pour un pneumatique, c'est-à-dire un battant de vie spirituelle. Je laisse cela se dire. J'invoque. Ma vie suit mal, comme la vôtre.

IDÉE

CONFIANCE À L'AUBE

Tôt levé, de jour en jour, j'écris ce livre, par impuissance à faire autrement, sans espoir d'être compris, tant l'idéologie pénètre toutes choses. Chaque saison des chrétiens, prêtres ou non, publient des manifestes. Les uns tournés vers le passé, dans un refus pathétique de la mort, identifiés à des vérités et des habitudes, fidèles. D'autres font des déclarations intrépides dans un langage balancé et épiscopal : il s'agit de suivre le courant et de moderniser le système doctrinal. D'autres enfin qui se tiennent aux frontières, purs comme diamant, portent en eux l'image d'une Communauté nouvelle qui passerait tout entière du côté de la justice et qui entraînerait par son poids. Ils ne savent pas toujours qu'ils sont les fils naturels d'un christianisme de puissance.

L'obsession de tous est de rejoindre la « conscience moderne », comme on dit, l'« homme contemporain ». On en reste le plus souvent à l'idée d'une organisation convaincante qui produirait par elle-même de la foi et de l'amour. On ne le dit pas, on aurait horreur de le penser, mais c'est impliqué dans le langage. Entre l'illusion de l'archaïsme et l'illusion de rejoindre le réel et d'être contemporain il y a peu de différence. Vivre profond, dans le temps hors du temps, être de tous les âges : il faudrait quitter tant de choses ! D'où un tel ressentiment entre passéistes et avantistes, dans un combat qui occupe le mental, distrait de temps en temps la galerie en évitant de poser les vraies questions.

Émergent ici et là des communautés nouvelles, petites, nées d'une expérience, mouvantes, qui vivent une relation nouvelle. Des mythes se créent pour quelque temps, des ambiances. On convoque la télévision. On a beau jeu de désigner du doigt des scandales parmi ceux qui vivent à visage découvert au milieu d'un monde de spectateurs et d'hypocrites.

J'écris pour ne pas perdre cœur et aussi, je l'ai déjà dit, pour répondre à tant de lecteurs qui m'ont fait signe depuis dix ans parce qu'ils ont cru reconnaître la voix qui les habitait et à d'autres qui me pressèrent d'entrer dans le cirque, de prendre part aux combats d'ombre, de me situer dans la crise enfin. Pour leur redire qu'il n'y a pas de crise. Quelques-uns seront illuminés : ceux qui le sont déjà. Ceux pour qui la foi ne se distingue pas de l'amour, non seulement parce qu'ils savent que cette distinction n'a aucun fondement dans le Nouveau Testament, mais parce qu'ils voient spontanément l'Évangile comme poème, c'est-à-dire manière d'exister dans l'instant. Pour qui la foi n'est pas un catalogue mais une sève dans la nuit de l'arbre. Pour qui l'angoisse devant la crise n'est jamais que la peur de la vérité. Ceux qui savent que Dieu est nostalgie tant qu'il est confondu avec les idées et qu'il faut d'abord se guérir du désir d'être tout et de régenter. Ce désir certains l'apaisent avec l'argent, l'ambition, la vanité, d'autres, en même temps ou non, avec la religion et Dieu. Ce dieu-là il faut le mettre à mort pour l'amour de Dieu. En créant l'homme Dieu a consenti à sa propre mort incessante dans la conscience humaine. La mort n'en finit pas d'un homme à l'autre, d'une génération à l'autre. L'homme est l'animal qui ne s'arrête pas sur le chemin de Dieu. La mort est l'imagination de Dieu. Elle n'efface que pour recréer. Ainsi d'âge en âge va la quête infinie.

Ô mes compagnons inconnus d'une heure ou deux sur les chemins de ce livre, je voudrais vous parler des paroles dans le vent de mer, vous retourner un instant vers l'homme étranger qui vous habite, et salut, bonne route !

Comment vous dire le fond des choses ? Si je le savais il n'y aurait plus rien à dire. Il n'y a pas de fond. Je parlerai ainsi : suivez l'instinct profond. *La passion crée le sens.* À condition que le calcul ne soit pas introduit... L'autorité de la parole est absolue, mais par rapport à tel être particulier. L'erreur capitale, le péché est celui-ci : se servir de l'autorité absolue de la parole sans tenir compte de la relation concrète à autrui. Toute réalité est en vous. Toute chose, bien ou mal, est pour votre création spirituelle pourvu que vous ne vous teniez pas hors de la vie, car hors de la vie il n'y a rien. Si ce souhait a un sens, que ce livre vous laisse cassés, démunis et misérables si vous ne l'êtes pas encore, pour une joie dont vous n'avez pas idée.

Êtes-vous fatigués de votre héritage, empruntés dans votre vêtement de mots d'éternité ? Vous posez des questions, vous souhaitez qu'on vous aide à organiser autrement vos idées, vous croyez aux réponses. Allez voir les spécialistes. Ils sont passés maîtres dans l'art de broder la dentelle sur le vide. Soyons sérieux. Si vous êtes perdus dans le labyrinthe des vérités, écrasés sous la loi, tenus par la peur, sans cesse à débattre, cessez ce jeu, libérez-vous de la foi elle-même. Vivez le don joyeux aujourd'hui. Rien n'est pire que l'ennui et la tristesse. La foi elle ne vous abandonnera pas si facilement. Elle résiste comme le chiendent. Au temps de la chrétienté il parut utile d'identifier foi et croyances. Ce qui fut sociologiquement efficace est maintenant cause de désarroi. Il suffit qu'une seule maille saute dans le tissu des convictions. On ne perd pas la foi. On s'aperçoit seulement qu'elle ne vous possédait pas.

On a trop dit qu'il suffisait de refuser une seule vérité pour anéantir la foi, parce qu'on avait décidé que tout se passait dans la conscience-tête et non dans la conscience-corps. Or ce sont les regards, les gestes de la vie, le souffle, la poussée des profondeurs qui expriment le plus intime d'un homme en même temps que les idées ou malgré elles. Ne niez ni n'affirmez. Qu'est-ce qui est vital pour vous ? La seule question. Tenez-vous dans l'attente active.

Chaque matin j'écris au bord de l'aube, dans le roulement au loin du périphérique comme un garrot. Combattant de l'aube, c'est chouette, bataille incertaine autour du « Château de l'âme ». Mais si les mots ne manquaient pas les choses il n'y aurait plus rien à dire. Le Verbe ne manque pas Dieu encore que le mot ultime parle d'abandon, sur une croix.

Que j'aimerais, une fois encore, faire un livre d'arbres, d'eau, de routes, gratte-ciel, d'amour presque dément, de pauvres qui marchent à la nuit, afin de laisser la parole se dire. L'invisible dans le visible, l'absolu dans le sensible et rien d'autre. Au lieu de quoi je vais avoir l'air de philosopher. Bernard, Bernard, si tu pouvais savoir à quel point je m'en balance des synthèses abstraites, prospectives et idéologies. Mais j'ai promis de montrer ma route. C'est une route. Andiamo.

Chaque matin j'écris pour vous, comme les camions roulent. Je tiens mon titre : Matinales. Si j'écrivais à midi, le soir, la sagesse, fille de la fatigue et de la peur, me guiderait la main avec une douceur mortelle. J'ai décidé de faire confiance à la jeunesse des matins. Quand nous n'aurons plus qu'un petit bout de terre pour faire pousser des pissenlits il y aura toujours des matins, leur espérance violente. Tout est commencement. Je ne cherche pas trop à reprendre le fil, dans la crainte que ce qui est écrit écrive pour moi. C'est impossible. Ne vous demandez pas si ça se répète. Pardi ! Je vous parle d'amour. Ni quel est l'ordre. Cherchez l'ordre en vous, c'est-à-dire le centre au point d'émergence. Méfiez-vous de l'ordre qui passe directement dans votre tête et auquel vous vous soumettez bienheureusement. L'unité intérieure est infiniment plus forte et réelle que celle qui naît des procédés logique et stylistique. Que l'unique rêve de votre vie soit : vous éveiller. Nuques raides, vous m'obligez à me faire didactique et à vous donner le mode d'emploi !

PRÉFÉREZ UN VISAGE

La parole de la Genèse, que Dieu a fait le monde de rien, beaucoup de croyants l'ont lue, écoutée mais non point entendue et s'étonnent qu'on y puisse voir autre chose qu'une métaphore. Or toute vie spirituelle conduit par des chemins divers à la découverte de l'identité du monde et des apparences, c'est-à-dire à la découverte de la contingence et du rien d'où émerge le visible. Ainsi se perdre et se trouver sont une même opération. Cessant d'être un individu séparé, l'éblouissement de ce qui est tu le retrouves à travers ta propre singularité. Le réel, ce qu'on dit réel, flotte sur le rien mais en même temps tu en perçois bienheureusement la splendeur et la diversité, tel un feu d'artifice indéfiniment réalimenté, dans l'obscure conscience que le monde ne rayonne tant que parce qu'il est signe et promesse.

Filles de Jérusalem avez-vous vu
Celui que mon cœur aime...
Filles de Jérusalem, je vous adjure,
Si vous trouvez mon bien-aimé,
Que lui annoncerez-vous ?
Sinon que je suis malade d'amour.

C'est par la mort vécue dans l'instant — *der sterben* — que nous pouvons accéder à l'invisible. Souvenez-vous, l'instant, étincelle entre deux nuits, la nuit d'avant, la nuit d'après, le brasillement que font la vie et la mort en se rencontrant, l'incessante dépossession. Sans elle nous collerions à l'apparence.

C'est l'insuffisance radicale des mots qui en fait des symboles.

Toute vie véritable passe par elle, la vie seconde, à travers joie et douleur. Qu'est-ce que cette vie seconde ? Le royaume, *cela* qui rend la vie possible, joyeuse en toutes situations, par-delà théisme ou athéisme, quelque chose d'injustifiable, sans pourquoi ni comment. Et si, en quelque manière vous n'avez frôlé cette expérience, ou si vous ne pressentez pas qu'elle est possible, vous ne savez de quoi je parle.

Je vous déçois. Vous attendiez des pensées, une mise en place, que ça tourne dans l'huile. Des idées qu'on accroche comme des wagons qu'on change de place selon les circonstances, opinions, la locomotive en tête, en queue, au mitan. Je vous invite à retrouver sous les mots chlorosés, nécrosés votre propre souffle. Une seule pensée à l'état naissant qui perce assez profond, suffit pour mettre en marche, en joie.

Je vous invite à cesser de vous masquer derrière les constructions abstraites et pyramidales des idées, ou, quand elles s'effondrent, à ne plus vous murer dans l'angoisse qui vous tient chaud. Voulant tout englober, tout vous échappe, être partout, vous n'êtes nulle part. Méfiez-vous de l'absolu, l'indicible. Préférez un caillou, une phrase, un visage qui disent l'indicible. Entendez-vous quelqu'un parler de l'au-delà, dites-lui : Une seule vie à la fois ! D'infini, demandez-lui combien de lieues il a l'habitude de faire pour aider quelqu'un à vivre ou à mourir.

Les blessures sont portes et chemins des joies à venir pour d'autres douleurs, d'autres joies. L'un coule, l'autre s'élance. Rien n'est écrit. N'accusez personne. Par exemple tel ou telle qui vous blessa à vie, à mort. Dans l'ordre où nous sommes la morale n'existe pas pour accabler quiconque. Elle n'existe que pour soi, seulement pour soi. Qu'il y ait des lois, des flics, bien sûr : c'est une autre affaire.

Cesser de bêler, cherchant des causes, disant que la morale baisse, que la foi s'éteint. Mais non mais non la religion se porte bien comme disait à peu près Bernanos, la duchesse Dupont de la Barrière a déjeuné hier soir chez l'Archevêque... Quand la mer s'éloigne, elle avance sur d'autres rivages. Le monde normal est le monde païen de l'incroyance. L'érotisme est naturel, l'attachement à l'argent. Laissez pisser le mérinos. Le mal est naturel. Au bien de pousser dedans et de prendre la place. Plaintes et protestations ne sont que bavardages et alibis.

Distance. Je vous invite donc à la distance. Préserve, oh préserve l'être inconnu que tu es à toi-même. Se méfier des armatures idéologiques qui font de vous des absents alors que vous vous imaginez en pleine action ; des synthèses globalisantes, des ambiances. Ce qui est chauffé, donné trop vite, reçu de même est insignifiant. Ne pas trop savoir ce que l'on donne, ce que l'on reçoit. S'exprimer n'est pas vouloir communiquer. En politique on communique afin d'obtenir des voix. Ou en affaires : des commandes. Fuir qui cherche à convaincre. Non par peur. À cause du bruit.

Un espace nu à traverser. Portez en vous un désert pour une vraie rencontre. Ce que dit l'un n'existe que s'il est recréé dans l'autre. Rien de pire que les contagions émotives, révélations, goinfreries spirituelles. On ne rencontre jamais un groupe. On fait la putain devant. Le groupe est nécessaire mais il convient d'en sortir.

Et entre vous laissez le vent jouer. Que vos enlacements soient brefs. Mais les regards, chaque geste disent l'amitié, le goût de ce qui est, l'ardente patience dans l'intervalle.

CE N'EST PAS LA FOI QUI EST SECTAIRE

Envie, moi aussi, de parler de l'*homme moderne* ! Je dîne avec lui une fois ou deux par mois. Nous fraternisons dans l'obscur. Pas un instant il ne s'intéresse à l'idée de Dieu et juge plus ou moins clairement que cette idée ne peut germer que dans la mauvaise foi. Le monde se compose de quantums d'énergie sans valeur particulière et sans but. Nul n'exige rien de quiconque. Cet homme spontanément rejette tout appui. Le culte du plaisir et de la joie qui peut naître quand le plaisir est modéré. Toutes les morales se valent. *Quatre pelletées de terre...* Ni regrets, plaintes. Au fond des yeux un sourire de connaissance qui efface toute prétention. On dirait presque parfois que la bienveillance, active ou non, que des croyants trouvent dans la pensée de Dieu, il la trouve dans l'universalité et la proximité de la mort.

Cependant pour lui la croyance des chrétiens, qui s'attache à Dieu ou à un Jésus culturels par besoin de sécurité ou pour défendre une certaine représentation du monde, explique en partie le désordre des sociétés riches. Dire que la seule expérience de Dieu qu'a cet homme est celle de son absence serait faux.

En tout cas un langage pour lui sans signification. Me fascine qu'il soit guéri de l'idéologie et de toute culpabilité.

Certes les chrétiens savent que l'Évangile a des exigences. Mais seul un petit nombre les éprouve du dedans. Les autres s'efforcent à la logique, ont des aspirations ou des scrupules. C'est qu'ils n'adhèrent, quand ils adhèrent, qu'à des pensées qui permettent d'exprimer la foi dans un contexte culturel défini et de la concilier avec les impératifs de la croissance économique, les ventes d'armes, la répression, la course à la réussite, toutes les formes de fuite dans l'avenir, l'honorabilité mondaine, la morale sociale identifiée à la justice intérieure, tandis que l'au-delà forme un vague arrière-plan de rêve. Cette foi liée à des idéologies ou des sentiments, portée par un projet initial, qu'on nomme fidélité, qui convient pragmatiquement et qui n'est jamais mis en question, cette foi, en même temps sincère et menteuse, qui donne lieu à des débats sur des *problèmes* et par là finalement rassure, peut coïncider sans conflit majeur avec les sociétés riches. Ce n'est qu'elle, manipulée par l'audiovisuel, que peut apercevoir l'homme dont je parle. Elle ne saurait faire question.

On peut se demander si cette forme d'incroyance ne représente pas un progrès par rapport au type de foi conventionnelle à problèmes. En ce sens qu'elle est une démarche de franchise : l'acceptation de la nuit qui peut aller de pair avec le goût de la fraternité. Peut-être faut-il la préférer à celle qui prétend *obéir* à l'Évangile quand elle cède à des pressions et à des préjugés.

Seuls des chrétiens qui parlent à voix basse ou se

taisent peuvent rencontrer ces hommes pour qui la foi idéologique n'est qu'un sommeil, même quand elle s'agite et crie. Ceux-là ont cessé de croire au sens mondain de la vie, teinté de religiosité, aux valeurs derrière lesquelles s'abritent les bêtes de proie qui manipulent les sociétés, aux réussites et aux prestiges. Ils ne seront jamais notables.

Il serait absurde de vouloir prôner le mode de vie, de pensée et de langage de Jésus. Et pourtant ce qui se dégage au premier regard est assez fulgurant. Un abîme sépare l'Évangile qui n'est pas sans complicité avec la parole qui se parle en tout homme, et dont les idées simples sont libération intérieure, fraternité et communion de partage, un abîme le sépare de l'amalgame et du bric-à-brac qui encombre la mentalité habituelle des croyants. Ce bric-à-brac fut véhiculé au hasard d'un enseignement plus ou moins stéréotypé et légaliste. Les créations, quand il y en eut, furent éliminées ou récupérées.

Ne pas croire à un plan. Seulement un instinct prodigieux pour bloquer la spontanéité. On évitait le risque, mais on arrêtait la vie. On eût dit qu'il s'agissait de refouler le langage intérieur des hommes en lui substituant le langage théologique d'une élite éclairée. Dès le XVe siècle, la prise de conscience que la France est un pays de mission suscite un prodigieux élan. C'est le temps de l'acculturation massive qui ressemble quelque peu à ce qui se passe en Chine. Le catéchisme c'est le Livre rouge, en moins poétique. Plus tard les deux Réformes ne feront qu'amplifier le mouvement. Un modèle unique de pensée et de vie religieuse est communiqué aux foules par des hommes humbles et pauvres en vue d'une domination. Le quadrillage religieux, notamment l'encadrement paroissial, la complicité du pouvoir civil, l'obligation sous peine de péché et d'enfer, la culpabilité qui suit, donnent à ces hommes une puissance fantastique. En voulant refouler les superstitions ils coupent la vie religieuse de son enracinement dans un sol, ils cèdent à l'impatience en ignorant la parabole du bon grain et de l'ivraie, ils oublient que Jésus a désacralisé pour toujours les observances en les relativisant, ils tentent d'imposer une vision totalitaire par amour sincère de l'Évangile. En rejetant dans les marges sociales les réfractaires et les rebelles ils préparent l'insurrection d'une pensée laïque qui ouvrira de nouveaux horizons sur la condition humaine et qui par contrecoup obligera la foi à se situer dans sa vérité. La déchristianisation massive qui suivra est inscrite dans la christianisation.

Et n'allez pas imaginer que je cède à la noirceur. Plus une doctrine est pure, plus elle suscite son contraire. Tout se passe dans la contradiction et la dérision : l'amour, la sainteté même. Et ne croyez pas non plus que ce temps est éloigné. La déchristianisation est loin d'être achevée. Malgré le développement vers une tolérance active, suite logique de la foi, mais qui n'a pas encore pénétré en profondeur, que demain l'institution retrouve audience et puissance, de nouveau, pour le bien des hommes, elle va régner. Car elle s'ouvre moins à cause d'une intériorisation de la foi qu'elle ne semble vouloir céder et capituler dans l'amertume, toujours prête à bondir et à reprendre les rênes.

Une doctrine abstraite fut donc enseignée avec tout un complexe de principes et d'obligations. Une pensée terroriste, heureusement corrigée par la douceur évangélique, s'adressa à un homme irréel, théoriquement déterminé par les idées, plus conduit par la peur que par l'amour, convaincu que la fin ultime ne pouvait être atteinte qu'à travers quelques grandes routes balisées. Plus de sentes, sentiers, raccourcis de Galilée, de partout, sur la terre spirituelle, tout comme le progrès mécanique détruit les campagnes, arbres et chemins à des fins de rendement immédiat. Malheur ! Le grand vent s'est levé. Ce fut le temps du sommeil théologique sous le règne des professeurs, manipulateurs et censeurs. Les apôtres dormirent enfermés dans leur carapace métaphysique, pendant que le Fils de l'homme souffrait, aux prises avec la loi.

Tout ce passé, encore présent, est écrit dans les ouvrages religieux, dans la littérature même (car la plupart des écrivains chrétiens, patentés, par fidélité, ce qu'on appelle fidélité, reflétèrent les attachements d'une époque et s'ils furent prophètes, ce n'est point pour cela, bien entendu, qu'ils prirent place parmi les Princes. Quand ils s'engagèrent politiquement ils se gardèrent bien de toucher à leur foi de premier communiant nostalgique). Dans la peinture, l'architecture et la statuaire des églises, comme dans les sermons. Cela signifie seulement que la foi s'est exprimée à travers la raison occidentale, fabricatrice et impérialiste qui découpe, lamine à des fins utilitaires. Seuls les saints et les mystiques, c'est-à-dire tous les « pauvres » qui furent étrangers à l'énorme carapace percèrent vers un monde de liberté et d'amour. Il faudra bien que le christianisme redevienne ce qu'il est, s'il veut réellement être universel.

Telle fut, un jour, la découverte naïve qui me mit en marche : ce n'est pas la foi qui est sectaire, c'est la pensée à travers laquelle elle se dit qui l'est naturellement. Dans la mesure où la symbolique palestinienne et sémitique a été écrasée par le concept grec et le juridisme romain, le christianisme reste impérialiste ou risque de le redevenir.

Il s'agissait de savoir si je pouvais encore respirer à l'aise ou bien me taire en m'exilant définitivement dedans ou dehors. Me taire, je le pouvais. J'avais des histoires à raconter selon un rythme et un souffle qui pour moi livraient l'essentiel à qui savait lire, c'est-à-dire être plus sensible au texte parlé qu'à l'anecdote. J'eusse préféré ne point avoir à parler directement de la foi ni de christianisme. C'est impudique. Des années j'ai donc regardé la *crise* au théâtre, irrité ou amusé. Croire, dans l'ordre spirituel, qu'il faut éclairer un public, lui révéler ses besoins, masquer le scandale, est une illusion. Il faut créer du plus profond de soi, donner existence. Un moment vient cependant où la gêne d'avoir l'air d'esquiver est plus forte que la crainte de donner de la voix dans le concert des opinions. J'ai honte d'avoir à le redire, j'écris pour la poignée d'hommes et de femmes qui m'ont dit avoir reconnu une voix, les petits chrétiens qui marchent à l'obscur. Je n'écris pas pour les savants ni les chercheurs : ils ont mieux à faire qu'à me lire. Je leur dois une grande lumière. Ils sont à leur manière des libérateurs de la parole. Ni surtout pour les spécialistes du conditionnement qu'ils appellent conscientisation. Qu'ils boulangent leur pain de poussière de savoir. D'ailleurs aucun risque qu'ils me lisent. Ce texte ne comporte pas de références.

Pourquoi, tout en la vénérant, semblent-ils avoir honte de la parole ? Voulant se faire comprendre selon le mode mondain de communication, ils s'informent, analysent, critiquent, préparent la terre, arrosent mais ne sèment pas le grain d'une parole issue de leur vie, parce qu'ils croient savoir qu'elle est trop vieille, folklorique et ne pourrait germer en ce monde intelligent. Et cependant le parler de l'Évangile, aujourd'hui comme hier, ne renvoie pas seulement au socle culturel araméen mais au fond terrien universel, primordial comme dit Jousse, encore que ce mot soit inadéquat. Rien d'étonnant que les particularismes régionaux tentent, dans le monde entier, de retrouver leurs racines. C'est une réaction de santé contre le faux universalisme dément de la technique et des idéologies.

C'est ce parler en vous, non issu de vous seul, pardessous toutes les sédimentations culturelles, qui est à réinventer. Il est poème, c'est-à-dire engagé mais pas à la manière des discours de l'audiovisuel. Il n'explique ni ne démontre. Il porte en lui sa preuve comme l'air qu'on respire, le pain et le vin, un corps près du vôtre, lié aux rythmes fondamentaux de la respiration, de la naissance et de la mort, de la rencontre et du départ.

Il va bien falloir que je dise en clair comment, pourquoi j'ai déserté un mode de pensée qui me fut familier, ainsi que la théologie et la philosophie. Content de les avoir rencontrées les deux sœurs. Elles m'ont donné du plaisir dans ma jeunesse. Loin de moi la pensée de faire un plaidoyer contre. Je dis l'histoire de ma vie, c'est tout, un chemin parmi des frères.

AUCUNE PENSÉE N'EST RESPECTABLE

Après cet introït j'entreprends une chose difficile qui pourra sembler prétentieuse et vaine. Prétentieuse, parce que j'ose regimber contre la pensée qui m'a nourri, sans prendre la voie savante ; vaine, car comment s'exprimer sinon à travers cette pensée ? Ne vous demandez pas trop si ça véhicule des mots de remploi, cadavres de pensées, *flottaison blême et ravie*, nous sommes un large fleuve à la mousson qui charrie décombres et semences... Ce ne sont pas d'abord des idées, c'est du mouvement que je vous propose, « frères cosmiques », comme dit Henry Miller.

Désir de rendre fulgurant que le parler palestinien de l'Évangile et le concept grec ne peuvent faire trop bon ménage. Non pour renier l'un et privilégier l'autre, mais faire comprendre, car tout le monde croit savoir, mais réaliser que le Message, exprimé en doctrine abstraite, perd sa substance.

Relu l'Évangile, je veux donc maintenant considérer sa postérité. Je ne m'attends pas à ce qu'elle ressemble. Elle est nombreuse et diverse. Comment pourrait-il en être autrement quand Jésus s'efface et que tant de chemins s'ouvrent pour les millénaires à venir.

Donc les Évangiles, c'est-à-dire le choc d'une rencontre et d'une expérience, lié aux gestes, à l'inflexion d'une voix, chez des hommes qui ne prenaient pas de notes, n'utilisaient pas le magnétophone, la même existence, la même parole une et diverse, inépuisable, nourrie, recréée dans la chair du souvenir, parlée au hasard des circonstances par des individus différents qui, lorsqu'ils veulent rassembler leurs discours, n'ont heureusement pas l'idée de se mettre d'accord, comme s'ils pressentaient que le péril n'est pas dans l'erreur historique, mais dans les faits figés, fixés hors de la chaleur d'une vie, si bien qu'il ne resterait plus qu'à recevoir dans la tête, répéter en se retournant en arrière quand il faut accueillir de tout soi, germer la parole qui rassemble le corps de Dieu et de la terre, parce qu'ils savaient que le guide n'est plus dans l'histoire et que l'Esprit *suggère* toutes choses, comme s'ils devinaient que la commémoration et la vénération des événements pouvaient aussi trahir...

Reconnaître avant tout que malgré toutes les *préparations* dont on a tant parlé : l'angoisse d'un monde désagrégé, l'attente d'un salut, l'Évangile, aux premiers siècles, dès qu'il émerge se trouve au sein d'une idéologie totalitaire d'Empire, à laquelle il est radicalement étranger. Car ce n'est pas avec l'oubli de soi, l'amour et notamment l'amour des ennemis qu'on entre dans l'histoire. Le retournement que propose le Message est si utopique et insensé qu'on peut penser que sa seule chance est de se couler dans les structures impériales. Sans doute survit-il grâce à son armature hiérarchique. En même temps, puisqu'il se veut universel, il tend à « objectiver » la Bonne Nouvelle en la coulant dans le langage gréco-romain, en vidant les mots de leur sens originel au risque d'être modifié lui-même par la pression du vocabulaire. Comment une expérience spirituelle si intime qui fut celle de quelques-uns pouvait-elle être exprimée hors de ce langage, sans consentir à demeurer l'apanage d'une secte ? Comment les disciples des premiers temps eussent-ils pu se donner une autre image de l'universalité ?

Au fil des années et des siècles, la Communauté chrétienne ayant suivi la voie de puissance, comme Pierre, dès le départ avait été tenté de la prendre, il devient de plus en plus risqué de laisser la Parole faire son chemin dans les consciences. Grâce aux hérésies et aux conciles le Message est certes sauvé de l'absorption gnostique, recentré sur le cœur de la foi, mais en même temps peu à peu, à l'unité par le dedans est substituée l'unité par le dehors. Elle tend à devenir de volonté, d'obéissance et de déclaration, transmise comme un héritage culturel. La foi devient une chose en soi, mentale. La liberté de conscience revendiquée pendant les persécutions est un jour refusée au nom de la foi, jusqu'au moment que le corps de doctrine semble définitivement mis au point.

Si bien qu'il n'y a plus qu'à expliquer, commenter, imposer ce qui est fixé hors du poème, de la découverte, c'est-à-dire hors de l'expérience intime. L'horloge de l'histoire s'arrêtait... Et par exemple l'avantage n'était pas seulement que saint Thomas d'Aquin fut un génie mais que le génie était mort. On pouvait donc gloser puisqu'il avait tout dit. Encore qu'il se soit fié parfois plus à Aristote qu'à Jésus. Notamment en ce qui concerne les femmes qu'il estime à peine raisonnables et qu'il spécialise dans le rôle purement instrumental de la génération. Ce n'est qu'un détail en regard de tant de constructions métaphysiques admirables, invérifiables, il est vrai, et qui permirent ainsi aux scribes d'interpréter ses interprétations pendant les siècles des siècles. Et supposons qu'il ait tout dit en effet, car il a effectivement compris beaucoup. Il s'agit bien de cela. Rien n'a été dit, selon la formule de Brice Parain, ce qui est dit reste à dire. Mais les morts sont toujours beaux, inépuisables. Quand le Docteur angélique déclarait que tout ce qu'il avait écrit n'était que de la paille il disait sa vérité issue d'une expérience mystique. On ne voulut y voir que l'humilité d'un homme pieux et l'on fit manger de la paille dans les séminaires en déclarant que c'était du pain. Ainsi remédiait-on à l'absence, en tentant de garder sous cloche, au ciel des idées et de l'histoire, l'épervier Saint-Esprit. Ainsi se constitua une société religieuse qui finit par renoncer au pluralisme en cédant à la tentation de l'unité de type impérial.

Être juste. Pierre, Kephas, n'oublia jamais un aspect essentiel du Message. Au Moyen Âge l'Église eût pu monopoliser pour elle-même la puissance économique et militaire. Sans doute n'en eut-elle même pas l'idée. Plus tard on la trouvera ici souveraine, tous les pouvoirs à sa main, là servante et humiliée, mais l'Évangile ne sera pas masqué. Interprété à travers les grilles mais intact, saisi à plein corps par des mystiques, des théologiens qui paient le prix. Inlassablement elle annonce la Parole qui la met en jugement. En la véhiculant sur une large surface, sous forme de doctrine, à travers tout un système de techniques et de pressions — par la quantité à la qualité ! — elle livre à ses amis et à ses ennemis de quoi la contraindre à se situer dans son ordre.

Ce n'est pas la pensée thomiste qui me gêne mais l'usage qui en fut fait, qui en est encore fait. Maniée par des « poètes » elle porte au-delà d'elle-même. La théologie de Claudel ne me dérange pas plus dans le *Soulier de satin* que la mythologie qui sous-tend les tragédies de Sophocle et d'Eschyle. Mais aucune pensée systématique n'est respectable. La vénération qu'on lui porte rend étrangère la présence qu'elle suppose. Elle ne peut finalement qu'être soupçonnée de masquer une absence. Seule une création sans cesse renouvelée peut signifier la vie.

Qu'il est difficile d'analyser et de critiquer quand il s'agit d'une matière aussi complexe qui véhicule le meilleur et le pire, le pire suscitant parfois le meilleur et inversement. Pouvez-vous comprendre ? Éprouver à la fois colère ou tristesse et savoir que tout est bien. Ce n'est pas une raison pour dormir. À chacun d'exercer sa royauté, fût-elle dérisoire.

FABULEUSE INVENTION CONTRE LA MORT

Si vous êtes tentés par Dieu, méfiez-vous des théologiens conceptualistes. Les meilleurs sont les pires. Mais de quel droit exiger qu'ils prennent la parole ? Ils ont leurs racines dans l'ancien temps, l'ancienne peur. La parole vient à son heure. Cependant quelques-uns émergent de la nuit, plus « poètes » et prophètes que professionnels, ils portent en eux la nouvelle image d'une foi de « pauvres ».

La théologie conceptualiste est le plus grand barrage — peut-être utile, nécessaire, créateur d'histoire — construit avec et contre l'Évangile et le Saint-Esprit. Pas par des imposteurs. Par des disciples sincères qui ont annexé Dieu, Jésus en parlant de transcendance tandis qu'ils étaient immergés dans une culture.

Art et culture ont peu à voir ensemble. La culture est un terreau, un humus qu'on soigne, qu'on peigne, qu'on exploite, sur un territoire balisé, foulé par tout le monde. Mais l'art ne s'intéresse qu'à lui-même. Solitaire, il remonte de souterrains inexplorés et vit de sa plénitude. L'art n'a pas de but sinon capter sa différence qui lui permet de rejoindre l'universel. Il n'a pas de réponse. Son lieu est la pénombre. Ne lui demandez pas d'améliorer quiconque : il existe, il invite à exister.

Et de même la culture religieuse a si peu à voir avec la foi. Elle donne des idées à l'intérieur des mentalités, peut créer des réflexes. Elle est surtout très utile quand la foi n'est pas. Elle en tient lieu. Somme toute elle reflète aussi bien l'absence que la présence. Quand surgit la foi, la culture devient quasi vaine, telles les infrastructures qui permettent l'envol d'une fusée. La foi brûle, fait le désert, recrée toutes choses à partir d'elle-même.

Je n'ignore pas la volupté, comme une brûlure froide, de voir les idées s'agencer, tourner dans l'huile, le même frisson qu'au passage d'une armée, une ivresse esthétique que procure l'absolu abstrait, docile comme une « bonne fille ».

— J'ai soif de vérité.

— Prends garde à l'ivrognerie.

Dieu vénéré et maîtrisé à la fois ! « Qui pourra jamais m'arracher les idées ? » ainsi qu'écrit Spinoza. Et c'est dans ce monde des idées que J. G. Fichte situe la « Vie bienheureuse ». Jusqu'au jour où la libération idéaliste apparaît ce qu'elle est : un jardin clos, stérile.

Connaissez-vous l'histoire de l'homme ivre qui traverse de nuit la Concorde ? Il bute sur la grille qui entoure l'Obélisque et tourne autour jusqu'au matin. Il se croyait enfermé.

Toute pensée corsetée, hors de l'ordre scientifique et technique, est déjà une imposture. À plus forte raison quand elle prétend exprimer le Message.

Fabuleuse invention, le concept. Combien admirable et fécond. Que serions-nous sans lui ! Nous lui devons la science, la pensée organisatrice, les machines, le confort, la pollution. Et les contrées qui ne les ont point encore y aspirent à cause d'une certaine *conception* du bonheur. Foin du rêve et du mépris. C'est un fait, nous existons en ce monde qu'on nous a fait où le poème a tant de mal à pousser. Mais on peut aimer les routes, les avions dont les ailes rendent presque périmées celles des oiseaux, les villes dressées, les palais conceptuels qui jalonnent le temps, bâtis contre le désespoir. Bienheureuses murailles, guérison provisoire de la peur, sur lesquelles sont peintes des portes et des fenêtres, des chemins qui ont l'air d'ouvrir des brèches dans la nécessité.

Que le concept permette d'analyser la réalité et d'agir sur elle, comment le nier ? Et sans doute a-t-il souligné certaines virtualités du Message en l'empêchant de se dissoudre. Maintenant nous voyons mieux ses limites.

Toute construction conceptuelle est dressée contre le temps. Elle veut ignorer la fragilité du corps et de l'instant. Elle nous sauve de la dérive en nous fixant sur un point d'ancrage mental, mais elle ne porte pas en elle cela qui nous atteint à la jointure de la chair et de l'esprit. « La pensée est fille de la peur », dit Chestov. C'est pourquoi elle va si bien avec la tristesse. Au lieu de guérir de la mort dans une expérience intérieure, elle la refoule.

Or refoulée la mort, la résurrection n'est plus qu'idée, rêve ou pari qui n'anime pas l'existence. C'est que pour la pensée conceptualiste le sensible et le visible ne sont qu'illusions passagères. Elle nous propose l'éternité de l'abstraction, même quand elle parle de foi et d'amour.

Le Grec : l'homme du désir d'une patrie. Ulysse, l'Odyssée de la conscience vers un lieu, un enracinement, un temple, des mots à travers lesquels regarder le monde, masquer sa contingence.

Le Palestinien : l'arrachement, l'exode, le nomadisme Le temps cargue ses voiles. Vous n'avez pas ici de demeure permanente.

La pensée efface le corps pour accéder à l'universel. La parole-image ou l'écriture-parole pénètre jusqu'au fond anthropologique. Par l'individuel à l'universel concret. L'absolu dans ou à travers le sensible. La parole symbolique commence par casser la communication conventionnelle qui ne dit qu'un savoir. Vouloir communiquer n'est pas s'exprimer. Consentir à parler dans l'obscur, bafouiller peut-être. Prenne qui peut. Que celui qui a des oreilles... Le langage symbolique se rit des significations préétablies. Il provoque une vibration, ouvre un espace. Intrépide et humble il ne prétend pas enclore une expérience indicible. Trace, indice, il manifeste et voile en même temps, donne envie de chercher plus loin la source, de se mettre en marche, au lieu de dire : vous avez tout dans la tête, il suffit maintenant de vous efforcer.

POURQUOI COMMENCEZ-VOUS PAR VOUS ENFERMER ?

Instrument parfait pour la possession du monde, le concept, parce qu'il invite à se barricader dans le cercle magique de la *représentation*, en disant voici la réalité. Ainsi chaque individu est-il enfermé dans sa propre conscience, dans le temps qu'il parle de solidarité. Les autres ne sont que des objets alors même qu'on met tant d'acharnement impudique à faire appel aux bons sentiments en faveur des pauvres, du troisième âge, des handicapés, etc., d'autant plus irrémédiablement murés dans la solitude. Ainsi Dieu est-il mis au service de l'homme, celui « des philosophes et des savants », à travers une pensée technicienne, le dieu-objet dont on s'amuse à dire depuis si longtemps qu'il est mort.

L'homme du concept est exilé de la communion, fouaillé par la mort qui lui arrache la seule chose qui compte : la possession. Exploiter la terre à son profit, inventer des machines afin de posséder plus. Les villes sont la fantastique création du désir de posséder, construites en répulsion de Dieu, en lieu de paradis, et cependant signes et promesses... Les hommes ne règnent si bien sur le monde, quoique toujours au bord du chaos, tendu vers le progrès indéfini, en fuite vers l'avenir, que parce qu'ils ont refoulé en eux la vie intérieure où murmure la voix millénaire. L'Occident à l'intelligence mécanicienne est ainsi devenu le tiers monde de la vie spirituelle.

Pour l'homme « intérieur » l'idée de progrès n'est qu'une idéologie comme une autre. La science vieillit. Demeure la communion au visible dans le sacrement de la terre, antidote au poison du conceptualisme. Pour lui pas d'individus séparés. La vie est passage, exil, retour, à cause de l'alliance avec le « Dieu d'Abraham, d'Isaac et de Jacob ».

Pourquoi commencez-vous par vous séparer ?

Dieu et l'homme et la vie ne sont pas des réalités à représenter ni à interpréter. Ils sont *au commencement*. Nous disons *je crois à*, mais nous ne sommes pas *mus par*. C'est pourquoi la joie ne nous visite guère, et lorsqu'elle vient nous nous sentons coupables.

Mais le moyen de vivre autrement et de s'y reconnaître ? Nous nous apercevons que nous sommes anonymes et insignifiants, n'est-ce pas ? Nous voulons un lieu, en être propriétaire, un nom, fils d'un tel, tel âge, tel métier, tant de revenus, une pierre tombale. Parce que la vie éternelle ne bat pas sous votre peau et que vous n'avez pas appris à rire, il vous faut l'importance, petits dieux. C'est pourquoi, voyant tomber tout en poussière, vous dites que la vie est absurde, que l'humanité n'est qu'un champignon, et pourquoi vous vous laissez aller aux révoltes adolescentes contre la mort, à moins que vous ne cédiez aux drogues, les pires n'étant pas toujours celles que vous croyez, mais l'argent, la réussite mondaine qui vont bien avec l'aveuglement spirituel masqué par tant de fausses vertus.

La vision dérisoire de la condition humaine d'une partie de la pensée de ce temps est issue d'une déception puérile liée à une représentation. Beaucoup d'hommes optent pour le néant à la manière des « croyants » qui s'imaginent croire parce qu'ils souscrivent à des vérités. Ils se ressemblent comme des frères. Prétendez moins, consentez à l'humilité de la chair à travers laquelle passe la petite espérance.

Mirage des concepts, fausse rigueur, palais de miroirs, usine de rêves à compenser l'absence du geste, de l'acte, à déserter l'instant.

Mot est dans *mort*, ainsi que dit Jabès. Les mots ne peuvent jamais dire que le corps de la terre, passerelles de lianes sur le vide. *Mort*, l'autre nom de Dieu. *Mort*, grand soleil de l'été. Le mot *Dieu* si pauvre, abîmé, facile comme l'herbe, le pain, le vin, figé en idée, Grand Patron, slogan pour compenser l'absence. Le mettre partout. Quelle indécence ! comme dit la petite fille dont parle Nietzsche. Qu'importe ! Dieu, silence de toute parole. Comment pourrait-il ne pas être absent ? Pas d'autre moyen de reculer les limites de l'homme. Imagine Dieu, Jésus ici, là, désigné : tout s'immobilise. La vie ne fuse et ne se détruit à mesure qu'à cause de l'absence adorable. Ne pas la cacher avec les catégories conceptuelles. Dieu aussi bien cruel que bon, créateur, destructeur, indifférent, infiniment attentif, joyeux, cul-de-jatte, manchot, borgne... Et n'allez pas vous imaginer que je manque de respect, j'adore la faiblesse divine.

Dieu au nom imprononçable, Y w h, existe là où

il est ni représenté ni nommé. Qu'est-ce que Dieu ? Finalement la question s'évanouit. Le silence est une réponse quand l'amour-action existe qui fracture toute spéculation. Par exemple le « problème » du mal n'a de consistance que si l'on commence par se donner la représentation d'un Dieu d'amour selon l'idée que se font les hommes de la justice et de l'amour.

Cependant ne pas trop se presser de tirer des conclusions. Les hommes qui ont refoulé Dieu, nous dit-on, font l'expérience de l'inhumain et se heurtent aux murs de l'impossible. Je le crois. Mais enfin un peu d'honnêteté d'abord. Est-il donc si facile d'oublier l'histoire et certains des fruits de la croyance ?

En vérité lorsque Dieu est affirmé, adoré, les hommes peuvent être asservis. La preuve est apportée. Parce que c'est à partir d'une représentation que l'on pense et que l'on agit.

La même image conceptuelle que se forment les hommes rend les uns croyants, les autres incrédules. Or, dans sa part la plus haute, le christianisme se tient par-delà l'opposition entre l'être et le non-être qui n'exprime que deux aspects différents de l'envers de Dieu.

La pensée a oscillé entre ces deux pôles : Dieu créateur de l'homme ; l'homme créateur et décréateur de Dieu.

Bultmann écrit que Dieu signifie « le désaveu de l'homme, sa mise en question, son jugement ». Et Gogarten : « la crise absolue de l'humanité ».

Aujourd'hui un changement s'opère. L'« homme libre » passe du débat au silence et à l'expérience.

Question abolie. Dieu sans intérêt. Beaucoup de ce qu'il représentait de meilleur est passé dans l'expérience humaine. Rien d'étonnant que certains chrétiens aient l'air de déserter, ces prêtres qui ne sont pas des prêtres, ces apôtres qui ne sont pas des apôtres, ces croyants qui n'ont pas l'air croyant, des hommes en qui tout qualificatif se fond en pure humanité, qui apportent silencieusement une réponse non « morale », non « religieuse », non idéologique, mais évangélique. Si vous cassiez vos œillères vous verriez le nom imprononçable flamboyer dans leurs yeux. Non, non pas flamboyer. Une douce lueur tapie.

Dieu se manifeste là où il n'est pas nommé en effet, sans référence précise, sans assurance, dans une création, des relations nouvelles. Du moins une telle lecture est possible. Le silence sur Dieu exprime la déception de notre langage. Il s'agit bien de langage ! Il s'agit de notre lâcheté et de notre paresse. Et pourtant si, c'est une question de langage, mais en ce sens que casser les mots c'est clarifier le regard, délier le cœur.

JÉSUS SE TAISAIT

Passage d'Edwige.

Elle s'empare d'une feuille sur le bureau et dit : voici comment s'écrit lumière :

Étudiante en arabe. Elle a changé son prénom en Hadewijch. Intellectuelle de haut vol, philosophie, théologie, suicidaire pendant des années. Des buissons de questions, contradictions. La voici en paix, depuis presque un an, accordée au courant biblique et coranique.

Voici le genre de choses que l'on trouve dans les *Lettres spirituelles* de sainte Hadewijch d'Anvers.

Ne négligez aucune œuvre
et ne faites rien de particulier

Soyez bonne et pitoyable à toute misère
et ne prenez soin de personne

Que Dieu vous fasse comprendre ce que je veux dire
dans l'essence une et simple de l'amour

« L'amour est tout, écrit-elle. Ni mon cœur ni mon âme, ni mes sens ne reposent, ni le jour ni la nuit, pas une heure : cette flamme ne cesse de brûler dans la moelle de mon être. »

J'essaie de me tenir à distance des critiques qui concernent mes livres. Le temps écoulé, elles perdent toute importance et ne provoquent ni contentements exagérés ni blessures de vanité. Hygiène mentale.

Or hier matin, au courrier je trouve une critique que son auteur a pris la peine de découper et de glisser sous enveloppe. Talent fou et le tremblement. Le dernier paragraphe exprime des réserves qui renvoient les louanges au néant. Pourquoi faire moderne, tant parler de drogués, paumés ? On pourrait croire parfois que notre auteur s'encanaille. Le journaliste a beau emboucher la trompette lyrique pour finir : me voici perturbé, remis en face de ma fragilité.

Toujours eu deux sortes de lecteurs. Ceux qui s'occupent d'abord du sujet et qui s'étonnent ou se scandalisent des histoires parfois sombres qu'ont l'air de raconter mes livres dans un langage parlé, gouailleur. Ce sont souvent ceux-là qui furent séduits par mes premiers ouvrages, plus nostalgiques. Et les autres qui me lisent avec les lèvres, le souffle, ont l'air happés, me disent que je les aide à survivre.

Afin de faire vite sans doute je n'ai pas dit toute la vérité quand j'ai évoqué précédemment mon passage à la littérature. Porté par l'admiration que j'avais pour les auteurs N.R.F. de la grande époque, j'étais entré dans la carrière avec l'idée de fignoler des romans ou des essais. Faire serré, vif, de beaux objets culturels à contempler, d'où l'on feint d'être absent. Miroirs. Esthétique élégante et hautaine. À lire avec les yeux. Plaisir de l'intelligence séparée. En arrière-plan comme moteur l'idée imbécile de la gloire et de la postérité qu'on met dans la tête de chaque Français, dès l'école et à la télé. Et de ce piédestal un jour, parler.

J'avais des images, séquences, idées plein la cervelle. Je m'applique à faire comme les grands que j'admirais. Ce n'est pas si mal, on me reconnaît, on me salue, on me couronne un peu. Je continue. L'objet lisse se fendille, les séquences se mélangent, des visages de vivants m'obsèdent, une parole émerge qui casse l'agencement. L'imaginaire me paraît un jeu d'enfant, dérisoire gâchis proposé au divertissement des dames du monde et à leur nostalgie. La vanité demeure mais l'idée de gloire est en miettes. La postérité un leurre, une telle absence. C'est ici maintenant qu'est la gloire, dans l'infime, chaque instant de la vie, mort et résurrection. D'où vient-elle la parole ? Ce n'est pas mon problème. Je fais confiance. Cela je l'ai dit.

Du coup je me sens proche des marginaux, clochards, drogués, tous les tordus, comme des hommes de l'*establishment*, vidés de substance spirituelle et qui commencent à le savoir. Ils vivent parmi les tours d'acier, de verre, accidents, cimetières de la folie des routes, sex-shops, tous les détritus de la défaite humaine. Mais en même temps je m'aperçois avec stupeur que le chant d'une liberté circule à travers tout, une joie paradoxale plus forte que mes blessures et ma médiocrité, l'Espérance que ceux qui la portent en eux disent reconnaître.

L'étonnant est ici. Dans les premiers temps que j'écrivais, la tête sceptique, occupé à imiter les autres, les croyants généralement applaudirent. Maintenant que l'Espérance joue sa musique à travers moi et se mélange sans précautions à la vie atroce et merveilleuse, certains décrochent. Dès que vous ne nommez plus les choses et ne rabâchez plus le passé, ils sont perdus.

Précisément parce que la parole est immémoriale et intemporelle, elle ne peut que se dire dans l'instant. Se tenir dans le rêve du passé ou le royaume des idées c'est pactiser avec la mort. Puisque l'absolu s'est incarné comment est-il possible de n'être pas présent à chaque saison du monde, avec son parler, dans le flux incertain, irrationnel et douloureux de la vie, mais aussi dans le feu d'artifice que sont les villes, toutes les créations des hommes, afin de révéler peut-être qu'il y a des hôtes de « pureté » en plein milieu de la foire et du cirque et que tout va vers l'unité et la joie. Impossible de n'être pas contemporain sans trahir.

Dimanche, 17 heures, à Notre-Dame pour écouter l'orgue, à cause de Cochereau. L'orgue s'est tu trop vite. D'ailleurs je n'ai pas reconnu la patte de Cochereau. Un prêtre en aube, dans le chœur, était écrasé derrière un pupitre. Le prêtre s'est mis à parler tandis que des touristes allaient et venaient. La pitié m'a envahi. Quand la voix s'est élevée j'ai compris pétrole, crise, conflits sociaux, substituer des groupes à la poussière d'individus... Ce saint homme faisait de la rhétorique élégante devant de vieilles personnes tristes, quelques boyscouts et fils de curés. Quand comprendront-ils qu'on ne leur demande pas leurs idées sur la société, la crise, l'avenir des groupes formels, informels, mais une parole d'homme ressuscité ?

Pâques. Pluie et neige. Télévision. Reflux des Sud-Vietnamiens, grappes humaines accrochées aux bateaux, aux avions, traînées de cadavres sur les routes. À midi le Pape parle, bénit la foule en couleurs, *urbi et orbi*, les gens applaudissent sur la place Saint-Pierre. Ô Dieu !

Le soir débat sur Jésus avec des personnalités du Judaïsme, Protestantisme, Marxisme, Catholicisme... Nous n'y sommes pour rien... Pour l'un il n'a pas existé, pour l'autre ce n'est pas absolument certain mais le mythe aussi est une réalité. Un autre part dans des questions de langage... Le débat se déroule dans une église. Il y a maldonne. En arrière-plan les visages des braves gens sont stupéfaits ou tristes. Parmi les débatteurs il y a un visage serein qui se tait. Ses yeux parlent. *Jesus autem tacebat.* Le porte-parole officiel de la religion dominante ! Ce type absolvait la mascarade.

Le lendemain matin j'ai obtenu son numéro de téléphone. Content et penaud. Il venait de se faire laver la tête par une Huile. Me demandait si je pouvais exprimer mon point de vue à l'Huile. Tu parles.

GARDEZ L'HUMOUR

Si j'en juge par son admirable *Ce que je crois*, Maurice Clavel semble avoir passé sa vie à découvrir des systèmes et des hommes, à les adorer, à les brûler. Qu'il est maintenant rapide à tout maudire et rejeter. C'est qu'il est agrégé, donc dompté à la gymnastique mentale. Les intellectuels sont ainsi, notamment les Français qui vont de visions totalisantes en visions totalisantes et ressemblent comme des frères aux théologiens d'autrefois.

Je n'ai pas eu la chance d'être agrégé ni donc d'engranger et d'organiser un savoir, pas plus que de m'imaginer que le passage d'un grand homme à l'autre pouvait signifier une quelconque évolution spirituelle. Pas plus que je n'ai cru qu'un système quelconque pouvait apporter un salut. Nous autres, Celtes, naissons avec les yeux bleus, l'absolu dans le sang, paraît-il, qui nous rend méfiants. Irrémédiablement paysan autodidacte j'ai picoré partout, selon l'instinct.

Cependant la traversée de M. Clavel, *notre nouveau Pascal* — quoique sa langue soit plus échevelée — me fascine, son point d'arrivée surtout, quand il semble, amant déçu, balancer pour toujours toute la philosophie. Une seule chose me gêne. Rien ne me gêne. Je veux dire que dans l'ordre qui est le mien, il importe moins d'abaisser la raison que de connaître ses limites. Non pas humilier la raison, mais dénoncer la maladie de la raison qui commence par enfermer la vie dans l'abstraction et n'en peut plus sortir, affirmer la primauté de la parole ou de l'écriture-parole sur la pensée. Je trouve contestable d'avoir l'air de profiter de l'éclairage de la foi pour mépriser la raison. Surtout qu'en ce temps c'est la « foi » qu'il conviendrait plutôt d'humilier. Une certaine image de marque d'une foi trop sonnante. Rien à craindre avec M. Clavel. Il ne va pas se laisser embaumer. Son charisme serait plutôt d'éveil permanent. Cependant « j'ai vu tomber les cèdres du Liban ».

J'ai vu des hommes et des femmes *se convertir* qui touchaient plus ou moins au milieu intellectuel ou artiste. Ils changeaient de clan à l'intérieur du cercle, en croyant sortir. Rajeunir, j'aurais voulu les voir rajeunir. Au lieu de quoi ils rentraient dans une représentation solidifiée, une vieille peau, une foi malade. Ils cessaient d'être contemporains. Faut-il donc être contemporain ? Il ne faut pas. Cela survient. La foi branchée sur la source rend contemporain à l'instant même, parce qu'elle est hors du temps. On eût dit que leur conversion leur servait de tremplin. En toute innocence ils faisaient de la publicité pour la foi en assurant la leur, ils s'engraissaient de gloire. Je ne juge pas des individus, faut-il le redire ? Je décris des mécanismes. C'est qu'il n'est pas facile de n'être point un otage dans les sociétés de ce temps. Je dis seulement que de mon point de vue, du point de vue d'une certaine race, ils étaient de l'ancien monde, du temps du « renouveau chrétien », des conversions orchestrées, tambour battant, *nous y passerons tous*, quand la chrétienté manifestait un dernier sursaut pour sauver conjointement la foi et les idéologies de puissance.

Ce temps perdure. Les vieilleries ont la vie dure. Elles habitent aussi bien la jeunesse. Elles dureront jusqu'à la fin en forme de fidélité. « Le cadavre de Dieu bouge encore... Je crois à tout le tralala... oui je suis chrétien, voilà ma gloire... et je suis fier d'être bourguignon... » La tentative de colonisation n'en finit plus chez ceux mêmes qui se crurent à la pointe de la libération.

À quel point des hommes peuvent se sentir étrangers à cette publicité ! J'en ai vu se taire des amis connus ou inconnus, touchés par la grâce de l'Évangile et passer pudiquement d'une foi à l'autre. Et c'était la même foi dont les frontières craquaient. Ce sont les petits chrétiens de ce temps, avec la conscience aiguë de ne l'être pas encore, pas supérieurs, pas meilleurs que d'autres, marqués du signe invisible, sans drapeau, actifs, sans vision totalisante. Pour eux, par exemple, le lyrisme de Teilhard criait trop et leur apparaissait comme une nouvelle forme d'animisme, plus vieux que la scholastique. La nouvelle Gnose américaine dite de Princeton ne les séduit pas. Ils n'ont nul besoin d'imaginer un monde en marche vers son accomplissement. Pour eux la fin des temps arrive sans cesse. Le levain est mêlé à la vie pour une crucifixion et une résurrection incessante. Ils appellent une Église recentrée sur son secret qui se dépouille des réflexes et des mots hérités et ne s'absente que pour inspirer mieux.

Dieu, que j'ai horreur d'avoir l'air intolérant ! Pourtant je ne veux que noter des symptômes afin de caractériser une attitude spirituelle. Mais il est vrai que les murs que l'on a franchis nous suivent. Et cependant je ne veux pas me servir de vous, amis, pour être confirmé dans ce que je pense. Pour éviter de faire démonstratif j'écris chaque matin dans le discontinu. Mais bien sûr je n'échappe pas à la démonstration. Mon passé de prédicant, prof, n'en finit pas. Gardez l'humour, je vous en conjure. Lisez à mesure ce qui est dit entre les lignes. Servez-vous de ce que je dis contre mes préjugés. Piquez ici, là ce qui est pour vous. On ne mange pas les trous du pain. Moi, vous savez, l'autre, je trouve bien que chacun suive sa route. J'écris mon art poétique chrétien, voilà tout.

D'ailleurs si je ne me suis jamais passionné pour les systèmes, c'est que je n'ai pas l'intelligence *ad hoc*. C'est pourquoi je ne les méprise pas. Si j'en parlais ce serait pour dire plutôt ce que je dois à chacun d'eux, citer telles pages de Platon, Fichte, Malebranche, Hegel, Chestov, Heidegger, que je sais par cœur, mais détachées de la synthèse, celles où s'expriment les intuitions créatrices des grandes œuvres, avant qu'elles ne se solidifient pour devenir mécaniciennes.

Lecture de Cioran. Aucune vanité ne résiste. Liquidation générale. Pourquoi écrit-il encore ? Et moi, si je vivais ce que je dis ? Cioran conduit au désespoir et au silence. Or ses livres qui ne parlent que du triomphe de la mort me mettent en joie. J'adhère à son regard qui efface. Cependant une petite musique, quasi imperceptible, change le sens de tout. Il a beau la refuser, malgré lui le chant profond émerge qui dit qu'une seule chose est nécessaire. Car, voyez-vous, c'est la musique qui nous regarde, nous trouve, nous crée et nous tue. On ne peut ni l'enrichir ni la dégrader, lui causer le moindre tort. C'est nous à qui nous manquons quand nous ne lui faisons pas place.

L'homme est attentif, amical, facilement ébloui. Il dit non, non, et donne envie de dire oui.

Quand je vois certains nouveaux témoins forcer la voix, dire que oui ils le sont, encore tout empêtrés d'idéologie, quitter parfois un engagement difficile pour retomber dans les gras pâturages en parlant de leur naïveté retrouvée qui leur fait croire à tout, ils ont beau être à la pointe de l'actualité, mélangés à l'événement, écrire sur le papier glacé des hebdos stérilisés, des articles à sensation, noyés parmi la publicité des derniers gadgets, je me dis qu'ils sont vieux, mal guéris de leur militantisme et qu'ils ne disent tant eux aussi qu'ils sont arrivés que pour n'avoir point à prendre la route. Et j'entends encore la parole du sage de Sils-Maria :

« Comme aucune voix neuve ne s'élevait
Vous avez répété des paroles d'autrefois. »

CHANSON TOUJOURS NOUVELLE

Le Message ne peut habiter qu'une pensée vive et créatrice, intemporelle et par là même contemporaine. Or il s'étiole dans un langage fabricateur et péremptoire. La parole de la foi se confond avec les analyses et les commentaires.

Né sur le socle culturel araméen et sémitique, où le langage est concret, le verbe premier, on a donc cru que l'Évangile était lié à un particularisme et que seule la pensée triomphante, grecque et occidentale, pouvait lui permettre d'accéder à l'universel. On sait que cette pensée a produit des fruits très divers. L'universel, elle l'a exprimé dans la science et la technique et aussi dans les idéologies qui camouflent mal les appétits et la volonté de puissance. En réalité le christianisme, lié à la pensée abstraite, dominante ne fait que survoler la terre. On commence à mieux percevoir que l'universalisme dont il s'agit est concret, suppose l'enracinement et que, pour l'essentiel, le sol araméen ressemble à l'oriental, au celtique, à l'africain, à tous les terroirs, territoires où émerge le fond commun anthropologique des instincts, des gestes et du langage dans lequel se dit la vie spirituelle liée au sensible, à travers la naissance, le pain, le vin, toute nourriture essentielle, la mort.

Une longue route attend le Message. Terrible ascèse. Le renoncement à l'universel factice, à la fausse richesse culturelle, pour rentrer dans les langages humiliés des « pauvres ». L'invitation à se réinsérer non seulement dans les terroirs mais aussi dans le terroir des villes où les hommes ont leurs racines, si ténues soient-elles où se dit la parole millénaire par-dessous l'artificialité de l'audiovisuel triomphant. Une fois encore le christianisme est convié à inverser toutes choses en refusant la voix large qui est une voie impérialiste.

Tenir deux positions à la fois. Lutter pour un langage, car c'est lutter pour la vie spirituelle. En même temps n'arracher à personne le vocabulaire. L'important est de ne pas s'arrêter en route et, comme dit Malebranche, de « porter assez de mouvement en soi pour aller plus loin ». Etre intransigeant et savoir que la plus humble bonne femme qui sait par cœur le catéchisme le plus médiocre peut converser avec les anges.

Peut-être en effet que sans de fortes structures et la possibilité de franchir sans passeport les frontières de l'Empire, la communauté chrétienne fût demeurée à l'état de secte. Et que sans une pensée solidement charpentée l'Évangile se fût émietté. Mais le moyen est devenu l'obstacle. La carte du monde n'est plus la même. Nous savons un peu mieux ce que signifie le langage qui exprime dans sa diversité le corps de la terre. Et que la démarche historique qui consista à organiser des pensées pour les communiquer par le dehors, tel un vêtement de mots par-dessus des cultures différentes ressemble à l'attitude individuelle de qui se crispe sur des idées mortes dans un infantilisme qui n'a rien à voir avec l'esprit d'enfance.

Comme beaucoup d'hommes de ce temps j'ai suivi une route aride. Jusqu'au jour où je me suis aperçu que je ne savais pas ce que je disais quand je parlais, tantôt avec autorité, tantôt dans la conviction passionnée. Il me semble que l'obscurité et la déshérence m'ont rendu, en même temps qu'à la liberté, à une foi nouvelle, tout en sachant bien qu'il faut lutter sans cesse contre ses propres pensées. Car impossible de s'arrêter sans tricher. C'est la fatigue qui nous fait mettre des mots définitifs sur ce que l'on cherchait, en disant : J'ai trouvé.

Avoir cru qu'il y a d'abord les idées et représentations dont on imprègne le mental et qu'ensuite on rejoint le « réel » ! « Ce qui est mouvement, écrit Engels, commence dans une idée. » Certes, dans l'ordre politique. Et l'on voit bien où conduisent souvent les idées en cet ordre, à quel esclavage, et pas seulement dans les démocraties populaires. Ce n'est pas la voie humaine ni spirituelle. On ne rejoint jamais l'homme réel si l'on ne part du corps de la terre qui est aussi notre corps.

Cependant, de toute manière, il faut quitter le « lieu » de sa naissance et le vêtement de mots qui nous habille et nous opprime. Comprendre le théâtre où l'on joue, avec un rôle, un langage, que faire d'autre ? Mais le connaître comme théâtre. Et même si l'on continue à jouer, savoir qu'il y a d'autres théâtres et aussi un monde où l'on ne joue plus, où l'on est à vif.

Un temps pour une vision empruntée, tranquille, pour tous et personne, savoir, consolation, l'enfermement dans la coquille invisible, la joie peinte sur le visage, sincèrement peinte, légèrement crispée, se croire « en pleine pâte ». Un autre temps pour être blessé, rire d'avoir cru rencontrer Dieu, rougir de l'avoir dit, entrer dans la nescience et la nudité en découvrant l'artificialité et l'irréalité des idées ou images que l'on avait et que l'on s'imaginait faire partie de nous. Et ainsi peut-être se mettre à exister plus démuni, proche du premier venu. Celui-ci qui toute sa vie avait clamé sa foi qu'il croyait sienne, tout à coup, par exemple aux portes de la mort s'aperçoit qu'il est dans la nuit et se dit : Ai-je été menteur ? Mais enfin tâchez de vous réveiller avant d'être définitivement parallèle au plafond, vous dis-je. Celui-là qui se croyait au désert, découvreur de terres nouvelles, se demande s'il n'a pas seulement suivi sa nature pour se donner ce confort... Pas de vie spirituelle qui ne traverse la déception et la désillusion à travers blessures et éblouissements.

Ainsi, faut-il le dire encore, garder le souvenir de Jésus peut-il n'être que regard en arrière, vénération sincère d'un passé que l'on s'imagine réintroduire dans une existence saupoudrée de pieuses pensées et d'actes symboliques. La déception et la désillusion du Golgotha et de l'Ascension sont toujours à traverser. Tel est le passage par l'oubli. Ou du moins se souvenir c'est l'éprouver vivant ici et maintenant dans l'obscur, en riant des spéculations sur le tombeau, les apparitions, tout le bazar archéologique avec quoi l'on se distrait, c'est émerger à la vie ouverte, *créer* une relation nouvelle. Car dès qu'il survient il relativise toutes les idées anciennes ou modernes que l'on avait, que l'on croyait avoir.

« CELA SEUL N'EST PLUS UNE AFFAIRE D'HISTOIRE, DE SCIENCE, DE CORBILLARD »

Qu'on n'aille pas donner pour autant dans tous les fidéismes et illuminismes. La foi n'est pas délire. Si les croyants qui s'évadent dans la spéculation métaphysique me font penser aux érotologues qui n'ayant point expérimenté la joie, se complaisent dans l'imagination du plaisir, ceux qui perdent la tête et fuient en avant dans le lyrisme de l'amour du Seigneur, malgré toute la sympathie que j'ai pour eux, justifieraient plutôt le sceptique qui habite avec moi.

J'adhère, nuques raides, à cela qui sous-tend les dogmes et qui est source. Je ne crois pas aux dogmes. Je veux dire que je ne prends pas leur formulation pour un absolu. Longtemps qu'ils sont devenus plus obstacles que moyens. Qui voulez-vous qui aille s'abreuver à des sources pétrifiées ? Dans l'ordre spirituel tout est jaillissement et commencement. La doctrine solidifiée — quelle que soit la nécessité d'une formulation — ne peut être que colonisatrice. Elle transforme les faibles en esclaves, les forts en révoltés, laisse les autres indifférents. La foi ne se dit pas seulement à travers, mais malgré et à côté, à tout homme qui croit que quelque chose s'ouvre au-delà de l'expérience humaine.

Pas plus qu'il ne faut imaginer que l'on méprise ici les lois et les rites. Ils sont nécessaires même pour les jeux. Sinon on se livre à d'autres rites, d'autres lois implacables. Mais enfin ni les lois ni les rites ne créent de l'amour. Ils le supposent. La mort de Jésus conteste radicalement pour toujours les mécanismes sociaux qui substituent la culpabilité ou la répression à l'amour. « Tous les hommes se haïssent naturellement l'un et l'autre dit Pascal. On s'est servi comme on a pu de la concupiscence pour la faire servir au bien public, mais ce n'est que feindre, et une fausse image de la charité ; car au fond ce n'est que haine. » Comme vous voudriez être dupes, petites natures, croire que l'amour se mélange aux prudences et bienveillances mondaines, aux « vertus » qui sont l'aménagement du confort, à la « justice » qui n'est que l'organisation de l'avidité universelle. Ne dites plus que c'est noir. Apprenez à voir. La vérité joyeuse se tient par-delà.

Inverser la formule de Dostoïevski. « Si Dieu existe suis-je encore capitaine ? » Mais oui tu es capitaine si Dieu n'existe pas. Les hiérarchies mondaines, les morales sociales, les polices tiennent la place de Dieu, d'autant plus implacables dans les contrées où Dieu est plus radicalement nié. Si Dieu existe tu n'es plus capitaine.

Revenir à l'essentiel. Tout *savoir* crée la distance. Le langage est tentative impossible et nécessaire pour combler la fracture, pont jeté entre la représentation que se donne le sujet et l'objet lui-même.

La théologie traditionnelle n'est certes pas allée aussi loin que Hegel dans sa tentative pour vider de son scandale l'expérience de Jésus, mais issue de la pensée grecque, quoique centrée sur l'idée de grâce et de liberté, elle s'est acharnée à faire rentrer l'événement, le particulier, l'inclassable, le jaillissant, l'inattendu dans la sainte Généralité afin que Dieu soit soumis à la raison, aux principes, possédât toutes les qualités sauf la vie, et que puissent régner à nouveau la Loi, l'Ordre. Ainsi la foi est-elle devenue quasi *naturelle.* Ce qui a été ne pouvait pas ne pas être, si bien que les consciences que l'on voulait libérer se trouvaient enfermées à nouveau dans une autre nécessité. Ainsi d'innombrables croyants de bonne volonté se sont-ils promenés dans le jardin clos divin en disant : Venez, rejoignez-nous, frères, nous sommes dans la vraie vie, le seul bonheur ! S'ils se voyaient un peu, s'ils s'écoutaient !

Au contraire de la *foi-savoir,* la *foi-expérience-parole* donne immédiatement la réalité qu'elle vise. Elle la donne à la manière du poème. Ce qui est séparé dans la réflexion, bien entendu ne l'est pas nécessairement dans la réalité, encore que le savoir tende toujours à pomper les forces vives.

Chez un homme en bonne santé mentale (je sais que ce que je dis est scandaleux mais je ne puis dire autrement) la raison peut conduire au bord de l'irrationnel, se décider sur l'inconnu, s'effacer, céder à la foi. La spéculation à l'intérieur de la foi cesse alors. Car tout discours est défense contre l'effacement, c'est-à-dire contre la mort.

Ce n'est pas le laïcisme qui a bloqué le Message. Il faut renoncer à cette idée. C'est le rationalisme qu'on y a introduit, une pensée abstraite et impérieuse, voilà ce qui l'a miné, le mine, le souci de rendre acceptable ce qui est inacceptable.

Cependant la raison garde un rôle capital, non pour spéculer sur l'inconnu et l'« objet » transcendant dans le but inavoué d'une domination, mais par sa fonction critique. Car il faut aussi perdre l'idée qu'elle est anesthésiée par la foi. La foi qui suscite la peur ou endort est une foi falsifiée.

Tout d'abord elle remplit sa fonction en ne cédant pas trop vite à l'irrationnel par impatience ou fatigue, c'est-à-dire en ne consentant pas à boucher les trous du réel avec Dieu, la foi. La lutte de Jacob avec l'ange ne cesse qu'au matin. D'autre part elle sait qu'aucun choix n'est fait une fois pour toutes. Qui s'est éveillé dort encore. C'est pourquoi elle se tient à l'affût afin de détecter les glissements imperceptibles, soucieuse de contrôler la réalité de l'adhésion non par la cohérence des pensées ni par la ferveur des sentiments. Car dire oui à un credo n'est pas nécessairement vivre dans la foi. La naïveté de la foi peut être aussi rusée que la foi spéculative.

Perdre jusqu'à l'idée scientiste de fait objectif. Ainsi par exemple, qu'est la Résurrection pour le disciple ? Il y a un tombeau vide, des récits d'apparition. Nul fait déterminant. Cette fragilité est liée au mystère central de Jésus. Nous sommes invités à chercher plus loin. « Avez-vous vu celui que mon cœur aime ? » Ce qu'il y a d'inconnu dans la Résurrection est comme un vide aspirant. Tout y passe le Saint-Esprit, l'Église, à travers les civilisations diverses, qui exprime la même foi, inépuisable. C'est la vulnérabilité même des preuves qui donne à la foi son caractère essentiel qui est de ne pouvoir être possédée. Là se situe le paradoxe de la pauvreté divine qui efface pour laisser place à l'histoire, à la liberté et à l'amour dedans, livrés aux crucifixions, à travers des expressions différentes, toutes insuffisantes.

Ce n'est pas la foi qui s'acharne à la preuve irréfutable. C'est la foi dénaturée, communicable par voie de propagande.

L'accusation de subjectivisme a beaucoup servi pour justifier l'impérialisme et du même coup masquer le vide spirituel. L'*objet* de la foi n'est pas un moyen de connaître pour *minus habentes*, selon la formule de Hegel. Pas plus que le mystère du Christ n'est un *objet* de connaissance historique. On ne l'atteint pas au-delà de vingt siècles d'histoire. La foi rend contemporain à l'instant même. Elle n'est donc ni *objet* ni effort pour comprendre mais transformation du sujet. Certes elle reste un acte humain. Le mouvement qui conduit à l'adoration est intelligible. Cependant toute dialectique s'efface. Jamais les pensées par elles-mêmes n'ont produit un seul acte d'amour. Elles précèdent ou accompagnent mais ne créent pas. Précisément ce que découvre la raison au bord de l'absolu c'est que l'absolu n'est pas *objet* de savoir.

L'adhésion chrétienne n'est donc pas une super-raison qui s'appliquerait à un super-objet transcendantal. Sinon comment pourrait-elle jamais délivrer de la dualité et introduire à la communion joyeuse ? Que de forces perdues par les spécialistes à étudier l'objet religieux. Qu'ils les eussent consacrées à l'analyse de la réalité humaine et à dépister les illusions, le monde serait peut-être un peu moins inhumain. Quand je les entends encore parfois, tristes visages, la ramener avec l'*objet* (ou le contenu) comme s'ils l'avaient capturé et mis en boîte, ils me font penser à des boutiquiers au bord de la faillite. Une page de Péguy me revient. « Je ne vous demande pas ce que vous dites. Je vous demande comment vous le dites... C'est cela, c'est le ton, c'est le style, c'est la résonance de ce que vous dites que j'attends... Cela seul n'est plus une opération, une affaire d'histoire, de science, de corbillard, d'enterrement et de cimetière. Cela seul est une opération, une affaire de vie. »

« QUE LES PENSÉES ACCOURENT COMME DE LIBRES ENFANTS DE DIEU »

À quel point ce qu'on appelle *compréhension* peut évoluer dans l'imaginaire. Comprendre, même dans l'ordre du savoir ordinaire, n'est souvent que situer un mot nouveau parmi des mots déjà connus. Ainsi dans un domaine qui m'échappe, si l'on parle de *tachyon* et qu'on m'explique qu'il s'agit d'un élément dont la vitesse dépasse celle de la lumière, je dis que je comprends. Ou si j'entends *parsec* et qu'on m'apprend qu'il s'agit de l'unité de distances des astronomes, qu'il vaut 3,26 années-lumière, je comprends encore, je l'imagine du moins, à cause de ce que je crois savoir sur la lumière. Car je ne veux ou ne peux chercher plus loin, je n'ai pas le temps, pas même l'idée.

Ainsi en est-il, à plus forte raison, au sujet des choses éternelles. La tendance naturelle est de s'arrêter aux signes dans une pseudo-compréhension qui reflète paresse ou prétention. Si bien, par exemple, que le concept de Dieu personnel, en lui-même, hors d'une expérience spirituelle, n'est qu'une projection dans l'espace métaphysique, d'une personne qui a une haute opinion d'elle-même et qui se veut passionnément immortelle. À partir de là tout s'organise. Si Dieu est, il est tout-puissant, tout bon. Donc, s'il y a désordre, l'homme est coupable. Ce Dieu-là doit récompenser et punir. Tel est le genre de logique irréfutable qui fait le fond de beaucoup de consciences religieuses. Au niveau des mentalités la connaissance religieuse n'est souvent qu'une crispation sur un raisonnement à partir d'une idée mise hors débat et la cristallisation d'un besoin d'assise ferme.

Comprendre ? Il s'agit bien de comprendre, mais d'être expulsé de soi. Sinon comment l'amour large pourrait-il surgir, qui donne la joie quand on découvre que l'on est *compris* ? Il n'y a pas le langage et celui qui parle. Le langage crée celui qui parle. Il n'est pas d'abord *discours sur* mais action. Je me livre à lui et il me donne ou me retient. C'est un combat incessant. Beaucoup sont morts, en qui le langage fonctionne tout seul.

Le monde chrétien s'en est beaucoup pris au scientisme. Mais il y a un scientisme chrétien. On dégage des informations sur Dieu, les hommes, le monde : ainsi se constitue un savoir d'autant plus redoutable qu'il est considéré comme issu de la Parole de Dieu. Une classe d'éclairés organise une pensée que des vulgarisateurs mettent à la portée. Ce savoir est donc la propriété d'une classe qui en détient les clefs. Comment pourrait-il ne pas faire un monde de suiveurs et de répétiteurs, quand il n'est pas rejeté comme un corps étranger ? Ainsi la pensée religieuse est-elle toujours au passé, archéologique même quand elle est moderne, *pyramide funéraire*, ainsi que dit Hegel.

Ne pas croire que je dénigre. Je n'ai rien contre le savoir et son ordre, quand il ne tue pas toute créativité. Si je le conteste c'est que je n'en ai guère. Supposons que je sois riche et que j'en aie une énorme réserve dans mes greniers, comment pourrais-je ne pas y croire ? Que me resterait-il si j'en étais dépouillé ?

On peut être ébloui comme tout le monde par les prodiges de la science et de la technique de ce temps, être fier d'être homme, et s'apercevoir que tout se déroule en un cercle étroit, que l'exploration des planètes n'est qu'un merveilleux divertissement, préférer le Livre de Job, des pages de Dostoïevski, qui sont une exploration autrement capitale.

Il existe une « foi » primordiale, la perception directe des limites et du vide, qui est ouverture à l'absolu et à l'impossible. Quand cette perception n'existe pas, la foi chrétienne garde quelque chose de factice et d'étranger. Et elle n'existe pas toujours chez les spécialistes. Le vice radical d'une partie de la pensée chrétienne d'aujourd'hui, c'est qu'elle reste tendue et volontaire. Elle vise la communion mais commence par séparer. Elle cite les poètes mais n'est pas « poétique », elle commente mais ne livre pas une parole dans un corps sensible de mots. Pas d'enracinement dans la chair, quand elle parle d'enracinement. Cela ne naît pas du dedans. « Que les pensées, écrit Goethe, accourent vers nous comme de libres enfants de Dieu, s'écriant : Nous voici. » Que nous sommes loin de cette grâce ! Cela se mijote dans les cervelles. Teilhard apparaît comme un prodige erratique dans le désert de l'expression chrétienne, parce qu'il est, avant tout, poète. Mais ce n'est ni l'écrivain ni le poète ni l'homme de la vie intérieure, qui dans ses lettres met en question ses constructions aventurées, que l'on écoute. C'est l'idéologue, parce qu'il apporte une explication globale teintée de science et que les intellectuels chrétiens se disent : Quelle merveille ! On peut être croyant et intelligent.

Le tragique est ici. On devient pensif et l'on se dit : De quoi ont besoin les pauvres gens, que faut-il dire aux hommes d'aujourd'hui ? Alors qu'il faut avoir besoin, soi-même, souffrir, trouver soi-même sa route, sa parole. Souligner donc que tout discours religieux est vain qui ne porte pas en lui sa preuve dans le souffle d'un corps. À moins d'être convaincu que la foi n'est qu'un assentiment à des propositions et non une expérience existentielle dans laquelle le message est saisi à mains nues. À moins d'admettre que la communauté déclarante et explicante s'est définitivement substituée à la communauté vivante et confessante. À moins de croire que la royauté intérieure promise par l'Évangile n'est qu'un leurre et qu'il suffit d'obéir, d'observer et d'attendre.

Il est significatif qu'au temps où l'apophatisme a déserté le monde chrétien, il se soit exilé chez des écrivains comme Rilke, Blake, Hölderlin ou qu'il se soit frayé sa route au cœur d'une pensée antichrétienne comme celle de Nietzsche, tout comme il existe maintenant éparpillé chez des écrivains de l'abjection et de la dérision. On dirait que certains d'entre eux se tiennent aux confins du blasphème, de la prière et de l'adoration, parfois plus stimulants que les machines appliquées de propagande religieuse au goût du jour.

Toute foi militante exprimée dans la langue de transmission explicative et de « conviction » ne peut que susciter un athéisme de combat. En réalité cet athéisme veut habiter le même lieu que la foi militante. Mais il existe, nous l'avons vu, un autre athéisme qui refuse le terme d'athée, les yeux ouverts sur le néant, et qui crée une nouvelle manière d'être au monde. À cet athéisme répond une foi adulte, une pensée directement branchée sur la parole intérieure et celle de l'Évangile, en communion discrète, pensée démunie, nue, hors vérité, en quête de Dieu au-delà de Dieu. Rien d'étonnant que l'on accuse parfois les meilleurs chercheurs d'aujourd'hui de pactiser avec l'incroyance. Ce sont des aventuriers-prophètes. Par-delà la fraternité déclarée, ils sont en quête d'une fraternité plus profonde et plus universelle. Ils cassent le cercle de sécurité pour retrouver la source jaillissante qui fait craquer les glaces du long hiver.

VOUS RÉPONDREZ DE TOUTE PAROLE VAINE

Quel chemin à parcourir entre le départ et l'arrivée des mots !

C'est qu'ils ne sont pas, d'eux-mêmes, porteurs de réalité. Ils ne contiennent pas la vérité comme un écrin son diamant. Pas plus les mots Dieu, foi, amour que les autres. Qui les reçoit, il faut qu'il rejoigne l'esprit qui les suscita. Notre univers est traversé de paroles et d'images. Mais pour les rendre communicables, il est nécessaire que les ondes hertziennes soient converties en ondes sonores et lumineuses. De même les mots ne sont pas assimilables directement. Moyens-obstacles ils mentent aussi bien qu'ils disent la vérité. Ils n'ont que la force de notre courage et que la chaleur de notre fraternité.

S'être laissé convaincre qu'il y a des « vérités » au-dessus de nous et s'imaginer les vénérer : ainsi devient-on des évadés. Nous vivons en un temps où tout est dévoré par l'information, le savoir superficiel aux dépens de l'intériorité créatrice. Les mots sont utilisés sincèrement ou non pour échapper à l'exigence qu'ils impliquent. Beaucoup ne se posent jamais ces questions. Ils sont heureux dans l'illusion. Ils se dressent pour défendre leur fausse sécurité en parlant de mode ou de modernisme, voulant croire ou faire croire que l'on s'en prend à la foi si l'on met en question l'authenticité de leur foi. Mais la vérité et l'amour ne peuvent qu'être conquis sur les apparences et les illusions. Il est dit : *Vous répondrez de toute parole vaine que vous aurez prononcée.* Qui peut se vanter d'avoir obéi à tant de paroles sincèrement prononcées ? Faut-il se taire afin de mentir moins ? Mais tout peut devenir imposture. La pureté du silence, elle-même.

Tout mot indique un choix, un parti pris, un jugement et désigne un réel qui est d'un autre ordre que lui. La question est celle-ci : comment éviter que les mots ne prennent toute la place de ce qu'ils signifient au sein d'une mystification inconsciente ?

As-tu des récipients ? dit Élie à la veuve. Elle se précipite, apporte tous les récipients de la maison. Et tant coule, déborde l'huile, qu'on ne sait plus où la recueillir. Les mots, si riches et nombreux qu'ils soient, jamais ne peuvent contenir l'esprit.

Beaucoup d'hommes, le sachant ou non, ont vécu sur cette pensée qu'il suffisait d'ajuster des mots, d'atteindre mémoire et intelligence pour que ces mots finissent par germer dans les consciences. Cela n'est pas. Dans l'ordre spirituel du moins... Qui seulement transcrit, transmet, répète les mots, l'idée, non réchauffés à la chaleur d'une conscience individuelle, sans recréation, n'est que le porte-voix des morts. Qui seulement glose, manipule des lieux communs peut bien annoncer l'incarnation et la résurrection : il les nie en même temps.

S'il est inévitable, peut-être nécessaire que l'intelligence humaine dégage et organise la pensée sous-jacente à l'Écriture sainte, croire qu'il suffit que le spécialiste découvre le filon, manifeste les pépites d'or et qu'il n'y a plus qu'à monnayer dans une langue pratique de communication sociale, là est l'erreur capitale qui identifie la conception scolaire des choses à la transmission d'un message. N'est livrée ainsi qu'une parole morte, mortifère.

La vérité morte est pire que l'erreur. Car on peut réagir contre l'erreur.

La parole de l'Écriture sainte, elle-même ou la parole de celui qui parle à nouveau l'Évangile, la même et différente, nous atteint avec son corps et son âme indissolubles. Le choc d'une vie surabondante avec sa charge d'énigme et son secret qui nous fait entrer dans le risque d'une aventure.

Un message spirituel passe d'une conscience à une autre conscience à travers la vibration d'une existence dans un geste ou dans une parole. Dès que les idées sont extraites, abstraites, balancées en thèses, elles endorment ou provoquent le rejet.

Impossible de tricher avec le réel : il se venge. La désertion, l'indifférence, la fameuse crise tiennent sans doute aux nouvelles structures du monde qui ne portent plus la crédibilité, si bien que ce n'est pas la foi qui diminue mais les conditions sociologiques qui changent. C'est vrai. Mais pour une part incalculable elles sont aussi la cristallisation de nos illusions et mensonges.

Prendre conscience de l'abîme qui sépare les mots et la réalité, vivre avec cette blessure, c'est prier et ainsi réduire la fracture, quelle que soit la pauvreté des mots.

Finalement les paroles ont besoin d'être accomplies. Car ce ne sont pas les mots qui réunissent le mieux les hommes, mais *cela* plus obscur et vital, une aspiration, un mouvement vers, des gestes, qui font que des hommes différents d'opinion se reconnaissent, et lorsque *cela* n'existe pas entre ceux qui ont les mêmes mots et les mêmes idées, la fraternité déclarée n'est qu'un voile d'illusion.

Rien n'est pire que de confondre l'absolu avec les mots. Ce n'est qu'un absolu empaillé, jeu de miroir du mental. On croit régner sur l'absolu : on n'évoque qu'un spectre. Heureusement cela finit par se savoir. Masturbation spirituelle, dualisme, idéalisme, érotisme métaphysique, vous digue, dis-je.

Si la doctrine a eu tant de commentateurs, explicateurs, répétiteurs, manipulateurs de crise, toute la race parasite qui s'est substituée aux créateurs et aux prophètes c'est sans doute, comme nous l'avons vu à cause de la pensée impérialiste d'avoir voulu faire l'unité des hommes par le moyen des mots et des idées, mais aussi, en ce qui concerne les individus, par nostalgie du passé, c'est-à-dire par peur et haine de la vie. N'étant pas toujours habité par la vie surabondante que donne la foi et la joie qui l'accompagne, on se livre d'autant plus à la rage de convaincre. Cependant il est vrai en même temps que dans le prosélytisme le plus traditionnel, des hommes, à cause d'une certaine qualité d'existence, peuvent signifier une présence, malgré la phraséologie. Mais de lui-même tout discours religieux, trop soucieux de boucler, dispense de subir. Il apporte la guérison en même temps que la blessure. Sa fonction est d'apaisement, même quand il crie et dénonce.

Le coup de la parole ne peut qu'être porté au creux de la conscience, sans nul détour. L'amour ne s'explique ni ne se démontre. Il vous tombe dessus, désorganise avant de recréer, invente sa route et c'est la route d'une communion.

« Ô SAISONS Ô CHÂTEAUX »

Avez-vous compris ?

Vous n'avez droit de parler que de la graine de vérité que vous germez en vous. Non de la foi comme cette chose hors de vous, une sorte de satellite artificiel qui tourne au ciel des idées. Le don des langues ne survient qu'aux profondeurs d'une expérience vitale. Ce sont les « autorités », quand justement elles ne sont plus *auteur* de rien qui nous font croire qu'il existe une vérité abstraite. Cela leur permet de nous considérer comme un parpaing, un pilier ou une poutre, élément dans un ensemble préfabriqué... Ce ne sont pas des hommes vivants qui s'imaginent que la foi disparaît, que la morale baisse, ce sont des morts. Car, le sachant ou non, ils considèrent la morale et la foi comme un produit, l'homme comme le support d'une construction humaine.

Vain de croire qu'il s'agit d'expliciter, de rendre clair ce qui est obscur. Toute pensée déjà pensée retombe à l'état de nature. Pas d'*ex opere operato* dans le langage. Ne pas confondre le texte liturgique et la parole qui est *ex opere operantis.* Si quelqu'un veut être autre chose que le porte-voix des morts, il ne peut que se laisser travailler par elle jusqu'à ce qu'elle émerge, la même et différente.

« Si le poème est un fruit, le poète n'est pas un arbre. Il vous demande de prendre ses paroles et de les manger sur-le-champ. Car il ne peut à lui tout seul produire son fruit. Il faut être deux pour faire un poème. Celui qui parle est le père, celui qui écoute est la mère, le poème est leur enfant » (René Daumal).

Cesser d'être enfermé dans sa peau comme le chien dans ses poils. La parole-poème, c'est-à-dire qui entre non seulement dans la conscience-tête mais qui fait bouger la conscience-corps, est comme un rire. Je suis ceci, cela, tel caractère, tel âge, telle situation... Enfantillage d'avant la déception qui débouche sur la joie. Ce n'est pratique que pour la relation mondaine, la Sécurité sociale, le percepteur. Sortir de soi, se rejoindre, c'est pareil, rejoindre l'universel. La parole absolue et muette en nous fait craquer le monde des désirs contradictoires, tente de forcer les barrières de l'égoïsme, s'exprime en relais de mots qui disent colère et joie, révolte et prière, mime la danse, l'enfance d'avant les mots quand tu distinguais mal ton corps du corps de la vie, quand tu n'existais pas comme individu séparé.

Écrire en littérature, c'est bien livrer la vie. Non point les apparences de la vie seulement, l'existence immédiate, l'imitation de la vie comme un divertissement. Mais cela dans la vie, porté, nourri par elle, consumé au feu de la conscience, consubstantiel à l'âme, transformé en mots de résurrection.

Quand Rimbaud écrit

Ô saisons ô châteaux
Quelle âme est sans défaut !

il juxtapose deux vers débranchés du réel. Et cependant il s'agit bien de la division de l'année, des printemps, des étés, tel été peut-être, tel hiver, tous les étés, tous les hivers. Et les châteaux sont tous les châteaux, châteaux forts, châteaux de sable, châteaux de la Loire, de cartes, en Espagne, saisons et châteaux sont devenus des images dépouillées de leur matérialité, aptes à pénétrer au cœur de la conscience, avec leur charge de nostalgie, celles des saisons immuables, de la perfection des châteaux. Et toi l'homme te voici avec ton *défaut*, ta fragilité, livré au temps, à la mort. Surgit entre les mots, les vers, la présence d'un royaume.

De même qu'en art et littérature le réel, ce que nous nommons réel, est saisi par des hommes qui lui donnent une expression unique, si bien que chaque créateur authentique se reconnaît immédiatement dans une page, une phrase, une toile, tel l'enfant rejoue le monde à sa manière unique avant d'avoir été dompté aux fins utiles, de même chaque « auteur » chrétien ne saurait parler que de sa propre voix, livrer sa perception unique de la même voix.

Je vois bien ce qu'il y a d'inouï en cela et de scandaleux pour les contemporains pour qui souvent tout n'est que combinaison d'idées régnantes et emballage. Je vois bien qu'il faudrait tirer la conséquence que les apôtres n'ont guère pris la parole. Pourtant là est la voie. Dans les sociétés où les hommes n'existent que pour la rentabilité, la vocation du christianisme est de leur rappeler leur royauté, insolemment contre toutes les preuves.

Je cherche un homme, théologien, exégète, si possible savant jusqu'aux cheveux. Un glissement de terrain s'est produit, ajustement de faille, quelque chose. Supposons-le comme ce moine de la tradition bouddhiste qui dit : Si je venais à rencontrer Dieu et qu'il me dise : Je suis parfait, tout-puissant, je lui donnerais un grand coup de bâton sur la tête et je jetterais le cadavre aux chiens... L'humour introduit dans le langage chrétien. Une pensée libre, l'ironie, un rire qui déconstruirait à mesure, une adoration comme le grand torchon du vent, un langage qui réduirait la fracture entre le savoir et l'esthétique, entre la foi et les gestes humains, ouvrirait à la trans-chose. Dans cette direction il y a un avenir pour la théologie. Vienne le temps qu'elle nous donne

« Des vérités pour nos pieds
Des vérités qui se puissent danser. »

ÊTES-VOUS HUMBLE ?

Conférence à Saint-Louis-des-Français. L'homme de l'ex-Saint-Office est au premier rang. Visage attentif, plutôt amical. L'air de s'amuser en dedans. Cause toujours, mon bonhomme.

À chaque fois qu'il m'arrive de parler en public pour *traiter un sujet* religieux, littéraire ou philosophique, sur le mode didactique, pour un large public, tout marche bien. Les idées s'emboîtent comme les pièces d'un moteur. J'écoute à mesure : mensonges délicats, habiletés qui devancent l'objection, audaces rattrapées l'instant qui suit. Sentiment de prostitution. Les mots se présentent comme à la parade, juste ceux qui conviennent, sauf si tu as eu l'imprudence de boire du vin rouge au repas qui précède. Approbation quasi générale. C'est qu'on aime l'objectivité. Sauf la poignée de mes lecteurs qui m'attend à la sortie pour me dire : Qu'est-ce qui t'arrive ?

Quand, m'imaginant l'auditoire gagné d'avance, je joue sans filet et me livre avec mes assurances, hésitations et doutes en refusant la manipulation des idées générales pour me tenir au plus près de l'expérience, je sens généralement la réprobation. Confus, prétentieux, ce type ! Qui est-ce ? Je vois, je vois. Naïf, dissolvant. Presque personne n'attend et n'entend une vérité qui révèle ses racines. On veut des idées qui fonctionnent hors de nous pour ne point perturber l'existence. Sauf la poignée de mes lecteurs qui jubile.

Ou bien il faut être un vieillard quasi embaumé. On se dit : Quelle sagesse ! Il peut y aller, le vioc. Rien à craindre, c'est déjà de l'histoire ancienne. En France pour être entendu, en certains domaines, à moins que la mythologie ne se soit emparée de vous et rende insignifiant ce que vous avez à dire, il faut avoir soixante-quinze ou quatre-vingts berges, trembler de partout. On est montré, vénéré par la petite classe des arrivistes qui se sert des gloires qu'elle fabrique pour se mettre en évidence. D'ailleurs c'est une chance, car rien ne fait autant vieillir avant l'âge comme la renommée. On se met à se croire, les moindres crottes deviennent précieuses.

À Rome je m'étais dit : Soyons sérieux. J'avais concocté un exposé abstrait et solennel. On ne sait jamais avec les Caves du Vatican. Et juste en montant sur les planches, un petit vertige aspire ma bonne volonté. Je me dis : C'est le moment ou jamais. Rien à perdre, rien à gagner. Nous serons tous morts demain. J'y vais de ma petite musique. Ça répond. Beaucoup de jeunes gens dans la salle, qui viennent des différents séminaires. Quand commence l'échange, un homme noir et long, visage ascétique, se lève du milieu de la salle.

— Monsieur, je n'ai qu'une question à vous poser : Êtes-vous humble ?

Il reste là piqué, les bras le long du corps. J'aurais dû mieux écouter le son de sa voix... C'est l'homme qui m'a toujours suivi depuis mon enfance, austère, fidèle. Je me sens rapetisser, envie de redevenir le gosse docile : Bénissez-moi, mon père, parce que... En même temps qu'un vide se creuse où s'engouffre la colère. Une volée d'anges passe. Je lui dis le plus doucement possible que les réponses sont dans les questions. Que par exemple si je lui demandais : Êtes-vous idiot ? il pourrait croire que c'est une affirmation. J'aurais dû percevoir l'humilité de sa voix. J'y vais de ma chanson : qu'il m'est impossible de parler de la crise comme on parle d'une crise de marché, de l'audiovisuel, que c'était par souci de vérité que je disais *je*, que si je disais *je*, il ne s'agissait pas seulement de moi, mais de beaucoup d'autres avec qui je me croyais en communion. Que le *je* trompe aussi, qu'il ne faut pas s'y fier, mais qu'il fait moins illusion. Que l'humilité des doctrinaires pouvait être le pire orgueil, masqué, indiscernable.

Il était là, toujours debout. La pitié m'a submergé. Il avait continué la route désertique que j'avais longtemps suivie. Il faisait partie de nous. J'essayais de dire que je ne parlais pas avec agressivité, que ma colère n'était pas en colère, qu'elle était sereine et amicale. l'Église est ma mère. Mais quand ma mère, que j'aimais plus que tout, est morte dans son village, peu de temps après je me suis réjoui. Pouvait-il comprendre ? Et j'entends une voix très pauvre qui dit : Je n'avais pas pensé à ces choses. Merci. J'ai senti qu'il cédait à la nostalgie, le bla-bla du penser à sa mère, c'est-à-dire à sa propre mort. Catastrophe. Les larmes me montent aux yeux, un sanglot se prépare, à cause de l'humilité, probable. À cause de ma mère. Des volées d'anges passent. La honte me submerge.

Toujours eu l'esprit de l'escalier. Voici ce que j'aurais voulu dire au lieu de tomber dans les sentiments. Que le respect tue la vie. Qu'on se méfie d'une pensée quand elle est devenue chair et sang, parole. Qu'il y a aussi péché d'humilité et d'orthodoxie. Voici où l'on a mis la vertu : dans l'impersonnalité que l'on ose nommer fidélité. Dieu parle. Le sujet s'efface. Il suffit de s'oublier. Tu parles ! Voilà l'homme vide, l'absent qu'on nous donne en modèle. Car qu'y a-t-il hors de nous ? Le *contenu*, vous dis-je, est d'abord dans les gestes humains, l'amour actif. Les formules sont utiles, aussi nécessaires que les bornes kilométriques le long des routes vous dis-je : elles ne sont pas la route.

DOUTE

PAS DE MANNE À CHAQUE AUBE

Science et technique en sont venues à agir directement sur la pensée humaine, en révélant ainsi et en exploitant ce qu'il y a en elle de machinal. Certes elles libèrent ainsi l'*homo faber,* mais en même temps relèguent au musée ce qui est lié à une expérience intime et qui s'exprime plutôt dans l'obscur. La cybernétique a le pouvoir, en de nombreux domaines, de signaler le meilleur et le seul choix possible. Mais dès que l'on touche à l'ordre moral et spirituel, la technique s'efface. Or les spécialistes de morale et de foi se sont souvent comportés comme des ordinateurs. Rien d'étonnant que leurs solutions déclarées les meilleures aient pu provoquer la révolte et surtout le désintérêt.

En convenir, je doute. Fini le temps d'enfance. Mon père j'ai des doutes. Vous direz trois *Ave*. Je crois plutôt maintenant que c'est la conviction qui est l'enfermement par excellence, le péché impardonnable, quand il se présente en forme de fidélité. Technique fantastique, luciférienne. Avoir réussi à convaincre des générations entières que l'interrogation était une faute. Comme si le doute n'était pas, au cœur de la foi, l'aiguillon, l'ouverture infinie, de même que la vie est mort sans cesse surmontée.

Je doute, ou plutôt la conscience-tête n'en finit pas de dire noui ou ouine, tandis que la conscience-corps se dirige toujours dans la même direction et dit oui, oui. Ce qui semble me mouvoir, meut la main qui écrit se tient plus dans l'inconnaissance que dans les idées. Comme une énergie qui a son propre vouloir.

Un homme qui aime ne va pas sans cesse dire je t'aime. L'amour se dit aussi bien dans le silence.

J'adhère globalement. Je désire que tout soit vrai. Pas un jour, sans doute une heure ne s'écoulent sans que, en quelque manière, je ne pense aux choses éternelles. Mais cela aussi m'inquiète. Impossible de fonder quoi que ce soit là-dessus. La critique ne cesse jamais. Je lutte. Incroyant, je le suis, comme vous, à moins que vous n'ayez cédé à l'illusion de croire que la ligne de partage entre foi et incroyance passe seulement entre les hommes et non point à l'intérieur de chaque conscience. C'est pourquoi, Excellences, je n'aime guère que vous ayez fondé un Secrétariat à l'Incroyance. Êtes-vous donc aussi endurcis ?

Je suis l'espion, l'homme du double jeu, un pied dans l'incrédulité, je sens avec et cependant tenu par la foi, blessé par. Et si je dis *je*, nuques raides, je parle pour beaucoup.

Si quelqu'un déclare être convaincu de sa survie après la mort et me dit : Et toi ? je n'ai rien à répondre. Non parce que je ne crois pas, mais parce que je n'ai pas les mots qui conviendraient pour parler de l'au-delà.

Ou bien si j'entends dire que Dieu récompense ou punit, je laisse dire. C'est hors de mes préoccupations. Je ne suis pas contre, ce n'est pas une raison pour penser que tout est égal, je reste dans l'insu, l'inexprimé. Voilà le genre de doute qui est le mien.

À vrai dire, parfois mon premier mouvement est de répondre : Non, pas de sanctions, pas de survie... Car un pédagogue m'habite. Besoin de démâter l'assurance en cassant les formules simplifiantes.

S'il faut des mots pour les pauvres, savoir que les pauvres sont de futurs riches. Refus de laisser les pauvres se duper avec des mots, tout en sachant que n'importe quel mot peut conduire à la communion. La charité qui consiste à laisser aux pauvres leur religion fonctionnelle, c'est-à-dire, de sommeil, est une forme de mépris.

Mais enfin dites-nous si vous croyez à la Résurrection. Oui ou non, est-ce un fait ? Pas d'échappatoire cette fois.

Vous aimeriez tant que je vous rassure. Comme ma mère avec ses petites industries pour me retenir dans ses chemins de terre. Mais en partant elle me dit autre chose, la vérité joyeuse que nul ne reçoit sans traverser la douleur.

Comme vous aimeriez ! Vous voyez bien il est avec nous. Ou bien : Nous l'avions bien dit, il est de l'autre côté de la barrière.

Je préférerais ne pas répondre à la question ainsi posée qui laisse entendre que la croyance à un fait historique pourrait être cause de la foi ; et surtout parce qu'il y a trop d'arrière-pensées, des pensées arriérées qui faussent la réponse.

Je perçois des traces de son passage en moi, autour. Êtes-vous donc si aveugles ?

Ou bien venant à parler de Dieu, je préfère dire : S'Il existe. D'ailleurs je ne parle jamais à quiconque de ce que j'aime... Le doute ainsi introduit, me semble-t-il, dit la distance, l'humour, une sorte de pudeur, la non-annexion. On ne le décide pas. Cela est ainsi. Car comment oser dire que je crois, si je ne suis charbon ardent, si je ne monte sur la croix ? Je veux bien que vous vous soûliez de convictions, mais sachez qu'elles masquent le plaisir de Dieu que vous vous donnez, qui est plaisir à vous-mêmes. Abattre les idoles hors de soi n'est presque rien. Détruire en soi l'idolâtrie est autrement difficile.

Laisser se prononcer une parole, la critiquer sans pitié, afin de la démêler de nos crispations. Finalement ne pas savoir si nous ne la produisons pas. Consentir à cette pauvreté en faisant confiance à la parole, avec une minuscule, non glorieuse ni autoritaire, joyeuse cependant dans le doute-attente actif. Les réponses sont données à mesure. Le besoin de réponses n'est souvent que complaisance à l'angoisse. « Aucun oiseau n'a le cœur de chanter dans un buisson de questions » (René Char).

Chercher à convaincre, dans l'ordre de la foi : vulgarité et sottise. Est-ce qu'on se bat pour la vérité ? Jamais. On se bat pour des convictions qui en tiennent lieu. Qui aime la vérité cherche seulement à lui laisser prendre toute la place en lui-même.

Ne désirez pas faire changer d'idées ni convertir quiconque. Soyez ce que vous êtes et l'autre, peut-être, sera conduit à devenir ce qu'il est. Dites d'un ton vrai ce qui vous meut sans vous occuper des suites. Ce n'est ni paresse ni amateurisme, mais ascèse spontanée qui n'a rien à voir avec une ligne de parti. La comparer plutôt à l'incessant exercice de qui vise à jouer juste.

Le chemin vers la foi est aussi de désapprendre. La santé spirituelle est dans la jeunesse qui refuse spontanément ce qui est immobile. Dieu tout-puissant, tout-faible, inconnu, roi, seigneur, procureur, avocat, juge, époux, amant de l'âme, père. Éliminez tous ces mots, des milliers d'autres, jusqu'à ce qu'il ne reste rien. Rien c'est *cela* qu'on nomme Dieu, condamné à ne pas intervenir, sous peine de faire de nous des immaturés. Cela dit ne craignez aucunement les mots les plus ordinaires. Vous êtes seuls à savoir ce que vous mettez dessous, l'amour caché, le grand rire.

Être difficile à la foi, l'espérance. Le scepticisme est un meilleur allié que la crédulité. Le désespoir vaut mieux que l'espoir superficiel qui rend l'espérance insignifiante.

Car, souvenez-vous, Dieu parle par les lèvres qui se trouvent là. Celles de l'incroyant aussi bien que du saint. Par le silence de celles qui n'ont plus rien à dire. Pourquoi vous imaginer que de certaines bouches il n'y a plus rien à entendre ? J'ai autant appris des ennemis de la foi, de Voltaire, Diderot, de Feuerbach, Nietzsche et Marx, que de Thomas d'Aquin et de sa postérité.

Dans Dostoïevski ce sont les enfants, les ivrognes et les fous qui expriment les vérités éternelles. Les mystiques aussi qu'on enferme pour les empêcher de nuire.

Pas de manne à chaque aube, mes frères. Aucune réserve. Pas d'arsenal de preuves. L'impression d'être un étranger, du Tiers Monde, du bafouillage des cours du soir, une foi de petit chrétien douteur et acharné, le sentiment d'être menteur et avec ça l'intrépidité, l'attente, du goût pour la joie divine, avec le très secret regret qu'il n'y ait plus d'occasion de se faire tuer pour le petit quelque chose presque rien qui change le sens de tout, sachant bien que ce n'est qu'imagination, que le combat est ici, obscur, aussi mortel.

Participé hier soir à un colloque, rue de Solférino. Deux philosophes parlaient. Les mécanismes de la pensée tournaient dans l'huile. C'était splendide. Soudain ils se querellèrent à propos de Lacan. Je compris qu'ils étaient d'écoles différentes et qu'ils n'avaient pas quitté l'enfance malgré la hauteur du vocabulaire. Ils venaient de faire un bon repas. Dans le silence de fascination qui dit presque toujours l'absence de toute compréhension, des gargouillis, borborygmes sortaient du corps des deux débatteurs, et je me demandais pourquoi tout le monde n'éclatait pas de rire. Voilà, me disais-je, retrouvant le sérieux, un langage qui les sauve. Après l'ultime expiration le corps continue de se parler en se vidant. C'est une telle humilité. Fameuse prière.

Que la foi devienne éclatante, comment pourrait-elle pénétrer l'existence intime ? Extase et miracle, elle resterait étrangère au fond de l'homme et ne saurait bâtir qu'un monde figé. Un univers dont le sens serait unique et fulgurant serait irrespirable. Tu deviens à la fois l'esclave qui n'a plus qu'à obéir, à ressembler et en même temps riche d'un avoir, savoir, pouvoir. La vie spirituelle n'est possible qu'à cause du non-savoir. De là que le milieu qui porte et rend la foi *naturelle*, la trahit en la croyant servir.

De là que la foi tendue n'est que fuite de soi et surcompensation. L'obscurité et la déshérence nous rendent à nous-mêmes et à la liberté.

Et comment pourrais-je mettre un pied devant l'autre, dire un seul mot, si l'éternité ne s'absentait jamais ?

Presque toujours les croyants s'imaginent que la foi va avec la certitude. On leur a mis ça dans la tête ! Celle des humbles, oui, des innocents, des saints, qui est perception directe, lumière intérieure. Non la construction humaine qu'on appelle foi. Ou plutôt il s'agit bien d'une certitude mais faite de suggestions, de stoïcisme c'est-à-dire d'un attachement à soi-même, en forme de foi. Tant de gens parlent d'espérance ou d'amour. Mais ils se gonflent. Le ton les trahit. Leurs mots sont des bouées. Sans eux ils couleraient à pic. Regardez les yeux, les mains de qui parle. Apprenez à reconnaître la foi qui manifeste le désespoir secret.

Maintenant l'absence de doute m'inquiéterait plutôt. Non celui qui est fuite, oreiller, paresse, qui dit l'attachement à soi-même, sous forme d'exigence intellectuelle. J'essaie de parler du doute actif qui débusque les attachements, toute idolâtrie, découverte indéfinie dans l'insu d'une foi non déclarée qui se renforce de tous les obstacles surmontés.

Une foi c'est plein de blessures, fractures à travers lesquelles on avance, on recule. On n'a pas la foi comme on a du courage. Hésiter, changer d'avis, se tromper est preuve d'honnêteté.

Se méfier de la certitude, ne serait-ce que parce qu'elle dispense de style. Installé dans une conviction pour ainsi dire devenue naturelle, on se désintéresse de l'expression. On veut croire qu'elle se tient dans la tête, tel un amour d'imagination. Là est l'imposture.

Vos certitudes ! Êtes-vous si aveugles ? Elles sont généralement fondées sur quoi ? Le non-approfondissement des connaissances. On boucle vite afin d'échapper à l'angoisse.

Il est vrai en même temps que certains recours à l'obscur ne sont que démission, esquive dans le brouillard. Quand je parle d'*insu* ou de *nescience,* il est supposé qu'on ne veuille pas, à trop bon compte, mépriser le relais du savoir. L'oubli certes, mais pour oublier il faut savoir. Ainsi me méfierais-je du peintre qui ferait abstrait sans savoir dessiner un arbre, une carafe.

Le doute ne s'apprend ni ne se décide : il survient, ouvre sur des avenues insoupçonnées, bruissantes. Il va avec la haine des illusions, qui est une forme de l'amour, il met en marche.

Le douteur est aussi implacable envers son propre doute qu'à l'égard de la crédulité. Cet homme existe qui va jusqu'au bout du doute, à cause d'une foi indéfectible. Vivre c'est aussi perdre la foi et s'apercevoir qu'on est « possédé » par.

Le doute jeu joyeux, étonnement incessant qui est au cœur du langage. Blessure de la séparation. Toute parole est d'appel : *Mon Dieu, pourquoi m'as-tu abandonné ?*

Toute image que l'on se donne une fois pour toutes éloigne de la communion. Par l'absence-présence Jésus est plus présent que par la chair. Toute expérience spirituelle s'enracine là quand elle ne reste pas imaginaire. Car quantités d'expériences ne sont que des préjugés de la raison, issues d'idées étrangères.

C'est pourquoi rencontrer Dieu c'est le renier à l'instant même. Toute certitude est « mise à mort » de Dieu. L'athéisme classique a ses racines dans les certitudes. Certitudes et négations fanatiques sont sœurs.

Laissez-nous notre langage simple, dites-vous. Nous sommes comme des enfants. Hypocrites, je vois vos manigances, vous dérivez du côté de Dieu et de l'enfance dans le même temps que vous cédez à Mammon en exploitant vos retours.

Quant aux pleureurs ! Les pleureurs pleurent sur les certitudes du passé : il fallait garder ceci et encore cela qui était bel et bon. C'était peut-être vrai. Et cependant les pleureurs ne pleurent que sur eux-mêmes. Car enfin il ne faut pas pleurer, il faut créer. Les églises gothiques furent bâties sur des romanes, lesquelles le furent sur des fontaines ou des temples païens. Créer seul importe. C'est-à-dire retrouver la ferveur de ce qui suscita ce que l'on pleure. Les passéistes ne remontent pas assez loin. Les futuristes rêvent trop d'avenir. Une révolution vraie retrouve toujours la source d'une tradition et l'exprime à l'instant même dans un corps et une âme.

Somme toute, d'après vous, aussi bien quand je relis l'Évangile que lorsque je le confronte à ce qu'il est devenu dans les mentalités, je parlerais « la langue archaïque du territoire de l'enfance », comme vous dites, toujours mû, malgré les apparences, par le rêve idéaliste en forme de critique, plus dangereux par là même que les propagandistes conventionnels...

En êtes-vous si sûrs ? Avec quelle assurance vous opposez parole abrahamique et antiabrahamique. Que vous êtes rapides à désigner ceux qui restent prisonniers des mythes et des folklores... Car pour se déplanter, vous dis-je, il faut avoir été enraciné. Je vous soupçonne de n'avoir pas emporté avec vous le battement de cœur de la terre, le « poème » qui fait de tout disciple un exilé, un étranger, un homme de tiers ou de quart monde, même quand il tient son rôle au cirque merveilleux de la vie. J'ose espérer modestement que la parole d'enfance, avec sa poésie périmée, quand on la porte en soi comme une blessure guérie de la nostalgie, parce qu'elle rejoint la parole d'Évangile, est plus révolutionnaire que vos arrangements idéologiques. Rien n'est plus révolutionnaire que l'enfance...

J'allais me mettre à bêtifier. Je n'ai pas le préjugé favorable à l'enfance. Il faut une vie entière pour conquérir l'enfance. Rien de plus dangereux que de croire en détenir le monopole. Heureusement elle ne tarde guère à devenir gâteuse.

IDÉOLOGIE

DANS LE SILLAGE DE L'IMPOSSIBLE

Court voyage en Afrique noire. Dans les grandes villes les fonctionnaires et les intellectuels qui sont généralement fonctionnaires sont plus occidentalisés que les Européens. À quelques kilomètres, les villages, ceux du moins près desquels des puits ont été creusés, ressemblent à nos villages d'autrefois. La nostalgie une fois encore m'envahit.

Cependant, à la ville comme à la campagne, des prêtres rompus aux techniques de l'audiovisuel, déversent l'instruction religieuse. Le rejet est plus rapide qu'il ne le fut en Europe. « L'athéisme, me dit l'un d'eux, qui cite Dostoïevski, est le dernier échelon avant la foi parfaite. Dans les régions, continue-t-il, où le christianisme colonial a contribué à faire peser un ordre moral, c'est de son sein que germent des mystiques révolutionnaires. » Je vois bien que cet homme a épousé l'histoire. Mais l'Évangile s'occupe-t-il directement de l'histoire ?

On peut tout justifier. La dialectique aussi console et endort. Mais comment peut-elle masquer l'illusion ? Le parti pris chrétien, en Occident comme partout, a été *d'in-struire*, c'est-à-dire de bourrer dedans, de gaver, à la manière de l'Éducation nationale, au lieu d'*é-duquer*, c'est-à-dire de faire germer, sortir, d'enfanter à une vie nouvelle, de susciter des hommes intérieurs. Éduquer supposerait le dépouillement, l'oubli des catégories mentales, la confiance en une parole qui se parle en toute race et qui va à la rencontre de la Parole, le choix d'un universel concret contre le faux universel abstrait.

J'aimerais tant croire que l'« enfance » du christianisme s'achève, qu'il va se déprendre de l'idéologie et du légalisme, ne plus privilégier le concept, c'est-à-dire la représentation occidentale des choses, se défaire de son armature doctrinale, ou du moins s'en mettre à distance, la réserver aux spécialistes, devenir donc à la fois plus faible et plus fort, c'est-à-dire plus apte à se dire à travers le fond anthropologique, dépris des conditionnements régionalistes — de cette petite région du monde qu'est l'Europe — plus susceptible d'une diffusion mondiale, sans nulle idée de conquête.

Parlant ainsi je cède aux idées générales. J'aimerais tant croire que la race blanche sur son déclin qui se lit dans la démographie, comme dans les événements, dans les lois nouvelles qui ne font que suivre les mœurs, bonnes peut-être mais qui sont le signe évident d'une décadence, j'aimerais croire que la race blanche ne va pas entraîner la foi chrétienne dans sa chute. Quel langage ! J'en viens à parler comme les Maîtres. C'est absurde. La race blanche n'a pas les promesses de la vie éternelle. Et je sais bien que le combat sera sans fin entre ceux qui identifient la foi à une culture et ceux qui sont plus sensibles à la force du levain dans le temps même qu'il semble réduit à rien.

Le disciple désaliéné, errant sans plus savoir à quoi se prendre, peut toujours découvrir que ce n'était pas la foi mais l'idéologie qui pensait pour lui.

En analysant le phénomène religieux Feuerbach et Marx, encore qu'il faudrait apporter des nuances en ce qui concerne Marx, n'ont vu que des faits sociologiques et, fascinés par la découverte de l'aliénation, sont passés à côté d'une chose capitale qui se révèle aujourd'hui.

Poussons à l'extrême. Supposons que la foi ne soit que le produit de situations historiques. Cette production quelle qu'en soit la source peut modifier les conditions qui l'ont produite. L'expérience prouve que le mouvement mystique ou prophétique, qu'il sous-tende la religion ou qu'il soit produit par elle, a pouvoir de relativiser la société existante et de contester la religion elle-même dans la mesure où elle est au service de cette société. Le matérialisme n'a pu voir que la foi religieuse sous sa forme statique masquait un ferment de libération. Car devant l'infini de Dieu toutes doctrines et institutions révèlent leur contingence. Comme ils le furent tout au long de la Bible, les prophètes sont des hommes qui ne laissent jamais les attachements intacts. Ils ne peuvent apparaître tout d'abord que comme des destructeurs, mais ils instaurent le malaise pour une nouvelle naissance.

Le prophète reçoit l'Évangile non comme un savoir mais comme parole dans l'instant même, qui est adhésion et critique. Ainsi démasque-t-il la mauvaise foi qui veut éterniser ce qui est passager. Ainsi relativise-t-il mentalités et institutions qui apparaissent comme des créations humaines. En perçant le filet des pensées religieuses devenues, pour une part, des préjugés qui protègent l'ordre social présenté comme le seul raisonnable et possible, il provoque un ébranlement.

L'évidence peut apparaître que la foi ne tolère pas l'injustice, que Dieu n'est pas du côté de la justice légale mais non plus de l'envie, qu'il est exigence de justice intérieure. La prière ne peut plus alimenter le rêve ni voiler la réalité. Ainsi l'Évangile lu par le prophète, lu en communion, avec l'Église et contre ce qui en elle résiste à la vie, à l'Esprit, nous guérit-il d'une religion de sommeil qui semble assurer la relation à Dieu en manquant le prochain.

Une religion en effet peut bien être exportée comme une force de pression colonialiste, il arrive qu'elle germe de la liberté et de l'amour. De nombreux exemples en plusieurs pays du monde le prouvent aujourd'hui. Des disciples ici et là sont en prison, torturés, tués, en même temps que d'autres hommes sans espérance autre qu'humaine. Certes le risque permanent est d'identifier la foi nouvelle à un nouvel ordre politique. Le combat spirituel est sans fin. Nul ne sait d'où surgit l'Esprit.

Le royaume est semblable au levain. Le levain est pourriture. Prenez-en votre parti, hommes justes. Le royaume est annoncé non seulement par et pour des pauvres mais aussi par des hommes contestables et douteux. Quand la foi devient ce qu'elle est, libération intérieure, elle est spontanément créatrice. L'Évangile est corrosif, l'aviez-vous oublié ?

Au moment qu'on n'attend pas et qu'on va être d'accord survient la déraison : Moi, je vous dis, aimez vos ennemis. Ou bien il vous conseille de vous faire des amis avec les richesses d'iniquité... Il casse le cercle des aménagements du désir, se dérobe, nous remet en dérive. Impossible d'en faire une idole. Pas d'autre loi, justification que le Père dont la justice n'est pas la nôtre, dont l'amour est sans raison.

Le tombeau vide, l'Ascension, souvenez-vous, c'est Jésus-Christ devenu Parole, Saint-Esprit qui arrache vers un accomplissement paradoxal.

Considérant Jésus libre je puis m'en faire un allié, car il est du côté des pauvres et des faibles, contre les multinationales, les trusts du pétrole ou du café, c'est-à-dire contre tout ce qui sépare, empêche les hommes d'être proches, prochains, à l'instant même.

Et pourtant impossible de s'imaginer qu'il voit le monde comme structure à améliorer, œuvre à parachever, qu'il est occupé avec nous à fonder le monde sur le Rien afin de masquer le vide avec la science, l'histoire, le progrès. En un sens la terre des hommes est livrée aux mains de son propre conseil, gigantesque entrecroisement de relations quasi physiques et déterminées. Le royaume est pour ici, dans le cœur des hommes. S'il crée de l'amour et de la joie, c'est pour ainsi dire de surcroît. L'Évangile est le grain de sable qui dérègle la machine, la fracture dans la muraille de la nécessité. Dès qu'il veut créer son propre espace il se dissout.

L'absence de Jésus est le signe de l'amour de Dieu. Elle empêche toute installation dans un projet. Le monde est happé dans le sillage de l'impossible-nécessaire.

Nul besoin d'aller en Afrique pour « comprendre » l'Afrique. Les Africains, à Paris comme partout, se regroupent par ethnies et reconstituent des villages dans le ciment. Pas d'orphelins, de marginaux, d'exclus, sinon la femme stérile... Les imaginer malheureux, c'est une idée occidentale. Le malheur fait partie de la vie. Ils sont là pauvres, proches, la paix dans les regards, une joie que nous avons perdue.

Un télégramme. Drame Dramane apprend la mort de sa jeune femme. Coup de téléphone à l'entreprise pour dire qu'il s'absente un jour à cause des condoléances. Mais ça n'a rien à voir avec les nôtres. En swahili les hommes et les femmes qui arrivent disent *pôle, pôle*, un mot de douceur, comme d'effleurer un visage de la main. Ils s'assoient par terre, les femmes chantent, les hommes se taisent. La mort est naturelle.

Dusseynou a été malade. Trois mois de convalescence au pays. Pas d'argent pour le voyage. Qu'importe ! Les « frères » participent à l'instant même. La somme est réunie. Les « frères » font les innombrables démarches. Dusseynou reviendra dans trois mois. Il aura perdu son travail. Quelques jours avant son retour, les « frères » se mettront en quête.

Peu de femmes restent longtemps ici avec leur mari. Souvent mariées par procuration, elles viennent chercher un enfant et repartent. Pour une femme africaine c'est l'enfant qui compte. Peu le mari. C'est pourquoi les femmes d'un mari polygame s'entendent généralement bien. Partage de tous les travaux...

Les Africains qui organisent les grèves des loyers ou qui manifestent sont des étudiants déjà occidentalisés, emplis de mots, impérialisme, socialisme, capitalisme, aliénation. Les petits travailleurs sont au-dessus de ça, au-dessous. Ils imitent parfois, suivent sans conviction. Ce sont des seigneurs. Où prennent-ils leur paix, cette insouciance du lendemain ? On dirait que la fraternité leur est naturelle. Quelle idée de leur porter l'Évangile ! Ils le vivent.

Non. Il faut casser la nostalgie. L'Évangile éclaire la condition humaine. Il arrache l'individu au clan, à la famille, au bonheur d'enfance. Il en fait un solitaire, un errant, un marginal. À lui de recréer une communion, mais dans la conscience de la liberté individuelle. Toujours un désert à traverser.

Les sociétés d'Occident n'ont pas réussi à refaire des solidarités effectives. Ou bien faut-il croire avec Michelet qu'il y eut un temps bref, dans le haut Moyen Âge où des millions d'hommes habitèrent un monde ouvert sur l'Espérance. Si bien qu'à travers et malgré les guerres, famines et pestes quelque chose comme la joie régna. Peut-être. Les idéologies de ce temps tentent de recréer une communion. Mais elles n'ont que des espoirs à proposer. Chacune voulant être tout, elles divisent autant qu'elles rassemblent et ne donnent pas de joie.

L'ACTION NAÎT D'UNE DÉCOUVERTE FONDATRICE

Ne pas s'en prendre à l'idéologie en elle-même. Elle est avant tout un projet à court ou à long terme qui se dit dans un corps de doctrine, à partir de laquelle est conduite et jugée l'action concrète. La visée existe donc hors des consciences, pour ainsi dire réifiée. Ainsi l'individu échappe-t-il à la recherche et à l'errance.

Quoi de plus naturel dans l'ordre économique et politique. Comment les sociétés modernes pourraient-elles survivre autrement ? En permettant à des hommes de se penser et de se situer dans des conditions déterminées, elle rassemble les énergies, les oriente en vue de la cohérence et de l'efficacité. Ainsi la foule est-elle entraînée presque à son insu. Dans un monde en proie à une concurrence effrénée, qui est une forme de la guerre, les avantages sont évidents mais aussi les périls. Car tôt ou tard il peut apparaître que les idéologies ne sont en définitive que la cristallisation de situations, d'appétits et de justifications recouvertes du nom de science, de rationalité ou de foi.

L'idéologie, précisément parce qu'elle est un puissant appui pour les individus, tend à se substituer à eux et à écraser les consciences qui sont un relais dangereux. La liberté créatrice s'efface au profit du machinal, de la stagnation, du terrorisme mental ou du terrorisme tout court. Seul un éveil permanent peut faire obstacle à la pétrification. C'est là qu'intervient le Message.

Les idéologies se donnent un appui fantastique avec les techniques nouvelles. La cybernétique en de nombreux domaines permet de trouver la ou les meilleures solutions possibles en éliminant hésitation et doute. C'est un progrès considérable, en principe du moins, puisque l'intelligence humaine se trouve libérée pour sa vraie tâche qui est créatrice. Mais en même temps la pensée humaine, fascinée par la machine, révèle de plus en plus ce qu'il y a en elle de mécanique. Polarisée par le souci de développement indéfini et de rentabilité à court terme elle tend à fonctionner dans un système clos.

Que des biologistes aient pu imaginer de transcrire dans la formule génétique humaine, dès qu'ils seront connus, les codes des acides nucléiques, est plein de signification. Ainsi des étapes pourraient être brûlées. En incorporant au noyau de l'œuf certaines aptitudes : le parler, le marcher, le chanter, le peindre, etc., on obtiendrait d'emblée l'homme achevé, disponible pour les tâches humaines...

Cette absurdité permet de mieux comprendre le vice radical des idéologies du Progrès. Le projet, avoué ou non, des sociétés modernes, capitalistes ou socialistes, est de produire l'homme. Nous considérons avec horreur certains pays quadrillés où la doctrine est diffusée par haut-parleurs à chaque coin de rue. Mais nous ne voyons pas toujours que de manière plus subtile nous sommes soumis au même traitement. La distance entre l'individu et le social s'amenuise sans cesse. C'est qu'il s'agit de modéliser. Le modèle finit par imposer à chaque homme ses désirs et son chemin, lui suggère comment prendre, avoir, agir, vivre et mourir. Et qui s'insurge contre le modèle proposé est lui-même conditionné. Les hommes cessent d'être une fin. L'organisation technique est la fin dernière, dans le temps même qu'elle proclame n'exister que pour le bonheur des individus.

La conséquence est que les sociétés qui croient s'être libérées des tabous, du péché et de l'enfer, sont bardées de règles et de grilles, en proie à la solitude et à la peur. Car, Dieu refoulé, la violence est moins compensée par l'amour. Survient le règne du Policier. « Là où la vie se fige, s'érige la loi. »

L'Évangile, nous l'avons vu lors de notre lecture, a quelque chose d'essentiel à dire à ce monde. Les lys des champs peuvent pousser parmi les ordinateurs et les oiseaux du ciel percher dessus. D'elle-même la foi est créatrice et met l'individu à distance du social et de l'idéologie. Une fois encore elle peut apparaître ce qu'elle est : libératrice. Non pour refuser les idéologies mais pour désigner leur vice secret.

Cela suppose qu'elle ne soit pas devenue elle-même, pour une part, idéologie. Si elle veut passer à travers les fractures des sociétés modernes, elle est contrainte au dépouillement.

Que la foi dans son expression culturelle soit souvent devenue idéologie, Charles Wackenheim, dans une thèse franche, *Christianisme sans idéologie*, et pour ainsi dire tout naturellement de l'intérieur de l'Église, l'a montré. Sans doute a-t-il trop cédé à la thèse — c'est une loi du genre — en laissant croire que pouvait exister un christianisme sans idéologie, mais son analyse est d'une richesse extrême.

La tendance naturelle de tout système doctrinal est de réduire la praxis des hommes vivants à n'être plus qu'une sorte d'épiphénomène et conduit à une définition exclusivement institutionnelle du christianisme. À la démarche qui va de l'expérience à la vérité il substitue les idées qu'il s'agit d'incarner. Au lieu d'aller du concret à l'abstrait, il va de l'abstrait au concret. Ainsi tend-il à coloniser un territoire particulier, à communiquer une théorie explicative de l'homme et du monde, alors que de lui-même il est avant tout conduite humaine mue par une utopie prophétique au sein des sociétés civiles.

L'idéologie religieuse est une foi dégradée en

« religion ». Certes il est sans doute assez vain de vouloir séparer foi et religion dans l'expérience concrète, mais l'on voit bien comment se produisent les scléroses. Peur de l'avenir et de ses propres différences, peur de l'amour qui expulse de soi, remède contre la mort, préférence aux conventions juridiques qui délimitent une aire de sécurité : telles sont les racines de la « religion », éternelles racines. Elle voile les contradictions et les trous de l'expérience à l'aide d'un surnaturel tout préparé, elle a des réponses toujours prêtes, afin d'échapper au regard critique. Elle met Dieu au service de nos besoins.

Pour un temps cette « religion »-là est précieuse puisqu'elle peut donner sécurité et force intérieure à celui dont elle unifie le moi, en supprimant ses hésitations, en lui apportant l'espoir et des convictions. Mais elle refuse de voir ce qui en elle-même est un produit humain sur lequel l'homme a pouvoir, jusqu'à ce que le dépouillement survienne quand il survient et que perce la foi intrépide. Je l'ai vue émerger, le plus souvent chez des gens d'âge, parfois aux frontières de la mort. Elle ne renie pas la religion, elle la met à distance.

Presque invinciblement la construction doctrinale tend à reporter dans le passé le centre de gravité de la foi. Tout se passe comme si le savoir et l'obéir étaient déjà le commencement de la réalisation de ce qui est visé par la foi. Et c'est se mettre dans la presque impossibilité de s'éveiller jamais en percevant qu'il s'agit d'autre chose. Gardons-nous cependant des simplifications. Malgré les sédimentations culturelles et tous les systèmes de pression il arrive que la foi-amour soit plus forte et se dise à travers des formes figées. Que d'hommes et de femmes j'ai rencontrés quand je vivais en milieu chrétien : une telle pureté, un tel amour, masqués par un vocabulaire, des réflexes hérités. Le sentiment qu'ils vivaient et parlaient derrière une vitre blindée. L'admiration et la pitié.

La lecture du Livre est d'une telle clarté. Après Ézéchiel, la tendresse amoureuse d'Amos et d'Osée fait fondre le formalisme. Les Évangiles relativisent les rites par rapport à l'amour de Dieu et du prochain, qui accomplit la Loi (Jean v, 6, Marc ii, 27, Matthieu xii, 8, Luc vi, 9). Une telle clarté. Il s'agit bien d'opposer l'Évangile à la tradition ! Les mystiques et les saints de tous les âges ont vécu de cette lumière. Et d'innombrables petites gens.

Impossible d'ergoter. L'*objet* de la foi, faut-il le redire, n'est ni un catalogue de vérités, ni même la vérité, c'est aimer Dieu en connaissant l'amour qu'il a pour nous, même si cet amour a peu à voir avec ce que nous imaginons être l'amour. En conséquence l'existence chrétienne consiste à aimer autrui non en idées et paroles mais en actes (Jean iii, 18). La seule voie est la création *hic et nunc* d'une relation nouvelle à autrui.

Tout au long de l'histoire, que de surgeons ont poussé, règles canoniques ou liturgiques surajoutées qui pétrifièrent les rapports à Dieu et à autrui. Disparition progressive de la liberté créatrice. La pédagogie de la prière se durcit en règlement. Latran et Trente firent de la rencontre pascale une obligation juridique sanctionnée. La foi déchirée en églises organisa la résistance et la lutte contre le rationalisme qu'elle désigna au-dehors, sans toujours le voir en elle-même...

Le temps est venu pour le Christianisme de quitter résolument le monde de la peur et de la guerre, qui est le monde naturel et pour ainsi dire nécessaire des idéologies mondaines, sous peine de n'être qu'une idéologie parmi d'autres. Non qu'il faille refuser systématiquement le relais des doctrines. Chaque génération exprime sa vision spirituelle du monde et se donne un projet en Église. Comment faire autrement sans céder à l'utopie ? L'important est d'accepter le provisoire et le contingent pour tout ce qui n'est pas l'essentiel du Message et de lutter pour une transparence plus grande. Car rien n'est pire que de détourner de l'existence concrète pour des fins sociales ou même morales, en laissant croire que, dans l'ordre spirituel, l'action naît d'une doctrine. L'action naît d'une expérience intérieure, en communion de foi, qui est découverte fondatrice.

ÊTES-VOUS CERTAINS D'EN AVOIR ENVIE ?

La « crise » n'existe que pour les esprits pénétrés d'idéologie, c'est-à-dire qui se sont donné ou à qui l'on a donné une représentation préalable de la vie humaine et de la foi. Elle est l'illusion qui évite d'entendre la parole nue. De quoi se bercer dans le rêve d'un état antérieur ou à venir, l'« après-crise », formule admirable que quelques évêques américains utilisent à la suite des industriels. Ainsi refoule-t-on, une fois encore, la réalité immédiate.

Tant d'hommes trouvent leur plaisir inavoué dans les débats, hors d'un engagement véritable. Peu sont prêts à payer le prix : tension, suspicion, solitude. Et cependant la Communion chrétienne est faite de traditions, ruptures, fidélité, colère, amour et joie...

Il n'y a crise que parce que les hommes furent *forcés*, c'est-à-dire soumis à des idées. La doctrine prétendit les conduire en sautant le relais de l'expérience fondatrice. Ou bien elle appela *rencontre* ce qui avait peu à voir. Comme l'a écrit Jean Delumeau : « Voltaire a plus communié que Pascal. »

Jung a peut-être raison. L'Église — surtout à partir des deux Réformes quand elle a tenté une christianisation massive — a proposé à l'humanité un idéal sans enracinement dans l'expérience, et donc irréalisable. À travers la fracture ainsi créée dans les consciences par le sentiment de l'impossible et de la culpabilité qui suit, tout le progrès moderne s'est engouffré. La passion de l'absolu, à travers des idéologies puissantes, il l'a mise au service de la croissance illimitée, de la domination, du confort et du plaisir. Ainsi le christianisme, non seulement directement mais indirectement, aurait-il été créateur d'histoire... Laissons les philosophes philosopher.

La pensée que l'homme n'est qu'abjection, déjection et dérision, qui fleurit chez quelques Maîtres de ce temps, ne pouvait naître qu'en Occident. Comment, aujourd'hui, un homme lucide et sans foi, débranché du corps de la vie, subordonné à des fins et à des impératifs économiques, incapable de se laisser prendre au mirage du bonheur, pourrait-il ne pas s'éprouver absurde ?

Croire que le monde est en marche vers son accomplissement ne peut que prêter à rire. Face à l'équilibre nucléaire, au sérieux de l'*homo economi-*

cus, aux peurs démographiques, aux misérables espoirs entretenus par la publicité, seul le comique tient. L'Espérance vient d'ailleurs : du cœur de la terre et du fond du ciel.

Les uns disent *décadence*, d'autres *nouveau printemps*. L'idéologie parle. Il y a ici et maintenant où il faut aimer, jouer, rire, risquer sa vie.

Si je dis que ce monde est bel et bon, que je l'aime, est-ce pour autant que j'ignore l'horreur, la dégradation et la chute ? Je proclame qu'il l'est maintenant dans des consciences plus fortes que le mal. Ce n'est pas idéologie mais événement qui se produit partout.

Avec ce que le monde propose de malheur et de bonheur créer à l'instant même un monde joyeux : telle est *aussi* la vocation d'un homme pourvu qu'il ne consente pas à laisser le monde en l'état. Mais s'il existe dans sa vérité il transforme la terre. En réalité ce qui chez l'un est fuite, idéalisme et nostalgie, est chez l'autre expérience et action.

Le langage chrétien, dès qu'il s'absente de l'expérience et n'est plus vérifié par elle, élastique, tout en distorsions et arguties, soucieux de l'enveloppement et de l'accord en fournissant des réponses abstraites, brode sur le vide et cède à l'idéologie. Il est alors exactement le contraire d'un langage qui porte en lui l'Espérance.

On en revient toujours au même point. Il n'y a pas de crise, il y a une illusion qui cesse de nous en imposer. Comment ne plus être dupe du miroir déformant de la civilisation occidentale qui ne cesse d'expliquer l'homme à partir d'elle-même ? La tragédie grecque est sortie de là. Elle est fascination de l'homme devant les nœuds qu'il a noués lui-même. Et tout l'idéalisme et nous n'en sommes pas sortis.

« Un morceau de quartz est aussi spirituel qu'une pensée de Pascal », a écrit Maeterlinck. Le péché fondamental est de ne pas vivre la vie en plénitude et de l'identifier à des représentations mentales. Le détachement du sensible est essentiel mais n'a rien à voir avec l'évasion idéaliste. On ne peut apprivoiser l'amour et le rendre obligatoire pour le plus grand bien des hommes. Au sens précis, il n'y a pas de morale chrétienne. Certes la foi est bien d'abord *morale*, c'est-à-dire action animée par l'amour, mais précisément par là même elle ne se dit pas dans un système moral particulier. Sa visée ultime, créatrice, traverse les morales régnantes.

Il arrive que des athées ou agnostiques soient les plus fidèles défenseurs de la religion statique et fonctionnelle. Ils ont besoin de la savoir fixée dans des formes immuables, liées à une morale sociale. Ainsi peut-elle être tenue à distance.

C'est ce qu'il y a d'athée chez les croyants, qui résiste au mouvement de libération spirituelle. Ils disent tradition. On sait qu'ils ne remontent pas assez loin dans la tradition.

La foi que supporte très bien la société est celle qui se situe parmi les idéologies, parfaitement immergée dans l'histoire, tout en croyant sincèrement manifester la transcendance. C'est à celle-là, qui joue le jeu des apparences, qu'on donne la parole aux télés, radios. C'est pourquoi tant de bonnes sœurs pieuses, autrefois furent amies de vieux kroumirs de radicaux et recueillirent à la fin quelques belles paroles avec le dernier soupir.

Vous en avez de bonnes, disent-ils. Que l'Évangile pénètre réellement la conscience des individus et vienne à submerger une société, la vie deviendrait impossible. Car après tout l'Évangile ne s'intéresse directement ni à l'espèce ni à la famille ni à l'argent ni au progrès...

Mais enfin il n'y a rien à craindre. Le Message n'atteint en profondeur qu'un petit nombre, sans lequel il est vrai le grand nombre se corrompt. Vous le savez, hypo... hippocampes ! Les autres, chrétiens ou pas, jouent au tiercé, au loto, achètent, vendent, forniquent... Un petit nombre. C'est ainsi. Car qui en vérité, ni meilleur ni pire que d'autres peut-être, réalise l'Évangile, est exclu, condamné d'une manière ou d'une autre. Il n'est pas d'autre voie. Sans doute faut-il en effet que le monde résiste à l'amour pour durer. Il *faut*, c'est-à-dire que c'est l'ordre des choses. Donc ne craignez pas ceux qui luttent contre l'idéologie, la loi. Laissez-les à leur utopie, à leur bonheur.

De même que le névrosé, dans une cure psychanalytique, prend conscience de la racine de son angoisse et qu'il redoute par-dessus tout d'en être délivré, de même de nombreux croyants n'existent que dans et par la crise, tantôt dressés contre la nouveauté, tantôt contre les attardés, et dépensent toute leur chaleur dans la réprobation ou dans les applaudissements. Supposons la crise résolue — elle ne le sera jamais — il faudrait vivre les valeurs de contemplation et d'amour. Il n'est pas certain qu'ils en aient réellement envie. Ni moi, hélas.

VOUS PRÊCHEZ L'AMOUR ! IL FAUT BIEN VIVRE ENSEMBLE !

Pourquoi s'imaginer qu'il faille être pauvre pour parvenir à la métamorphose intérieure ? Ce sont des idées. Vous voudriez nous faire vivre avec du bois blanc ? De toute façon nous finirons dans le bois de sapin. Ne pas attacher trop d'importance aux signes extérieurs. Cela regarde l'inspecteur des contributions. À partir de quel revenu n'est-il plus possible de « rencontrer » Dieu ? Faut-il habiter en hachélem ? Radotages idéologiques. L'illumination rend pauvre à l'instant même. L'avoir perd son importance. L'avidité peut remplir le cœur des pauvres qui sont riches de tout ce qu'ils n'ont pas encore. L'important est d'être disponible à ce qui survient.

> Denn Armut ist ein grosser Glanz aus innen.
> Car la Pauvreté est une grande Splendeur venue du Dedans.

Dans ce monde mû par l'argent avec une telle évidence il n'est sans doute même plus possible à quelqu'un d'être pauvre à la manière de François d'Assise. Il entrerait dans le folklore et serait aussitôt récupéré par l'audiovisuel. Vain d'imiter les gestes du pauvre. La pauvreté ne peut être que création nouvelle. Elle est à enfanter du fond de l'âme. S'avancer sans trouble au grand soleil de la mort, à travers la passion des hommes. Accepter joyeusement le monde sans être dupe de ses valeurs.

La « rencontre » de Dieu est par excellence signe de richesse. Au contraire se mettre en marche pour faire la route qui nous sépare. Et s'il n'y a qu'un abîme sous nos pieds, crier ou se taire, au fond. Inviter quelqu'un au renoncement quand le sacrifice ne vise pas le bien d'autrui, c'est se faire le complice d'une imposture. Dieu n'a pas besoin de sacrifices ; les hommes oui : les seuls qui soient agréables à Dieu. Il y a bien assez du malheur qui vient toujours à son heure.

Cet écrivain qui m'a dit un jour sur un trottoir : Vous prêchez l'amour, car il faut bien vivre ensemble, n'est-ce pas ? Tout le monde n'a pas la chance de pouvoir fuir. Vous en faites un moyen de paix sociale. Cet amour-là m'écœure.

Ne vous imaginez pas que l'antichrétien de ce temps, infiniment plus virulent que vous ne pensez, parce qu'il n'a guère droit à la parole, distingue entre croyants qui pensent ceci ou cela. Il vise l'idée chrétienne telle qu'elle lui est apparue dans les mentalités. C'est une idée de peu de grandeur, si facile à détruire, parce qu'elle est faite à l'image de la société. Lui dire que son athéisme est du suicide. Il me rirait au nez. Je suis content d'être confondu avec les « chrétiens » et de me sentir solidaire. Ce n'est pas une raison pour ne pas se battre.

Il y aurait l'amour oblatif qui est de la *personne*, l'amour captatif qui est de ce sale *individu*, l'éros et l'agapè. Comment oublier tant d'idées héritées, le dangereux idéal qui nous fait poursuivre le fantôme de ce qui devrait être au lieu d'être présent à ce qui est, et fait de nous des évadés. Toute admonestation : ne fais pas à autrui... le recours aux interdits et tabous, tout cela est vain, tant que le lien entre l'autre et moi n'est pas perçu : Ne te fais pas mal à toi-même. Épargnez-moi votre amour, surtout s'il est oblatif. Ne me ligotez pas avec des liens de miel. Je n'aime pas cette humilité-là. Plutôt un amour prédateur, de quoi se blesser. Peut-être qu'une saxifrage va pousser dedans, pure comme la pierre.

Ne me parlez plus de votre amour pour l'humanité. C'est votre drogue.

On n'aime pas par devoir.

On n'aime ni au passé ni au futur.

L'amour est nouveau ou n'est pas.

Hors sécurité.

Certes il nous est demandé de réaliser l'Unité qui est le signe de Jésus (Jean XIII, 34). Il s'agit bien d'un commandement, mais du dedans de l'amour. Jamais il ne nous est demandé de substituer les idées ni les mots à la réalité de l'amour.

Du besoin au désir, du désir à l'amour, de l'amour à l'oubli.

L'amour commence par ravager, ouvre sur l'absolu, même si peu de gens s'en aperçoivent. Impossible de le capturer. Il survient. Alors il crée son exigence et sa sagesse armée.

Si nous nommons amour le seul jeu du désir, du plaisir et de l'habitude, si le détachement n'existe pas, c'est-à-dire si la mort souveraine n'est pas présente-absente en quelque manière dans l'instant, il n'y a pas de joie.

Le désir va plus loin que lui-même. Pêcher c'est s'arrêter délibérément en route en refusant la joie qui délivre de soi.

Que faire, au sein de nos existences embrouillées ? Rien, laisser faire l'amour. Devenir son complice, dans le bonheur ou la peine. Se mettre à la seconde place. Aimer sans espoir de retour. Toute blessure peut devenir dure joie, dès aujourd'hui.

L'HONNEUR D'ÊTRE HOMME

Quelqu'un qui vous dit qu'il prie, qu'il a prié, qu'il priera vous fait rougir. Est-ce qu'on parle de son amour ? Il n'y a rien à attendre d'un type pareil. Bien sûr, ce peut être un saint. Le langage trahit.

Que les gens qui ne prient jamais sont reposants, qui n'ont pas de mots pour tout, qui refouleraient plutôt la prière. Leur silence parfois parle.

Prier c'est partir, aimer, écrire, peindre, mourir en chaque instant.

Se demander *s'il faut* prier aujourd'hui prouve qu'on parle encore du sein de l'idéologie. Il ne *faut* pas. La prière monte du cœur de la vie.

Ceci peut arriver. La prière était devenue un tel poids. On laisse tomber. Un jour elle se met à envahir l'existence. On ne décide pas. Cela survient ou non. « La prière n'est pas parfaite, dit Cassien, si le priant a conscience de lui-même et s'aperçoit qu'il prie ».

Prier n'est souvent qu'autosuggestion, mise en train avec des mots. Peut-être ne faut-il pas quitter trop tôt l'univers des mots. Se servir plutôt des mots contre les mots, démasquer la complaisance et le mensonge, percevoir qu'on se sert de Dieu comme d'un outil. Prier est un combat. Passer au-delà de la foi en ses propres pensées, jusqu'à la foi originelle. L'homme d'affaires est enfermé dans sa tour d'acier, de verre, l'homme de vie intérieure et d'idées religieuses peut être aussi muré dans son cloître blindé. Ne pas respecter la vie intérieure. Elle est une production comme une autre jusqu'à ce qu'une fracture se produise et que cela se prie et s'exprime en action. Ainsi un homme peut-il accéder à l'âme ample et devenir créateur avec Dieu.

Bien entendu Dieu n'a nul besoin de prières. En avoir fait ce potentat assoiffé d'hommages. C'est vous, moi qui en avons besoin afin de ne plus exister seuls, afin de quitter la coquille, rejoindre le corps universel d'amour. On ne rejoint pas autrui sans passer par le plus lointain. Pour cela il est nécessaire de perdre son identité. C'est dans cette perte que je tu te trouves. Prier c'est donc introduire l'amour, l'humour, la mort en toute action et idéologie. Donc de soi, l'acte révolutionnaire par excellence, le contraire de l'aliénation.

Compter les moutons de la prairie, les pavés de la rue, céder à une habitude afin d'avoir le sentiment d'être en ordre avec soi, avec Dieu, pourquoi pas ? Il peut arriver que la plus misérable prière soit soulevée par l'amour pour la confusion du pharisaïsme. Mais qui veut retenir, serrer, en refusant secrètement l'écoulement du temps et la mort, ne fait que mine. Ainsi quand l'amour déserte, on multiplie les gestes de courtoisie, les gentillesses. La politesse est le plus sûr moyen de prendre ses distances.

Prier c'est avouer. Quoi ? Que l'on est creux, que l'on a faim. On mange et on crie avec la bouche. Nécessité vitale. Prière, acte de pauvreté. Damnation signifie privation. Qui ne prie se damne, c'est-à-dire demeure privé, enfermé dans sa propriété privée.

Malraux écrit que « l'Art redit l'honneur d'être homme ». Honneur de qui, de quoi ? Légion d'honneur sur les cercueils ! Et Nietzsche qu'« il est honteux de prier ». Pour le disciple l'art en même temps que signe et promesse n'est que songe et mensonge. Aux paroles de Nietzsche et de Malraux il répond que l'honneur n'est pas dans la survie de l'œuvre d'art qui n'a pas le temps de voir s'éteindre les étoiles, ni non plus dans « le dialogue des formes à travers les millénaires », pas plus que dans le refus de l'humilité, que tout cela n'est que misère, divertissement et contentement de soi. Que l'« honneur » est de s'ouvrir à la transcendance que suggère toute œuvre d'art. De s'opposer à l'univers clos qu'à chaque époque — lieu géographique ou lieu doctrinal, idéologique ou esthétique — les hommes bâtissent en forteresse. À l'« homme moderne » si avili qu'en réalité il ne se complaît même plus dans la vision tragique de son destin, mais cède à l'indifférence du troupeau promis à quels abattoirs, il est rappelé que la prière comme la mort, loin d'être une humiliation, témoigne qu'il ne peut atteindre sa stature humaine qu'en s'ouvrant à l'absolu.

VOUS ÊTES LE SENS ET LE CHEMIN

Qui oserait encore parler sérieusement de Providence. Elle a trop servi pour boucher les trous, exactement comme on se sert du destin, de la fatalité, du hasard, en remuant de l'air, pour ne rien dire. Parler au nom de Dieu, connaître ses voies, aussi bien dans la vie quotidienne que dans l'histoire, ce n'est que céder à l'idéologie.

Ainsi des prodiges combinatoires qui concernent le mal, avec lesquels furent anesthésiées des générations entières... Tantôt l'on a fait du mal un moyen nécessaire pour accéder au bien, ou encore la nécessaire contrepartie du bien. Tour de passe-passe, même en admettant que Dieu soit limité par la nécessité logique. Ou bien Dieu a voulu se limiter lui-même, pour rendre libre, comme s'il ne pouvait faire que les hommes ne choisissent librement le bien. Toutes idées qui se sont imposées avec l'évidence de la nécessité à l'intérieur d'un cercle culturel. Comme écrit Claudel : *Le mal est un esclave qui fait monter l'eau.* Il importe avant tout de justifier pour que ça tourne rond dans la tête. La foi devient ainsi cette super-raison qui, à travers l'idéologie, feint de rejoindre son objet.

Telle est, dans les mentalités du moins, la théologie de fuite qui a cru se fixer dans l'absolu. Impossible maintenant de penser ni de s'exprimer dans le vocabulaire constitué par l'académisme ancien ou nouveau. De par sa démarche même il ne peut qu'être ressenti comme une imposture. C'est du fond anthropologique, au sein d'une expérience spirituelle, que peut naître une parole. Nous l'avons assez dit, on ne prend pas la vérité. Elle ne laisse que ses plumes dans les mots.

Le langage a pu longtemps modeler l'intention et la pensée de ses usagers et orienter leurs sentiments. Un jour on s'aperçoit que la confiance est perdue. Tout retour en arrière impossible.

Les uns continuent par besoin de sécurité à céder à des principes et à des interprétations, soit que le milieu porte encore, soit qu'on se dise que ce qui est vaut mieux que ce qui n'est pas encore. D'autres, par attachement névrotique, surcompensent frénétiquement en se croyant fidèles. *Ils aiment Dieu*, dit Eckart, *à la manière du paysan, sa vache pour le beurre et le fromage qu'il en tire.* Et tous ceux, vers qui va mon cœur, qui ne sont plus ni pour ni contre, ailleurs, entrés dans le grand silence. J'écris pour vous, vous dis-je comme on voit sur les camions : je roule pour vous.

La foi, en elle-même, ne donne pas de théorie explicative du monde. L'Évangile ne s'occupe pas de savoir pourquoi l'homme a été créé. Le catéchisme oui. C'est rationnel, utile, pas gai. Ce Dieu qui a créé l'homme pour être glorifié m'ennuie... Trop de gens s'occupent du sens. Mettez-vous en marche. Vous êtes le sens et le chemin.

La vie porte en elle ses raisons. Quand elle va les chercher dans les idées c'est qu'elle est malade. Les hommes de ce temps n'entendent plus la parole et donc ne peuvent aller au-devant de la Parole, parce qu'ils sont en mauvaise santé. Ils s'occupent du sens de la vie au lieu de vivre ce qui donnerait sens.

L'interprétation, si parfaite soit-elle, n'existe pas

une fois pour toutes, préétablie. Ou bien c'est n'avoir rien compris aux mots, à leur vie, à leur mort. C'est prétendre manifester la vie surabondante à l'aide de momies. Ériger une expression officielle définitive est le signe évident de l'ïdéologie.

La formulation est comme un instrument d'optique. L'instrument n'est pas fait pour être observé ni idolâtré. Il ne contient pas mais vise une réalité toujours au-delà. « Actus credentis non terminatur ad enuntiabile, dit saint Thomas d'Aquin, sed ad rem. » L'optique a fait quelques progrès. Nous savons un peu mieux peut-être ce que sont les mots, comment nous naissons emmaillotés dedans, qu'il faut conquérir sa propre identité à travers, avec eux et contre eux, afin de créer à nouveau. Toute formulation inévitablement tend à se substituer à l'expérience comme la foi tend à n'être plus qu'un passeport social. Croire qu'elle permet de faire l'unité des croyants suppose un certain aveuglement. Une personne de plus ou de moins dans la Trinité ne dérangerait guère nombre de croyants sincères. Derrière les mots, dans les mentalités, il y a tout un bric-à-brac qu'il conviendrait d'explorer. En vérité quand quelqu'un se met en marche ce n'est jamais au nom d'une idée abstraite. Finalement il n'y a qu'un chemin vrai. Tout autre est d'errance. Qui le parcourt est seul à le connaître. Partez d'où vous êtes, sinon vous n'arriverez nulle part. Rien n'arrive hors communion, mais nulle communion ne dispense jamais d'être vrai avec soi.

Je vois votre visage, j'entends votre voix derrière la vitre de l'écriture.

— Quand quelques générations auront vécu un christianisme sans idéologie qu'en restera-t-il ? dites-vous.

Pas d'utopie. La formulation est un relais nécessaire. L'idéologie est sans doute inévitable. Qui ne se voilerait la face devant le buisson ardent ? Ce qui est nouveau, c'est l'intrépidité, l'incessant souci de viser la transparence, l'ardeur encouragée à créer et à détruire pour recréer afin de mieux adhérer à la Parole internelle au corps des hommes.

Restera la Communauté chrétienne, plus dispersée, non préoccupée de faire l'histoire en agissant par sa masse, mais inscrite dedans, l'empêchant de se refermer sur elle-même, présente dans les idéologies qui la meuvent, comme un ferment ou un explosif. Expulsé de nombreux territoires qu'il avait aménagé, convié à l'exode spontané, plus concentré sur son secret, le christianisme laisse mieux apparaître un sens évangélique, de nouveau créateur, plus apte à germer dans tous les territoires, sans idée de colonisation. Ses pertes sont des gains.

Des théologiens existent, déchirés entre deux mondes, empêtrés, solitaires pour une communion plus profonde, persécutés ou non, plus prophètes que doctrinaires. Eux aussi roulent pour vous.

« LA PLUS IGNOBLE CONQUÊTE DE L'HOMME C'EST L'HOMME »

Marcel Jousse est le savant (anthropologue, linguiste, exégète, résolument multidisciplinaire) et le prophète de la mort de l'idéologie chrétienne.

Longtemps presque inconnu. Des hommes célèbres se sont inspirés de lui sans jamais le citer ni lui adresser un coup de chapeau. C'est dans l'ordre. Un tel courant à remonter. Teilhard, jésuite comme lui, avait la partie belle. Savant, mais plus porté vers la littérature, il cédait au vertige de la pensée enveloppante, extrapolait lyriquement, ralliait ainsi la foule des intellectuels qui tenaient leur vision du monde, pouvaient s'y reposer un instant, jouir.

De même la renommée se fit autour de Bultmann. Jousse n'eut qu'une poignée de disciples éblouis. Pour moi j'ai entendu sa voix dans la voix d'une de ses disciples. C'est le lot de l'homme de la parole et du « poème » de passer par le petit nombre. Un privilège.

On sait que dans *kerygma und mythos*, Bultmann, afin de rendre la foi accessible au monde moderne, a tenté de la désolidariser des mythes à travers lesquels elle s'exprime. Car pour lui la cosmologie qui est liée au Message est surannée et dresse devant la conscience d'inutiles obstacles. Que signifie Jésus *descendu aux enfers, monté au ciel, la droite de Dieu* etc. Une fois de plus un théologien de génie s'est laissé impressionner par la philosophie. En voulant traduire le Message dans le langage existentiel de Heidegger, Bultmann donne le sentiment qu'il est radicalement impossible d'évoquer Dieu avec ce qui n'est pas Dieu et le laisse étranger, absolument. Quand on a déshistoricisé, démythisé, il ne reste à la foi qu'à s'engendrer elle-même et à devenir son propre objet.

Marcel Jousse se situe aux antipodes de Bultmann. Le langage mythique souligne le thème central de la foi : la parole s'est faite chair, Dieu est devenu *mondain, « objectif », terrestre, datable.* Pourquoi s'étonner quand on entend dire que le soleil se couche, se lève, ou quand, à propos de la montagne on parle de pied, mamelon, dent, tête... Les mots sont spontanément vidés de leur sens originel. L'amour immodéré de l'absolu abstrait manifeste seulement une impuissance spirituelle.

En vérité Bultmann reste l'homme du concept et de la philosophie, étranger à la parole-poème. Jousse est anthropologue et poète. Ce ne sont pas les images qui font écran mais l'homme qui manque de santé et qui pour cela, déraciné ou plutôt n'ayant jamais eu de racines, a perdu contact avec l'au-delà du sensible. Ce n'est pas un paysannisme périmé que voit Jousse dans l'Évangile mais le fond commun éternel des hommes.

Marcel Jousse hanté par les traumatismes qui se produisent dans une école, expérimente, voit ce que tant d'autres ne font que dire par habitude. Des enfants ratatinés, la main crispée sur le manche à plume. « La plus ignoble conquête de l'homme, c'est l'homme. » Brave gosse, il s'agit de le dompter pour lui apprendre à capturer, à posséder, se battre. Certes il se rebelle à mesure que s'allonge le temps d'informations et d'études, quand dans l'absence de responsabilités il peut voir la société dans sa vérité... Mais il lui faut tôt ou tard rentrer à la maison, prendre la voie royale de la course au niveau de vie, à moins de consentir à devenir une épave... Ainsi voit-il le petit singe savant auquel, avant l'expérience vivante du choc du monde, on impose les mots de la tribu afin de canaliser son besoin créateur vers les tâches rentables.

Jousse blessé par ce qu'il entend dans les chaires,

les cours des savants Révérends. On disserte, on explique, on détruit ce qui est vie, poème, pour n'avoir point à le rejouer dans la réalité.

Tendu de toutes ses fibres *clamoreuses* (j'aime qu'il invente des mots, torde le vocabulaire, non par besoin d'originalité, mais parce que c'est un monde neuf à révéler) vers les choses et les êtres, tel il voit le petit anthropos, les recevant en lui dans son regard et son sang, d'une manière absolument unique, les mimant, les rejouant dans une transposition laryngo-buccale, abstraction spontanée, assimilation subjective, intelligeant ainsi la vie, enregistrant le réel avant le mot dans le rejeu du geste selon son rythme propre. Voilà pour Jousse le fond anthropologique « primordial ». La culture n'est qu'un vernis, le même pour tous qui refoule la sauvageté individuelle, sépare d'autrui, de Dieu, tue la vie, bloque l'action, c'est-à-dire cela même qui importe à l'Évangile.

Et que font l'artiste, l'écrivain ? Mal guéris de l'enfance qui perdure dans l'adulte : ils tentent de retrouver l'impact originel des choses en passant au-delà du texte mort pour rejoindre les gestes vivants. Ils se servent des mots mais en les exorcisant, les décapent de la sédimentation, les retournent contre eux-mêmes pour briser la convention, dire la rencontre unique malgré les habitudes et pesanteurs mentales. Leur écriture est une écriture-parole. Dans l'écriture-parole les mots ont une peau, un visage, ils frémissent de tous les gestes du corps. Être lu c'est être mangé. Le meilleur lecteur : celui qui s'empare, transforme tout en lui-même, joue sa propre musique.

Pas de professeurs en l'ordre spirituel : seulement

des découvreurs qui révèlent à autrui en s'inventant eux-mêmes à mesure. Ceux-là qu'on essaie de rejouer en soi, qui vous mettent en marche sans le vouloir. Pas d'hommes qui détiennent une autorité mondaine : seulement des *auteurs*, c'est-à-dire ceux qui engendrent, nourrissent, *augmentent* la vie. Pas de savoir de manipulation. Il existe une pensée écrite, *algébrosée*, un discours pieux qui donne la mort : tout ce qui est né de la suggestion, du seul désir, de la peur, du seul mental, c'est-à-dire produit par l'intelligence fabricatrice, c'est-à-dire tout ce qui ne vient pas de l'action et d'une expérience. Un homme ne connaît en réalité et n'est mû que par ce qu'il reçoit en lui-même dans l'obscur et rejoue spontanément. Le sens n'est pas d'abord dans les mots ni les pensées, il traverse la chair même.

La Grèce a tout faussé. « Lorsque je me trouve devant une difficulté de traduction, écrit Jousse, au lieu de faire ce que l'on fait d'ordinaire, prendre le terme grec et s'en aller dans toute la littérature du milieu gréco-latin qui nous fausse à chaque instant les problèmes, je fais le mouvement inverse : je vais dans l'araméen en venant de l'anthropologie et sans m'occuper le moins du monde de savoir s'il y a eu des Grecs... »

Les Évangiles sont nés dans l'univers palestinien et sémitique. Partir de là.

Les Grecs ont inventé une monstrueuse théophanie pour exprimer l'invisible et nous en sommes infiniment plus victimes que nous ne croyons. Ce peuple d'architectes et de sculpteurs souffre d'une hypertrophie spéculaire. Le Temple chez eux n'est qu'une machine à regarder le monde pour le guérir de sa contingence. Le Palestinien sait que l'invisible n'a jamais été vu. Voir Dieu c'est mourir. Le Dieu rendu visible n'est qu'une image idolâtrique. C'est pourquoi Jésus doit mourir, puis après la résurrection, s'absenter pour que survienne l'Esprit qui intériorise toutes choses.

Ainsi le monde palestinien au contraire des Grecs, à travers un gigantesque mimodrame, a suggéré l'invisible dans les gestes de la vie, le poème et la parabole. Loin d'être fasciné par le réel et au lieu d'en faire des images magnifiées, ou de l'exorciser par les idées métaphysiques, il le fracture, guette des passages et des signes. L'eau dans l'Exode devient du sang, la nuée est lumineuse. L'eau est changée en vin. En Jésus la Parole se propose pour être mangée et bue. L'Invisible est au cœur du réel. Impossible de croire en vérité, autrement que magiquement si l'on ne traverse pas les choses et les images. On croit avec les gestes, les pas, le corps.

La question n'est pas comment enseigner, mais comment vivre. Le christianisme n'existe pas pour être su et ne peut être qu'une insufflation sous peine d'être rejeté comme un corps étranger, à moins qu'il ne fasse provisoirement des esclaves, c'est-à-dire des récitateurs de la foi des autres. Le Message ne peut être que l'expression d'une tradition *orale* dans le mouvement et le chant de la vie. On n'apprend rien à quiconque. On donne cela qui nous fait vivre.

Marcel Jousse tente de faire comprendre comment en Palestine araméisante la Parole, *Memrâ*, s'est incarnée dans un paysan galiléen et s'est faite *manducation de l'enseignement et de l'enseigneur*.

« L'épanouissement final de la pédagogie du Rabbi-paysan, Ieshoua de Nazareth, écrit-il, nous l'avons à la Cène, dans le mimodrame du pain et du vin où l'Enseigneur, non seulement donne à manger son enseignement, mais se donne lui-même à manger et à boire... C'est là où nous avons l'approfondissement le plus effrayant du mécanisme humain primordial. »

Est-ce que j'extrapole ? Qu'importe ! Je n'explique pas. Je rejoue. Moins fidèlement sans doute que l'humble et intrépide femme qui depuis si longtemps prolonge la voix du prodigieux enseigneur... Mais il y a un niveau de lecture où l'on se dit que l'« homme de ce temps » ne peut qu'être étranger à l'Évangile. Comment dans l'univers qu'on nous fait, tout entier tendu vers le profit, un homme pourrait-il recevoir le choc du monde et la confidence des choses, c'est-à-dire entendre sa propre parole qui attend la Parole ?

Je vois Jousse en combattant fraternel. Contre l'audiovisuel qui n'est le plus souvent que le bavardage incessant de pensées, multiplié à l'infini. Pour l'oralité humiliée des territoires — et il ne s'agit pas seulement de territoires géographiques — soumis à la dictature des pensées dominantes qui se coulent avec impudence dans les mécanismes de marché à court terme. S'il n'est pas l'ennemi des villes, toute sa démarche exige que la ville puisse redevenir un lieu humain.

son enseignement, mais se donne lui-même à nous [illegible] à notre... C'est [illegible] nous [illegible] [illegible] le plus [illegible] [illegible] éternel.

[illegible] qu'il peut-on le dire ? Qu'importe ! Je n'explique pas [illegible]. Moïse il [illegible] sans doute que l'humble et [illegible] depuis si longtemps prédit [illegible] et [illegible] [illegible] [illegible] ne [illegible] que l'homme [illegible] ne pas [illegible] l'Évangile. Comment dans [illegible] [illegible] [illegible] le [illegible] [illegible] le [illegible] du monde et [illegible] des choses, c'est [illegible] [illegible] [illegible] dans la [illegible].

[illegible] [illegible] [illegible] [illegible] [illegible] le plus [illegible] que le [illegible] [illegible] le [illegible] [illegible] l'enfant [illegible] [illegible] [illegible] [illegible] de [illegible] [illegible] [illegible] [illegible] avec [illegible] [illegible] [illegible] qu'il n'est pas [illegible] des villes [illegible] [illegible] [illegible] [illegible] [illegible] [illegible].

ÉGLISE

LA VERTU SERAIT-ELLE FATALE ?

« Voici que je me suis scandalisé comme un juif, dit Anne Vercors, parce que la face de l'Église s'est obscurcie et parce qu'elle marche en chancelant dans l'abandon de tous les hommes. »

Aujourd'hui, telle la nuée de l'Exode son visage est plus lumineux que lorsqu'elle semblait régner. C'est dans son humiliation qu'est sa gloire.

Beaucoup d'hommes ont cru en Dieu par l'Église. À cause d'elle, paraît-il, ils ne le peuvent plus. C'est sans doute qu'ils n'ont pas connu sa part immergée. Certains d'entre eux qui ont renoncé à la foi de pacotille qu'on avait voulu leur communiquer sont devenus intrépides. On dirait parfois qu'ils font une expérience plus vraie, comme s'il leur avait fallu d'abord se dépouiller d'idées et de sentiments empruntés.

Mais enfin un homme qui a été réellement blessé par l'Évangile et qui a expérimenté que l'Église propose la Parole et actualise la mort et la résurrection à travers le paradoxe de l'agonie et de la dérision ne peut prendre prétexte de quoi que ce soit pour

« déserter ». Qui sort prouve qu'il n'était jamais entré. Ou bien il entraîne l'Église avec lui.

Mensonge de l'histoire. Elle ne retient que les apparences, glorifie ce qui est fort, même quand elle accable. Néglige ce qui est faible. C'est l'ordre de la Puissance. Voyant l'Église céder du terrain en acceptant, plus par la pression des circonstances, il est vrai, que par approfondissement spirituel, de ne plus vouloir être tout, elle parle de décadence ou de déclin.

Que de fois, pendant quelques années, nous aurons lu et entendu que le Pape était peiné, portait la couronne d'épines. Pourquoi pas. Nous avons un pape saint et maigre. S'il était rond, il se prendrait moins au tragique. *Je vous laisse ma paix.* Qu'importe ! Un pape rond viendra.

Combien plus inquiétante était la situation quand fonctionnaient les anathèmes et les censures, ou quand, par exemple, Ciano et Gasparri signaient l'accord de Latran sur ce cliché qui n'a jamais quitté mon regard, ou quand un pape crut sincèrement que pour protéger les croyants il convenait d'agir diplomatiquement plutôt que de se dresser contre les camps de la mort. Combien plus dérisoire quand Franco recevait le collier de l'Ordre du Christ... Il manque un *Canard enchaîné* chrétien. Sept siècles avant Jung, saint Bonaventure a écrit que l'Espérance s'enracinait dans l'agressivité...

La foi inverse toutes choses. Quand l'Église voit diminuer son prestige, quand la liberté fait craquer les pharisaïsmes, quand les prêtres soumis pendant des siècles à des pressions qui en contraignirent un grand nombre à choisir entre une vocation mensongère et l'infamie sociale, peuvent se déterminer un peu plus librement, quand les églises commencent à réaliser qu'elles ne peuvent plus se servir de leur influence politique pour peser sur des décisions morales, ce sont là les signes évidents d'une renaissance chrétienne qui n'a rien à voir, il est vrai, avec les structures sociales. Mais où prend-on que la foi existe pour consolider l'ordre de ce monde ?

Quel besoin de tant déclarer : Église du Christ, Église du Christ... Avez-vous donc si peur ? Elle ne l'est pas encore, et c'est une vérité joyeuse. Nous marchons vers Jérusalem. Qu'elle le devienne, on s'en apercevra. Qu'elle laisse la publicité aux grandes marques qui dépensent des milliards pour nous modeler la cervelle... Penser qu'elle puisse n'être qu'illumination et liberté est absurde. Heureusement ! Nous serions déjà dans la vie éternelle. Avouez que vous n'y tenez guère.

Méfiez-vous de qui se glorifie de lui appartenir. Il s'agit bien d'*appartenir*. Nul n'appartient à personne. Nous sommes l'Église en marche dans sa diversité.

La sainteté, disent-ils, s'il y avait plus de sainteté, tout serait si simple ! Ils en parlent comme d'autres du pétrole. C'est leur façon naïve et roublarde. Comme s'il était entendu que la sainteté devait laisser les choses en leur état.

Qu'elle fut ordonnée et glorieuse, au temps que papes et cardinaux faisaient la guerre et s'adonnaient à quelques autres vices. La morale pouvait recevoir des coups mais la doctrine ne fut jamais ébréchée. C'était la preuve d'une assistance particulière. L'apologétique de mon enfance savait faire feu de tout bois. Quelle imprudence ! Le temps vint très vite qu'on s'aperçut que la clôture doctrinale était précisément le symptôme d'une pensée solidifiée qui ne visait qu'à régner. Le prodige était que la Parole fît son chemin par-dessous, comme une source en même temps protégée peut-être et empêchée par le roc.

Maintenant que papes et cardinaux, évêques sont de saintes gens, paraît-il, et pacifiques, la pagaille règne. « La vertu serait-elle fatale ? » comme dit Cioran. C'est simplement que l'ordre impérial fut le produit de la chair et du sang, en partie justifié par le système doctrinal. La foi maintenant plus nue et intériorisée, révèle un peu mieux la contingence et l'humilité des choses, c'est-à-dire la vérité de la condition chrétienne.

« LE PAS DES MENDIANTS FERA TREMBLER LA TERRE »

Avant-hier, cours inaugural de Jean Delumeau au Collège de France. « Il nous manque une histoire de l'"hypocrisie" dans la société d'autrefois... L'Église n'a pas perdu la classe ouvrière. Elle ne l'avait jamais atteinte. »

Il est vrai que le schéma d'un christianisme qui aurait atteint un sommet, avant de se dégrader progressivement, ne tient pas. Dès qu'on substitue au regard dévot celui de l'ethnologue et de l'historien, cela devient d'une telle évidence. C'est le type même de christianisation réussie par les deux réformes, qui explique la « déchristianisation ». Les masses encadrées n'ont jamais vécu qu'une religion mélangée de superstitions et de magie. Maintenant que ces masses libérées des pressions religieuses, détachées des pratiques, hantées par le niveau de vie, sont happées par les rites et les mythologies de l'audiovisuel, les amalgames sont moins faciles. Du point de vue de la morale sociale il est possible que ce soit une dégradation. Dans la perspective chrétienne c'est un progrès : le dévoilement de la vérité que seul un petit nombre vivait la foi dans sa vérité. Reprocher à l'Église de se laisser expulser de ses positions n'est jamais que vouloir maintenir une illusion.

L'Église s'est trop occupée d'elle-même, de son ordre et de l'image qu'elle en donnait, en s'intéressant à ce qui ne lui était pas essentiel. Ce qu'elle a contribué directement ou indirectement à révéler au monde est entré dans l'héritage humain. Qu'importe après tout qu'on veuille oublier la source. L'important est de la maintenir vive et créatrice, même quand elle est cachée sous les décombres. Rien d'étonnant que des disciples, partout dans le monde, aient l'air de ne plus s'occuper de l'Église mais de la misère et de la liberté des hommes. Toute fraternité réelle élargit la Communion chrétienne.

Qu'elle persiste, poussée par d'anciens réflexes, à vouloir agir directement sur les sociétés au lieu de se consacrer toute à l'animation spirituelle de ses fils, son langage ne peut qu'être mou et péremptoire à la fois. Heureusement elle n'a ni les moyens ni le cynisme nécessaire pour entrer dans les fausses batailles de l'audiovisuel...

De même que l'intention évidente de Jésus, révélée par les textes, fut de ramener chaque homme en son centre, il me semble que la mission première du christianisme est d'arracher les hommes domptés de ce temps, marchandises de marché, engagés politiquement ou non, en leur proposant un espace spirituel. Le reste est insignifiant.

Quand les disciples dépris de leurs représentations factices et de leur naïve volonté de mélanger leurs pensées concoctées dans les symposiums, séminaires ou synodes, affûtées pour sauver la face, l'image de marque, seront enfin désillusionnés, leur parole émergera de nouveau.

La page prodigieuse de *Monsieur Ouine* reste vraie. Depuis si longtemps qu'elle roule dans ma mémoire, je vous la livre. Bernanos peut-être rêvait encore de chrétienté. Nous autres les petits chrétiens écrivains de diaspora, nous n'avons plus besoin de cet espoir qui masquait l'Espérance. Mais la même parole nous traverse, qui parle de ce prêtre « d'autant plus particulier, d'autant plus inclassable qu'il ne se reconnaît pas pour tel, presque toujours dupe d'apparences grossières, l'ironie des uns, la déférence servile des autres. Mais à mesure que la contradiction, d'ailleurs moins religieuse que politique et dont s'est trop longtemps nourri leur orgueil, se résout peu à peu en une sorte d'indifférence hostile, le sentiment croissant de leur solitude les jette désarmés au cœur même des conflits sociaux qu'ils se vantent ingénument de résoudre par les textes. Qu'importe ! l'heure vient où sur les ruines de ce qui reste encore de l'ancien ordre chrétien, le nouvel ordre va naître qui sera réellement l'ordre du monde, l'Ordre du Prince de ce Monde, du prince dont le royaume est de ce monde. Alors, sous la dure loi de la nécessité, plus forte que toute illusion, l'orgueil de l'homme d'Église, entretenu si longtemps par de simples conventions survivant aux croyances, aura perdu jusqu'à son objet. Et le pas des mendiants fera de nouveau trembler la terre. »

SUIS-JE MENTEUR ?

Que de fois je me serai dit : Suis-je menteur ? J'étais si étranger aux ambiances, phraséologie pieuse, à la logomachie théologique. Guère plus, à vrai dire, qu'au nouveau langage des jeunes cadres chrétiens, savants jusqu'aux dents, prospective, nouvel âge, religion de l'an 2000, qui soucieux de « rejoindre les consciences », et dans l'illusion qu'elles ne pouvaient que s'éveiller et fleurir à l'Université, s'enfermaient de nouveau dans un langage de scribe.

Devais-je m'absenter, sortir sur la pointe des pieds, émigrer définitivement ? Pour aller où ? Pour moi, hors de l'Église, ce que j'appelais ainsi, l'espace de la Parole, il n'y avait rien : des systèmes clos qui ne parlaient que d'aménagement du bonheur, d'avenir, travail, loisirs, une aliénation pire que la religieuse. Et pourtant j'avoue avoir été retenu, pendant quelque temps, par la peur de manquer. On n'est pas si brave. Mais j'expérimentais en même temps, contrairement à l'opinion courante, qu'il y avait plus de liberté dans l'Église que partout. Je pouvais m'en apercevoir tous les jours en voyant fonctionner les entreprises et les partis. Il est vrai qu'on me considérait sans doute comme un cas. Un artiste, la littérature, des fleurs sur la table, rien à craindre. Surtout j'avais quelques amis, prêtres ou non, engagés politiquement ou non, consacrés à des œuvres de secours, fidèles, sans trop d'illusions, purs comme les pierres, des pauvres qui vivaient quotidiennement ce que je ne faisais que dire. Par eux j'étais rattaché à la Communion universelle. Et enfin, *last but not least*, je savais que d'innombrables petites gens, et non seulement les vieilles femmes des messes matinales, tant de « pauvres » qui pouvaient bien mélanger foi et superstitions, petites peurs, existaient, dans l'illusion ou non, bel et bien par elle, l'Église qui était là. Qu'avait-on à leur proposer en attendant le Grand Soir ? Et je me sentais solidaire tout en suivant ma route. J'avais perdu la vision idéaliste de l'Église sainte et immaculée que l'apologétique, en jouant avec les mots, opposait à l'Église réelle, selon les circonstances, mais en voyant vivre une poignée d'hommes acharnés à la visée ultime de l'amour, médiocres, pécheurs comme les autres, mais acharnés, agis, j'étais conduit à faire confiance. Et qu'avais-je besoin de certitude ? Le murmure suffisait, d'une parole intérieure, fragile, incessante en toutes saisons, tel le filet d'une source qui parle de l'innocence. Je suivais ma pente.

Maintenant c'est parce qu'elle est humiliée et dispersée, démodée dans ses techniques, invitée par là même à retrouver la parole nue, que je me sens lié à elle indissolublement. Doucement ! Pas de proclamation. On ne sait jamais si bien ce qui nous anime. Pourtant c'est à travers son expérience que j'ai cru découvrir un certain mode d'exister et que j'ai pensé l'expérience critique en faisant mienne l'affirmation de Simone Weil : « Je reconnais à l'Église la mission, comme dépositaire des sacrements et gardienne des textes sacrés, de formuler des décisions sur quelques points essentiels, mais seulement à titre indicatif pour les fidèles. Je ne lui reconnais pas le droit d'imposer les commentaires. »

Faut-il y revenir encore ? J'aimerais bien pouvoir dire que ce n'est pas de ma vie qu'il est question ici, mais du christianisme. Mais comment en parler hors d'une expérience sans en faire une idéologie. Non, non, le *je* n'est pas un lieu nécessairement plus proche de la véracité. Mais à cause même de sa fragilité, il impressionne moins, suggère davantage, invite à la liberté.

FAIRE CONFIANCE « AUX MAUVAIS ESPRITS »

J'aurai manqué d'imagination. Longtemps cru que l'Église ne pouvait exister qu'à la manière des sociétés naturelles. Après tout l'essentiel n'était-il pas qu'elle pût transmettre physiquement la Parole et l'Eucharistie ? Qu'importait qu'elle-même dans sa part visible participât à l'inhumain. Question d'incarnation. À certains de ses fils nourris d'elle de vivre dangereusement. Qu'ils n'attendent pas qu'elle vole à leur secours : elle les renie plutôt, quitte à les béatifier quand la mort les rend inoffensifs et utiles. C'était là une dure nécessité, celle des Pouvoirs qui désavouent leurs militants ou espions. Car quelle société durerait en glorifiant l'économe infidèle, le fils prodigue, l'ouvrier de la onzième heure et sans lutter contre ses ennemis ? Que ne se raconte-t-on pas afin de justifier l'accord et la sérénité !

Lors de mes séjours à Rome je ne suis jamais entré au Vatican. Un instinct. Peur des blessures de l'ironie ou de l'amertume. Pourtant un manitou romain qui me lisait et qui se trouvait fréquenter chez les mauvais esprits qui m'hébergeaient, m'avait proposé de me dévoiler quelques aventures romanesques. Je n'avais rien à voir avec Roger Peyrefitte et nul désir d'amuser la galerie... La miraculeuse légèreté de la coupole de Michel-Ange me suffisait, la façade de Maderno, les colonnes autour de la Piazza, sur lesquelles le Bernin qui ne manquait ni d'humour ni de foi avait placé les saints. Que de fois par contre n'avais-je pas fait le tour des hauts murs. Trente minutes de marche. Je voyais la Cité telle une carapace gigantesque. Absurde et nécessaire qui protégeait et empêchait à la fois. Le feu ne devait pas flamber trop haut. L'âme sans corps il n'y a plus d'âme. La foi et l'amour miraculeux sans nulle opacité, le monde se dissoudrait dans une apocalypse. L'image de Jésus revêtu de la casaque, la couronne sur la tête, le roseau à la main, ne me quittait guère. Il ne fallait pas que les hommes soient fascinés par la lumière. Ils applaudiraient au spectacle. Que tout passe au-dedans. Pour cela qu'il y a toujours un obstacle à traverser, un scandale.

J'avais assisté de loin à quelques grandes manœuvres cérémoniatiques... Le feu couve sous le masque des formules et des rites, me disais-je, par-delà les dalles des légalismes. La nuit de Pâques on allume le cierge pascal au feu multiplié, et chacun s'en va avec son lumignon. Qu'importe la fantasmagorie impériale, tout le baroque, les habitudes ancestrales, ces cardinaux, bouddhas, évêques, protonotaires, l'armée des prêtres qui s'avançaient dans les processions, gros ou maigres, fonctionnaires ou mystiques, qu'importe ! ils étaient absorbés par les signes. Ce n'était pas leur affaire de changer l'ordre du monde, pas plus que l'ordre de la cérémonie. Abritée derrière ses murailles, masquée par les rites, l'Église, cette Église-là, de prestige et d'autorité, pouvait bien jouer les jeux mondains, entretenir à grands frais une école de diplomatie selon des méthodes policières, y compris, me disait-on, les micros dissimulés, persister à montrer ses soldats périmés, exciter la foi des hommes avec des colliers, rubans, cordons, chapeaux, Dieu était caché derrière les liturgies opaques, protocoles et discours, de même qu'il était caché au plus creux de la misère. Mais qui portait en lui la foi pouvait entendre les paroles les plus tièdes et les signes opaques fulguraient pour lui. Il ne fallait pas prendre au tragique l'appareil. La foi allait avec l'humour.

Des choses de ce genre que je m'étais dites en un lieu précis, à une certaine époque.

Les prêtres et évêques que je connaissais étaient souvent dénués de tout virus mystique, doués d'un solide bon sens. J'avais le préjugé favorable pour les hommes du corps, durs à l'illusion, à qui je supposais une vie intérieure très secrète. J'aurais voulu ressembler. Le sage qui m'habitait, le stoïcien était prêt à presque tout justifier, comme autrefois j'eusse toléré la sainte Inquisition. L'Évangile à l'état pur était un trop grand péril. Le vieil homme en moi le pense toujours un peu, d'autant plus qu'il commence à se faire vieux. Ce n'est pas une raison pour l'écouter. Vous savez bien que je n'écris qu'à l'aube, l'heure de la jeunesse... L'Église, maintenant, je le crois est conviée elle-même à réaliser le paradoxe, c'est-à-dire à rompre avec l'ordre mondain, à cesser de tant vouloir être une société complète à elle seule dans la société civile, concurrente en somme, soumise ou impérieuse selon les circonstances. Il lui devient impossible d'actualiser le Message sans le signifier par son mode de présence.

Faire confiance aux réflexes primaires. Un pape enchâssé dans une chape, écrasé sous la tiare, Jésus Président, cela ne passe pas à l'écran. On oscille entre l'humour, la pitié et la colère. Se fier aux réactions bêtes et méchantes. Je reconnais Jésus humilié, le roseau à la main. Un pape qui abandonnerait le « Saint-Siège », se débarrasserait des oripeaux et de ce qu'ils signifient, habiterait en hachélem, dirigerait je ne sais quel syndicat international m'inquiéterait bien davantage. Je ne sais quel style doit avoir l'Église. Je souhaite seulement que ce qui est écrit trouve un commencement d'accomplissement. Le style vient de surcroît.

« DANS "UNE" IL Y A "NUE" »

On voyage, on regarde en traversant des continents faméliques, les cadavres dans les villes sont ramassés au matin en même temps que les ordures, on écoute, la parabole du Bon Samaritain s'étrangle dans la gorge, la foi devient incroyable, plus rien n'est comme avant, nous avons bonne mine à tant soigner le jardin moral d'Occident.

L'Église est régionale, c'est clair, occidentale.

« Dans *une* il y a *nue* », dit Jabès.

Autrefois chacun en naissant trouvait une morale constituée qui pensait et voulait pour lui. Ce fut une aide prodigieuse en même temps qu'un sommeil ou un carcan. La morale dite chrétienne, acceptée par ceux mêmes qui s'étaient détachés de la foi, devint naturelle. Ce temps est fini : elle a éclaté en mille directions. C'est une chance. Elle peut donc se dépouiller, retrouver son insolence, redevenir semence.

Le Magistère a souvent condamné les doctrines qui naturalisaient la foi, mais dans la réalité il a tenté d'échapper aux confrontations véritables. Quelle indignation dès que les croyants qui ne le sont pas toujours pour les vraies raisons, sont persécutés. C'est risible. Dans le compromis le christianisme n'apparaît pas dans sa vérité qui est inacceptable. Il ne se révèle que dans la tension ou la polémique, pourvu qu'il ne vise ni la puissance ni le prestige. Au sein de l'ordre régnant, quel qu'il soit, il ne peut qu'être à la recherche d'un autre ordre, à la fois pacifique et insurgé.

L'Église est autre chose que la gardienne d'une doctrine et d'une morale au sens social du mot. Elle est la portion d'humanité visible ou invisible où Dieu, à mesure que s'effaçaient les images de sa représentation mythique, a trouvé plus qu'« ailleurs » à avancer, le Dieu du buisson ardent, celui d'Abraham. Elle est la Communion de tous ceux, ni meilleurs ni pires, dont le regard est réglé sur une autre distance, qui ont l'air de désigner un « territoire » humain où la nuit est un peu moins dense et qui donnent envie de croire que c'est de ce côté que l'aube poindra.

Son universalité réelle réside dans son aptitude à s'enraciner dans les particularismes et à les surmonter en suscitant l'âme vaste et l'amour effectif qui se manifestent sans nulle distinction chez un certain nombre d'hommes dont le murmure intérieur est accordé à la Parole et qui apparaissent comme témoins.

Le mouvement vers l'unité est irréversible. Autrefois il m'est arrivé de me demander si j'étais dans la vraie Église. La question remontait de l'enfance comme tant de fausses questions. Est vraie, universelle, celle, non qui affirme sa volonté de l'être, mais qui sans trop s'occuper d'elle-même communique aux hommes la foi dans l'amour. Elle n'est donc pas d'abord ici, là. Partout où surgissent des communautés qui témoignent de l'amour universel, là est la Sainte Église. Aussi longtemps que le langage ne sera pas changé — et le langage ne change que sous une poussée spirituelle — l'Œcuménisme restera ce qu'il apparaît au-dehors : une entreprise administrative, selon les lois de concurrence, dans laquelle, malgré la phraséologie des bons sentiments, se manifeste la recherche prudente de la préséance. On ne veut ni décevoir ni scandaliser. Personne ne tient à perdre sa clientèle. Pourtant elle ne deviendra réellement mondiale que dans le refus de compter et dans l'effacement.

Généralement on pense aux traditions comme à des choses : institutions, formules, habitudes. Ainsi l'Église serait un agrégat d'objets. Aux traditions de créer les hommes. Ainsi le matérialisme peut-il prendre le masque de la fidélité. Le passéisme s'attache frénétiquement au passé proche. Le futurisme se jette dans l'avenir. Tout renouvellement spirituel véritable suscite l'élan créateur qui vise l'instant où se tiennent le passé et le futur. Là est la tradition.

Comment communiquer, transmettre ? Ainsi pose-t-on la question dans l'ancien monde. On est ici, on détient une vérité, les autres sont là. Que le témoignage soit éclatant ou délicat, c'est sans issue.

Impossible à la Classe éclairée de chercher par mille détours à imposer la morale de refoulement, baptisée morale évangélique. Elle renonce à tous les tours de passe-passe qui permettent d'investir les consciences, et d'appeler foi : la peur, la culpabilité, l'importance qu'on se donne. La seule voie : reconnaître chaque être humain dans sa vérité, à travers les morales vécues, par-delà tout ce qui ressemble ou diffère. Tout ce qui est dit n'est jamais que gesticulation préparatoire afin peut-être que *cela* survienne presque sans nous.

Sa logique est de se démêler du pharisaïsme et des idéologies pieuses, c'est-à-dire de la mort. En étant ce qu'elle est, rien de plus, elle sera de plain-pied avec l'humanité entière, la foule dispersée de ceux qui dans l'humanité entière cherchent le meilleur, à l'aveuglette ou dans la clarté.

Elle le paiera, bien entendu.

L'homme chrétien n'a pas nécessairement d'étiquette. Étant comme tout le monde il se connaît à ce signe qu'il croit qu'il y a une porte ouverte sur l'absolu et tente de vivre en conséquence. Rien de rigide. Les consignes, c'était l'ancien temps, quand les croyants constituaient des troupes de manœuvre et que l'on vivait sur la fiction du grand nombre. Sa foi est créatrice parce que c'est une foi, non l'imitation ni le fantôme d'une foi. Qu'il adhère à telle ou telle idéologie, qu'importe ! D'instinct spirituel il sait que l'homme n'est pas fait pour le sabbat. Spontanément au service des hommes, parce qu'il a du goût à lui-même, il est présence de l'Église sans le savoir nécessairement, sans le vouloir.

Je la vois inventer un « style ». Qu'elle cesse de nous fatiguer avec les rappels de lois et principes. Qu'elle anime les siens, ceux qui viennent librement et joyeusement vers elle. Qu'ils poussent dans le bien et le mal de la vie, en ce monde de tiercé, loto, télé, érotisme. Pas de temps à perdre à être contre. Le vice est naturel, la futilité est naturelle. Qu'elle nous donne la forte nourriture de la Parole. La Parole est toujours critique mais aux profondeurs. Je la vois détacher les siens des structures de profit, des sécurités conventionnelles, des mythologies du bonheur, pour en faire des nomades spirituels, capables d'engagements sans illusions, toujours prêts à s'absenter pour se porter ailleurs, tendus vers l'impossible-nécessaire.

Ces hommes joyeux existent, capables d'invention et de fantaisie, proches et étrangers, imprévisibles, seuls ou en mille communautés éparses. Les mille cœurs de la κοινωνία mondiale de diaspora battent en eux.

LES STATISTIQUES À LA POUBELLE

La voici nomade, pour une part d'elle-même, présence éparse. Est-elle ici, là ? Dieu reconnaîtra les siens. Pas une cause à défendre. Nul étendard. Démobilisation. Elle devient plus proche, imprévisible. Moins de gens à se croire propriétaires des mots. Communautés qui naissent sur son grand corps, croissent et se défont pour renaître ailleurs, autrement, « miracles », guérisons, « scandales », parce que tout se passe au grand jour, témoignages d'amour fou. Acceptation du provisoire dans un monde malade de sécurisation, avant la sécurité des cimetières, Église en mouvance, une, apparemment en mille morceaux forte de sa faiblesse, autour du noyau central, avec une tête solide... Est-ce que je parlerais ainsi si je n'avais vu, entendu tant d'hommes et de femmes qui ne se demandent plus comment accommoder le Message, quelles techniques inventer, mais qui rejouent l'Évangile. Je ne pense plus au langage officiel, je reconnais une voix venue des millénaires. Il y a une source quelque part, on peut ne point la voir mais elle vit dans l'herbe qui se dresse, dans le chant d'une rainette, l'aile d'un oiseau.

Une tête solide, mais guérie des représentations. Des coups de folie. Absolution générale. Tous au banquet. La robe nuptiale c'est la visée ultime qui habite tous ceux qui s'avancent à la nuit à peine aidés de quelque lumignon. Sagesse immanente. L'hérésie s'élimine d'elle-même, comme les arbres morts des forêts. Que la vie casse ses chaînes, crée, invente, on canalisera quelque jour. C'est mieux que tant de canaux sans eau vive. Pas trop besoin de savoir ce qui viendra après...

Seulement nous avons vécu sur l'idée de Grand Nombre compact...

La vie est peu de chose dans l'énorme tas de matière, la pensée fragile dans le grouillement de la vie, et l'amour si faible au milieu des créations orgueilleuses de la pensée. Et cependant, Pascal l'a dit pour toujours, la matière prend signification dans la vie, la vie dans la pensée et la pensée dans l'amour.

Ce qui se manifeste au grand jour commence par être une passion dans la conscience de quelqu'un. Nul ne connaît ses ressources. Plus on puise dans la corbeille, plus il y a de pains. On donne ce que l'on n'a pas.

David, après avoir fixé les frontières de son peuple, voulant évaluer ses biens et calculer sa puissance, entreprend des statistiques. Il est condamné au premier livre des Chroniques, au second de Samuel. Certes la Bible sait compter, sept, quarante, mille, dix mille, mais en chiffres symboliques parce qu'elle relate une histoire qui passe l'histoire.

Comprendre ce paradoxe. D'une part le salut est universel et donc vise l'humanité entière, d'autre part le Message exige une adhésion intime. Les choses sont ainsi. C'est l'ordre de la vie spirituelle. Le levain doit être le levain. Lui seul peut soulever la masse. Les techniques indiscrètes d'influence sont la pire trahison. Allez, enseignez toutes les nations... Mais il s'agit de proposer la transformation intérieure.

Insidieuse la tentation. Car il est risqué et long de faire confiance à la force spirituelle. Commode, pour échapper à la solitude et à l'incompréhension, d'utiliser les moyens riches en communiquant la foi comme une opinion. Un apôtre qui se met à construire est perdu, ou sauvé. La *sorge* le tiendra éveillé. Vie intérieure liquidée. Le levain est emprisonné sous la carapace de ses œuvres.

À partir du dernier Concile on a essayé de perfectionner l'image de marque. Somme toute il s'agissait d'entrer très vite dans une économie de marché à court terme. Au lieu de poser la question : Que vivre ? Comment vivre ? qui supposait une transformation du regard, on s'est demandé : Comment dire ? Tandis qu'un christianisme dit de pointe, activiste, antimystique a voulu récupérer les énergies révolutionnaires afin de faire la même chose que l'Église officielle, inversement.

L'endoctrinement, la publicité, l'embrigadement où excellèrent les chrétientés se sont épanouis monstrueusement aussi bien à l'Ouest qu'à l'Est. La bataille de l'audiovisuel est perdue. C'est un gain. Les apôtres sont contraints de se situer ailleurs quand ils ont réalisé que le Grand Nombre est un mensonge.

Vouloir rendre le Message à lui-même, c'est-à-dire difficile, refuser d'en faire de la bouillie culturelle, serait-ce là mépriser les « petits » ? Depuis le temps que j'entends cette chanson ! Les petits est-il nécessaire de le redire, ont l'intelligence spontanée des choses spirituelles. Ce sont les éclairés au contraire, ceux qui croient détenir le *sens*, comme on dit maintenant, les « scribes » et « pharisiens » qui ne cessent de faire de la bouillie à l'usage des petits, ce sont eux qui méprisent en laissant bêtifier et en justifiant, de bonne foi, le refoulement et la culpabilité qui consolident leur pouvoir. Quand je les écoute je vois un vieil adulte qui se penche sur un enfant pour lui faire : kili, kili, et il y a une lueur ironique dans l'œil du gosse qui dit : Redresse-toi, crétin.

L'amour réel des hommes passe d'abord par le refus de la foule comme foule et masse. Du moins c'est la voie d'Évangile. Il laisse l'amour de l'humanité aux politiques.

COMMENT VIVRE DANS LA DURÉE ?

Telle est la question. L'amour passionnel n'est qu'éruption s'il ne se dit dans une fidélité. Mais la fidélité peut aussi bien dire la sclérose que l'amour.

Concept, doctrine et idéologie sont les moyens-obstacles qui font un ancrage de sécurité dans la dérive. La Parole s'attaque à cette sécurité. Rien à craindre pour le concept, la doctrine et l'idéologie, nous l'avons vu : ils sont sécrétés par le désir et la peur qui sont éternels. L'important est que le combat spirituel ne cesse jamais entre ceux qui ancrent, fondent, et ceux qui veulent nous entraîner au désert.

Ainsi en est-il pour l'institution. Le bouillonnement de ce temps la sape, mais il est en même temps à sa recherche. Seul le ressentiment pousse provisoirement à la refuser. Car l'existence chrétienne comme l'existence tout court ne peut rester suspendue sur le vide. Sinon comment échapper à la dissolution et à l'insignifiance ? Seulement la logique spirituelle exige des institutions qui ouvrent réellement sur l'universel à travers les différences concrètes. Leur caractère premier ne peut être que de favoriser l'éveil, puisque la foi est toujours commencement, succession de commencements.

Écrire contre moi.

Le christianisme n'est pas nécessairement mystique. D'ailleurs il existe un mysticisme de luxe : la perception de l'éveil et de l'apaisement que l'on trouve aussi bien dans l'Évangile que dans le Tch'an, le Tao ou dans la tension volontariste de l'Hindouisme. Ce peut n'être qu'un phénomène culturel à justifier et à élargir la vie...

De toute manière les croyants mystiques sont une race infime. Depuis si longtemps qu'ils sont refoulés. La confiance et une obéissance non nécessairement passive est la voie d'une autre race qui est aussi branchée sur l'absolu. Ce sont généralement des hommes de silence, sans être nécessairement des silencieux. Une santé, le désintérêt pour la « religion », les abstractions doctrinales les sauve. Cause toujours... Mais enfin ils marchent dans la direction. Tout se passe comme s'il leur suffisait de croire sans trop d'illusions à l'expérience spirituelle de leur église. Quoique n'ayant jamais connu une quelconque illumination intérieure, la foi-amour est au centre de leur vie.

Cela est vrai. Mais il devient aussi évident que dans une société qui ne porte plus, sans expérience spirituelle directe la crédibilité du chrétien disparaît. Quand les structures se détendent, que le troupeau est dispersé, quand la lumière a l'air de ne plus venir d'en haut il est nécessaire que la foi collective devienne individuelle, que chacun fasse sa propre lecture de l'événement à travers son propre regard.

À chaque fois que j'ai entendu chanter le Credo par des foules, c'était contre. Enfant, c'était contre la laïque. J'ai souvenir d'un certain général de Castelneau. Le Credo qui suivit son discours me tira des larmes de foi...

Mais enfin ceux qui aujourd'hui se servent du Credo pour défendre l'ancienne Église ne se trompent que parce qu'on les a trompés. Les hiérarchies devraient se garder de les bousculer. Ce furent eux qui au lieu de les é-duquer les mobilisèrent. Qu'on les laisse finir en latin ! D'ailleurs plût au ciel qu'on se fût montré plus circonspect avant de balancer tant de richesses. Mais de même qu'on fut intolérant avec les avant-gardes jusqu'au moment que par un tour de passe-passe elles devinrent la majorité, de même avec une intolérance identique on s'est retourné vers les arrière-gardes. Au lieu de laisser mûrir les consciences, on utilise la voie d'autorité. C'est un autre signe évident d'infantilisme spirituel.

Ce n'est pas une raison pour ne point regarder sans pitié certaines réalités. La « pitié » concerne les individus, non les situations. À l'impuissance à lire le Livre hors des grilles, répond l'impuissance à lire certains aspects de la réalité.

Il y a longtemps par exemple que mariages et baptêmes ne sont plus dans de larges couches que les survivances d'un conservatisme social. Tout le monde le sait, le déplore ou en rit. Non seulement ils ne « transmettent » pas la foi mais sont un obstacle. Cependant le sacrementalisme perdure dans les mentalités. Baptiser, marier rassure. Le refus de courir le risque de proposer le baptême à un âge où il pourrait être un acte d'homme se dissimule sous des idées pieuses qui cachent elles-mêmes la volonté d'appropriation. On devrait savoir que beaucoup d'hommes de ce temps, en effaçant toutes traces de leur baptême, éprouvent un sentiment de libération...

Et de même il devient évident que doubler le mariage civil du mariage religieux ne peut plus apparaître à beaucoup comme un signe d'adhésion spirituelle... Des voix s'élèvent. Des réformes sont proposées. Chaque saison des initiatives sont prises çà et là qui font scandale. Faux scandales qui occupent quelque temps les spécialistes et la galerie et empêchent de considérer ce qui est à l'origine de tout : le manque de réalisme spirituel, la peur d'accéder à un christianisme dur et de liberté. Alors il faudrait tout fonder sur la foi réelle, perdre apparemment ce qui reste du grand nombre.

Rien d'étonnant que tant de ménages soient si fanatiques à vouloir garder les « traditions » d'endoctrinement et de rites. C'est que ne vivant pas profondément en eux-mêmes la foi, sans élan et sans joie, donc non contagieux, n'ayant que la nostalgie d'une communion, ils croient que les prêtres, à travers les structures et les techniques peuvent les remplacer. Quand il s'agit d'exigence intérieure, ils parlent de laisser-aller et de capitulation pour n'avoir point à considérer le désert de leur existence.

SUCCESSEURS DES APÔTRES

Besoin de réapprendre le provisoire. Peuple joyeusement en marche. « Quitte ton pays, ta parenté pour la terre que je te montrerai. » Chants nouveaux, sans cesse recréés comme les chansons de la vie. Tout commence à l'instant même.

Le prophète contre le chef de type mondain. Nécessité d'une *autorité — auteur,* celui qui donne la vie (l'auteur de mes jours), l'augmente —, d'un « chef », si l'on veut, mais sans pouvoir. « Refus d'obéissance à *pouvoir* séparé. »

Si l'Église était une armée, le système hiérarchique, tel qu'il fonctionne, serait souverainement efficace. Car ce qui fait la valeur d'une armée tient généralement à la pauvreté et à l'ambition de ses officiers et sous-officiers : ils sont à la main.

Elle n'a rien d'une armée. Chacun de ses notables, s'il n'est qu'une courroie de transmission, conduit, le sachant ou non, par la peur qui lui fait prendre le vent, ou par quelque vanité masquée ou non sous le voile de l'obéissance et de la dévotion, n'est qu'une caricature d'apôtre. Aucune communion ne se fait avec des directives et des compromis : elle naît d'une expérience intérieure de libération.

Fils de paysans, pêcheurs, commerçants, notaires, je vous connais et votre amour de Jésus et ce qu'il y a en vous de passion du bien et de désarroi. Votre désintéressement, votre habileté et votre prudence, mais aussi votre ambition vous les mettez au service de la Sainte Église et vous vous croyez justifiés Tout le monde n'a pas cette chance.

Je reviens de mission à l'étranger, Messeigneurs, un monde sans pitié. J'ai rampé dans des souterrains, souvent manqué d'eau et de pain. Vous pouvez me désavouer, comme les pouvoirs leurs espions. J'ai pactisé avec l'ennemi, joué le double jeu, mais cette mission l'un de vous me l'a donnée, il y a longtemps dans une cathédrale sous le vent des litanies. Écoutez-moi, « ce n'est pas ma chanson qui est éternelle, comme dit Bernanos, c'est ce que je chante » et qui ne m'appartient pas.

Cependant quand je m'adresse aux évêques sur ce ton impérieux, qu'on n'aille pas croire que j'ai des leçons à donner à quelqu'un. Je regarde, j'imagine un autre mode de présence au monde, pour ne pas perdre cœur. Je n'ignore pas qu'on ne peut jamais dire à quiconque d'être ceci ou cela ni lui reprocher quoi que ce soit, sans être hypocrite. Tout vient à son heure, du dedans. Je désigne des symptômes. Je laisse aller ma nature allègre.

Je me demande si pour eux être présents au monde ce n'est pas entrer dans les débats idéologiques, déclarer à la cantonade. Certes passer au large de la futilité des débats ne signifie pas s'absenter de l'événement quand il s'agit de justice et de liberté. Mais n'importe qui peut parler très bien de n'importe quoi aux concours de l'audiovisuel. Mais enfin le temps est le reflet de l'absolu... Que leur voix arrive de loin, d'un monde inconnu, surprenant, qu'ils deviennent source pour les leurs au lieu de tant jaser de tout, impeccables.

Fin de l'appel à la crise, du chantage à l'orthodoxie, serrer les rangs ! Un désintérêt pour ce qui n'est pas l'essentiel. Il faudrait avoir traversé le couloir qui mène des illusions à la « réalité ». Avoir mâché du néant. Être revenu des vanités. Avoir percé à jour le vocabulaire. Quelle traînée de lumière ! Une pensée dégraissée de pieusetés, ardente et critique à la fois, déprise des attachements et de la crispation sur des mots, qui permettrait cette *parole pleine* : l'esprit d'enfance retrouvé. L'esprit d'enfance ne commence qu'au-delà de la perception tragique et joyeuse de la vie : le contraire de l'enfantillage.

Quelques-uns de mes amis ou relations devinrent successeurs des apôtres. Je m'écartai peu de temps après. Non par décision mais faute de langage commun.

Les hommes qui deviennent évêques sont généralement intelligents et sensibles. Certes le caractère, c'est-à-dire le mauvais caractère, n'est guère prisé et ne prédispose pas à la vocation. Mais ils ne sont ni meilleurs ni pires que d'autres. Avant leur « élévation » ils sont souvent sévères à l'égard de l'épiscopat ou apitoyés. Or à peine promus ils tombent dans l'insignifiance. Après quelques éclats leur parole devient diplomatique. Visant tout le monde elle n'atteint plus personne.

Réunis pour prévoir, à la manière des chefs d'entreprise, ils semblent se neutraliser. Leurs textes sont mentaux, la résultante de compromis, c'est-à-dire des produits raisonnables qui livrent peut-être une vérité, mais sans racines dans la chair, morte, mortifère.

Cela vient. Je vais dire une chose qui me blesse le premier. L'évêque à peine nommé — il l'a voulu d'un grand désir, car il est faux de dire que l'ambition soit éteinte, et nul ne parvient sans l'avoir voulu, presque personne du moins — à peine nommé, il cesse d'être fraternel, dans le temps même que la fraternité s'épanouit sur son visage et dans ses mains. La bienveillance l'emplit en même temps que ses épaules plient sous le poids du monde et qu'il est submergé d'angoisses apostoliques. Le vocabulaire devient stéréotypé, volontaire. Sa voix cherche les passages cloutés.

Ne croyez pas trop vite que je cède à l'amertume. Il ne s'agit ni de vous ni de moi. Ma voix se trouve là, c'est tout. Chaque matin, à l'aube, en écrivant j'écoute Bach. Ne percevez-vous pas comme une sérénité ? Je vous parle du fond de l'âme, toute honte bue. Dur et amical, comprenez-vous, complice.

Trente ans que j'entends dire ces choses par les prêtres adultes des diocèses, qui ont l'œil vif, parfois les crocs, ceux qui ne sont pas des adulateurs. Ils n'ont pas de théories mais une expérience, ils savent que dès qu'un évêque a le pouvoir il commence à se défaire, tout en sachant bien qu'il n'y est presque pour rien, le malheureux. Ils en rient. Moi aussi. Il y a un temps pour tout. Aujourd'hui est un autre temps. L'Espérance est violente, vous savez bien.

Je ne dis pas que les autres notables, sur les diverses pistes du Grand Cirque, ont plus d'allure. J'ai le préjugé favorable pour les apôtres parce qu'ils sont mariés à la parole et à l'éternité. Mais précisément pour cela même on attend un *style*. J'appelle style une manière d'occuper l'espace, de poser le regard et la voix, d'exister, issue d'une découverte intérieure...

Un jour, excusez-moi, je vous ai surpris, je traversais le brouhaha que vous faisiez au sortir d'une réunion, des morceaux de conversations déchiquetées venaient à moi. Vous étiez entre vous. Qui ne dételle ? Un instant j'ai pensé, seulement un instant, qu'il était peut-être dommage qu'avec un bel ensemble vous ayez quitté le rouge et le violet, et que l'uniforme n'était point sans vertu.

Rassemblez-vous donc une bonne fois, Messeigneurs, posez les questions essentielles. Vous avez supprimé beaucoup de choses, voilé les signes de richesse, raccourci les traînes, changé de voiture, bazardé le mobilier et parfois le Palais épiscopal... Que de frais pour quelle vanité ! Ce qui reste à faire est plus grave. « L'homme réellement pauvre est celui qui ne sait rien », dit Maître Eckart.

Non pas transmettre le message de vérités mises au point en commission, mais une expérience assez intime pour inciter à la communion. Non pas chercher à vérifier par les faits des idées préalables et imposées mais considérer les faits.

Vous m'inquiétez de ne vous tromper jamais.

Trompez-vous, vous aurez plus de chances d'être justes et vrais.

De toute manière ne pas garder longtemps un pouvoir, puisque votre autorité est encore un pouvoir. L'exercer et partir, rentrer dans le rang, c'est le b a ba.

Quand tu vois un chef de file, un speaker, un maître de la vie spirituelle, un Prince des prêtres se dépenser pour quelque honneur, ne dis rien, ris. Le singe monte à l'arbre. On allait se laisser émouvoir par tant de paroles, de science et de piété. Tout est ramené à rien. Et ne pas considérer les individus. Ils pensent être humbles et pauvres pour eux-mêmes et jouer innocemment le jeu des prestiges ou de la puissance. Cette innocence-là est pire que tout. D'être si profonde l'imposture est indécelable. Une chose est évidente : les honneurs mondains, religieux ou non, poussent comme des champignons vénéneux sur un sol aride après la pluie.

Les hommes qui parlent une *parole pleine* aujourd'hui viendraient plutôt de la nuit. *Je perdrai la sagesse des sages.* Et même si par inadvertance un officiel qui n'a pas encore rendu l'âme s'arrache des tripes une parole vivante, elle ne porte pas. Trop lourd le passé. L'espace n'existe pas encore où elle pourrait retentir à l'oreille de l'*étranger.* Méfiez-vous par-dessus tout, Messeigneurs, de ceux qui reviennent vers vous en proclamant qu'ils sont de bons enfants qui croient à tout : ils aggravent la nuit.

Porte-voix des morts, répétiteurs, locataires de pensées déjà pensées, non nourries, portées, issues de blessures et de joie, moins successeurs que figurants des apôtres, tels apparaissent aux yeux de l'*étranger* les notables d'Église. Et cependant celui dont je parle a le préjugé favorable. Le murmure intérieur ne le quitte pas, qui parle d'absolu. Mais impossible de se faire entendre de lui sans se faire *étranger.*

Quel message prodigieux peut être annoncé aujourd'hui. À condition que les apôtres s'absentent des faux combats et des vrais qui ne sont pas les leurs. Leur combat est le combat spirituel « plus dur que la bataille d'hommes ». Qu'ils cessent de tant s'angoisser en se préoccupant de questions économiques, sociales, de famille, natalité... Qu'ils laissent leurs « fidèles » dans leur diversité se mélanger à la vie. La transformation de l'esprit et du cœur, la justice intérieure, voilà ce qui les regarde. Dans ce monde en proie à la démesure des désirs et des espoirs en même temps qu'à la pseudo-rationalité scientifique du progrès qui débouche sur l'absurde, à eux de signifier que le salut est aussi et avant tout au cœur de chaque homme, dans tous les *lieux* de la vie : l'espace intérieur de désintérêt et de sérénité.

Tant que le prêtre sera d'abord un fonctionnaire du sacré, le professionnel du quadrillage, c'est-à-dire tant qu'il constituera une caste, les communautés chrétiennes n'accéderont pas à une responsabilité réelle, pas plus que les soldats d'un régiment, malgré tous les aménagements faits sous la pression des circonstances.

Célibat obligatoire ou non, ouvert ou non aux femmes, le sacerdoce supposera de plus en plus une vocation née du dedans et pour ainsi dire passionnelle. C'est l'évêque qui appelle. On ne se donne pas la vocation à soi-même. Ce réalisme en lui-même m'a toujours paru d'une grande sagesse. Seulement il a longtemps masqué inattention et laisser-aller. Certains mécanismes économiques et psychosociologiques ont produit des prêtres à la chaîne.

Plusieurs prêtres ont cru que mes livres les avaient aidés. Les uns ont persévéré à cause d'eux, m'ont-ils dit, d'autres ont quitté, d'autres encore n'ont pu faire de vrai choix pour diverses raisons. Toujours est-il que j'ai su alors la somme d'illusions entretenues, de mensonges et de douleurs causées par une représentation idéaliste des choses...

Le célibat librement choisi fut une force fantastique de don et d'amour. Il contribua à créer un grand nombre d'hommes fraternels qui aidèrent à vivre des femmes-esclaves, des pauvres c'est-à-dire tous ceux qui éprouvaient le besoin de respirer plus haut. Le célibat imposé, lié au sacerdoce, empoisonna et faussa d'innombrables consciences, dériva vers les surcompensations de l'activisme quand il ne produisit pas ces fois fanatiques qui n'étaient que la cristallisation d'un désespoir. C'est une voie morte depuis longtemps. Avant de penser au « bien de l'Église » à court terme, tel du moins qu'on peut se l'imaginer selon les schémas conceptualistes et administratifs, il convient de penser à la liberté des hommes. Beaucoup de choses en ce domaine n'ont tenu que par la torture des uns, l'hypocrisie des autres. Ce fut sans doute l'une des causes de l'affaissement et de la tristesse du monde chrétien juste avant la « désertion ».

Il n'y a pas de crise des vocations.

Il y a des vocations plus vraies en petit nombre. L'appel ne cesse jamais. Des jeunes gens désireux de répondre, j'en ai rencontré. Ils n'étaient pas tous riches. Ils ne s'en allaient pas parce que riches. L'« odeur » les incommodait quelquefois. Certains sont allés au marxisme et en sont revenus pour les mêmes raisons qui les avaient arrêtés au seuil de l'Église.

L'apôtre de ce temps, l'homme d'*autorité*, je le vois plus nombreux qu'autrefois, si bien que son prestige de notable s'efface, « armé d'une tête sans fièvre, comme dit Nietzsche dans *Aurore*, d'une poignée de savoir et d'une bourse pleine d'expérience », incapable de tirer gloire ou de crier victoire, donc de susciter envie ou hostilité. Vivant plus en profondeur il éprouve sa propre incroyance si bien qu'il est le frère des athées et incroyants, non plus seulement en volonté et paroles, c'est-à-dire en illusion. La Parole d'Évangile et d'Église est devenue *sa* parole, l'internelle parole si bien qu'il est comme une humble auberge qui ne rejette personne, qu'on éprouve le besoin de l'aller voir, de se taire, de parler, comme on va chez un guérisseur, comme on cherche un gourou sans qu'il ait rien à voir avec un gourou. Lucide, fortement sceptique sur tout ce qui tient la scène, guéri de beaucoup d'espoirs et de peurs, sans plus de vertu que quiconque, capable de solitude et de silence, sans besoin de reconnaissance, apte à lire parfois sur les lèvres d'autres mots que ceux qui sont prononcés, à dépister avec douceur le mensonge dans la sincérité, sans craindre d'éprouver du plaisir à lui-même sans quoi l'on ne donne rien à personne.

La *voie du maître* est inscrite dans l'Évangile et dans la nature même du Christianisme « intérieur » révélé « aux apôtres et aux petits » et qui leur permet d'échapper à l'illusion des idées générales qui sont le propre du christianisme exotérique qui n'atteint, quand il l'atteint, que le mental. Le *maître* révèle Dieu et la vie éternelle dans la sympathie, à l'instant même, et non dans une morale abstraite qui laisse étranger et indifférent quand elle ne suscite pas la culpabilité.

VEUX-TU RECEVOIR LE BAPTÊME DE L'ESPRIT ?

Le vieux corps bouge et reverdit, on dirait.

On pouvait penser que la tradition secrète révélée aux apôtres et aux « petits », anticipation de la révélation finale, qui s'épanouit aux premiers siècles dans la Gnose orthodoxe, était définitivement réservée aux monastères et à quelques privilégiés individualistes. Car d'une part l'Église traditionnelle pouvait bien être l'Église des saints, elle apparaissait comme l'Église des saints morts, prisonnière d'une pensée systématiquement fonctionnelle, impuissante à parler le langage des vivants. On eût dit malgré les apparences de renouvellement que le charismatisme évangélique était tout entier absorbé par les rites. D'autre part une minorité de chrétiens activistes et antimystiques, sans doute parce qu'ils ne pouvaient après tant de siècles de confusion que confondre mysticisme et idéalisme, ne semblait être animée que par des projets de société et soucieuse avant tout d'adapter l'Évangile à notre temps. Mais il ne suffit pas de transformer les apôtres en militants, d'appeler Jésus Issa, de le faire entrer à Jérusalem à bicyclette ni de changer Simon de Cyrène en prolétaire sénégalais, pas plus qu'il ne suffit d'adhérer à la C.G.T. pour témoigner de la plénitude intérieure que peut donner la foi... On a beau admirer la générosité et la rigueur des militants, être accordé au regard critique qu'ils portent sur le monde chrétien, on perçoit en même temps un manque : ils croient un peu trop à leurs analyses et à leurs projets, ils collent un peu trop aux espoirs humains. Tout cela est dénué de fantaisie, d'humour et finalement de liberté intérieure, c'est-à-dire de vie éternelle ici présente.

Or voici qu'une ferveur a surgi, l'amorce d'un printemps autour des communautés de prière ou de vie. Enfin quelque chose de surprenant qui dérange. Le conceptuel et le rationnel ne sont généralement pas niés mais débordés. Le pathétique contre la dissertation et le planning. L'assurance contre l'hésitation. La hardiesse et l'intrépidité spirituelles. Une adhésion qui ne naît plus seulement d'un ajustement de mots et d'idées mais d'une sorte de connaturalité.

Des hommes et des femmes semblent faire l'expérience de la joie. Dans leur existence il y a avant et après l'effusion de l'Esprit. Avant il y avait crispation sur un malheur ou un désir, poursuite frénétique de la réussite, ou bien tout était embrouillé et terne. Après, une simplification s'opère, une sorte de légèreté dans la confiance. Ils traversent des difficultés sans pour ainsi dire les apercevoir. Une relation humaine redevient possible, l'attention à autrui, la rencontre... On dirait que la prière produit des fruits visibles. D'elle-même cette expérience s'oppose aussi bien à la sclérose passéiste qu'à l'activisme. C'est une évidence.

Cependant je confesse avoir éprouvé le désir de fuir et avoir fui. Trop de miel et d'ambiance. Tous ces Seigneur, Seigneur, Jésus est Seigneur... Et ces micros tendus, ces magnétophones en action, sans parler des filles qui se roulent pudiquement par terre ou éclatent de rire. Et trop de larmes.

Nous avons depuis si longtemps l'âme grevée de réserve, domptés que nous fûmes aux assemblées lisses et tranquilles, que lorsque le corps se met à parler avec franchise nous rentrons dans notre coquille. Nous voulons que la paix règne au-dehors, n'est-ce pas ? C'est-à-dire que pour notre confort intérieur nous sommes du côté des censures et des refoulements. Pas de confusion, n'est-ce pas, de la clarté, et qu'on ne sache jamais ce que cache cette limpidité !

Il fallut plusieurs jours au stoïcien que je reste malgré tout pour s'interroger sur ses propres réflexes, mais j'avais trop rencontré de paumés, d'idéalistes blessés et trop expérimenté mon impuissance à les aider ou plutôt à leur permettre de s'aider eux-mêmes pour ne pas me réjouir que certains aient pu trouver un lieu où s'exprimer. C'était moins dispendieux que la psychanalyse. Est-il meilleur que les malheureux gardent leur masque ? Pour qui est-ce meilleur ? Tout ne vaut-il pas mieux que le mensonge et l'hypocrisie fondés sur la peur ? Ou bien fallait-il donc laisser dériver l'émotivité vers la drogue et le suicide ? D'autre part, en ce monde programmé où nous sommes, il me semblait merveilleux qu'il y eût ces zones de folie et peut-être de libération et de grâce, où des êtres humains hors des voies de la croissance et du confort disaient avec franchise leur désir de béatitude.

Tout expliquer par les techniques de suggestion et la dynamique de groupe me paraissait trop simple. Pourquoi ne pas accepter d'abord la réalité humaine dans sa diversité avec toutes ses ambiguïtés : miracles ou pseudo-miracles, parler en langues ou don des langues ? Ce n'était pas à moi de juger globalement même si je gardais une forte dose de scepticisme et d'humour par rapport à ces signes extérieurs de richesse spirituelle.

Certes les invocations innombrables, l'affirmation sans cesse réitérée que l'on vit en communion avec le Seigneur, comme si l'on voulait s'en convaincre, la joie exaltée ou calme peuvent n'être qu'un produit parfaitement identifiable : surcompensation, feu de paille, sentiment nouveau d'appartenance à un groupe, fuite de toutes responsabilités... L'attitude même des diverses hiérarchies par rapport aux charismatiques pouvait sembler inquiétante par sa bienveillance même. Les braves gens, ils obéissent, ils prient, ils ne nous créent aucune difficulté avec des engagements politiques. Peu vraisemblable qu'ils fassent bouger les institutions. Suivons-les, nous sommes leurs chefs...

Le risque est que les communautés nouvelles servent d'alibi et s'accommodent du dualisme traditionnel en distinguant entre les *choses de Dieu* et les *choses du monde*, dans la pensée infirme que tout s'arrange avec le Saint-Esprit. Or il est évident que si la foi se tient à distance des espoirs humains elle ne peut se bâtir contre eux en substituant la seule charité au combat pour la libération des hommes.

Toutefois la pensée me venait que ce n'est ni le bon sens ni le réflexe stoïcien qui permettent le discernement, mais l'intelligence seconde, cette sorte d'instinct-intelligence infaillible que donne le Saint-Esprit « que nous avons tous reçu », ainsi qu'il est dit dans les Actes des apôtres. Le Saint-Esprit n'est pas lié nécessairement aux miracles et à la prophétie, comme Paul l'écrit aux Corinthiens, mais à l'amour actif et à l'orientation générale de la vie. Il ne s'agit donc pas de récupérer mais d'animer, en conciliant dans une tension vivante l'élan spirituel et l'attitude critique. À cette condition-là sans doute les mouvements charismatiques pourraient vivifier la vieille Église, la déprendre de son intellectualisme de pacotille et des idéologies confondues avec la foi, tout de même qu'ils pourraient faire fleurir la branche des nouveaux apôtres.

Mais finalement comme toujours, infiniment plus que des réflexions, ce sont des rencontres inopinées qui m'ont permis de ne pas me détourner et d'essayer d'être juste.

Un médecin, jeune encore, solidement implanté, avide de serrer chaque soir sa poignée de billets pour avoir le sentiment d'exister. Tous les signes extérieurs de la réussite et de la richesse. Son malheur ou son bonheur a été de fréquenter une assemblée de prière. Et voici la suite : décision prise après quelques mois de réflexion en accord avec son épouse. Quitter la ville, rejoindre un village du centre dans lequel se constitue une sorte de communauté dispersée. Ne même pas dire qu'il est médecin. Faire le travail qui sera utile, n'exercer son métier que s'il faut un médecin dans le coin... Mauvais exemple. Si chacun en faisait autant ! Mais non, rien à craindre, hippocampes ! vous le savez bien. Quelque chose comme la prière l'a envahi, peut-être bien.

G. environ trente-cinq ans, une fille de douze ans, son mari, homme d'affaires, grosse situation. Elle a participé sans enthousiasme à des assemblées de prière. Son mari parfois l'a suivie, par amour. Un jour elle demande l'imposition des mains.

— Pourquoi désirez-vous recevoir le baptême de l'Esprit ?

— Pour sortir de l'égoïsme, être délivrée du démon de l'épargne.

Il n'y a pas d'éblouissement. Les jours passent, jusqu'au moment qu'elle se demande : À quoi nous sert tout cet argent ? Tandis qu'une douleur l'atteint en pleine poitrine. Nous autres nous regardons la télé, les réfugiés sur les routes, les ventres ballonnés des enfants africains ou asiatiques, et nous éprouvons des émotions, nous avons des idées et opinions : elle, non, elle passe aux actes... Successivement ils adopteront une petite Vietnamienne, une Algérienne et un garçon français de deux ans, sourd et muet psychique parce qu'il n'a connu que les coups... J'écoute, je regarde. Aucune trace de tension ni d'exaltation. Elle fait naturellement des miracles. Le mari, la fille, tout le monde suit, devance.

J'ose à peine parler de Gerda. Elle risque de jeter la suspicion sur tout le reste. Sa vie se passe parmi les mannequins. Elle-même dirige la partie mode d'une importante revue. Sculpturale, éclatante, sophistiquée. Pourquoi est-elle allée à quelques assemblées de prière ? Entraînée par une amie. Le coup de foudre ? Non, plutôt le sentiment d'étrangeté, suivi d'une réaction-retard. Une pensée pendant des mois la travaille, quelque chose comme la vanité universelle de toutes choses, jusqu'au jour où, stupeur, elle décroche... Elle est allée voir un prêtre simplement pour lui demander quel était l'ordre de femmes le plus austère. Elle est entrée chez les Clarisses. Quelques jours avant de plonger, elle a organisé une vente aux enchères au profit du Tiers Monde. Tout y a passé, robes, fourrures, mobilier de luxe... Fuite devant la vie ? Chagrin d'amour ? On ne dirait pas. Pendant quelques années elle a été liée à un Tunisien : ils se sont séparés d'un commun accord sans drame. L'étonnant est que tous ses amis chrétiens, sauf un, ont été résolument contre. Ils parlent d'amour de Dieu, d'absolu, vie éternelle : mais si quelqu'un passe à l'acte ils s'insurgent. C'est trop terrible d'entrer tout vivant dans l'éternité. Ils disent ce qu'on dit en pareil cas : Elle ne tiendra pas. On se rassure comme on peut. J'ai beau guetter le son de sa voix, son regard au-delà des grilles, afin d'y déceler quelque illusion protectrice. Je ne discerne qu'une paix armée. Et nous les réalistes sommes-nous si sûrs de n'être point enclos dans notre petite névrose de bonheur ? Il est certain que son visage était fait pour être peint, sophistiqué, encadré de ses longs cheveux. Nu, il a l'air de crier de pauvreté. Je ne puis dire que Gerda ne m'effraie point. Mais enfin j'aime l'insolence du Saint-Esprit, s'il s'agit de l'Esprit.

Un théologien de stricte obédience aristotélicienne et thomiste a craqué au cours d'une session à laquelle il participait en observateur. Les larmes ont coulé. Ça ne prouve rien, bien entendu. C'était un homme sérieux, je le jure, de grande autorité, qui savait ce qui était juste, orthodoxe, risqué. Maintenant il rit de sa sagesse. Il lui arrive d'imposer les mains. Je l'ai entendu dire : Les idées à la poubelle ! Il va trop loin. D'ailleurs il ne manque pas d'humour. Mais il me semble deviner ce qu'il veut dire sans éprouver le besoin d'expliquer. Que la philosophie comme telle n'aboutit jamais qu'à la création et ne démontre que sa propre perfection logique. Pour adhérer réellement au Dieu incréé il faut se nourrir de lui, obscurément présent dans la création certes, mais incarné en Jésus-Christ, qui nous habite maintenant par l'Esprit. Et c'est dans cette « connaissance » que nous connaissons le monde et nous-mêmes, et hors d'elle, à travers les seules représentations conceptuelles, nous ne pouvons percevoir qu'absurdité ou néant.

INSTANT

Quelle fatigue, Bernard, pourquoi m'être tant mêlé de concept, d'idéologie et d'institution ! C'est la dernière fois, je le jure, avant que je ne rejoigne la majorité. Comment fallait-il faire ? Galoper dans le poème, tu te retrouves seul, ou bien on te regarde comme une bête curieuse. Presque personne ne veut de « vérités faites pour les pieds, de vérités qui se puissent danser. » Tu te dis que tu vas les suivre dans leur aquarium, entrer dans leur jeu pour les *éduquer*, et tu te retrouves pris au piège avec des semelles de plomb. Ce livre remue trop d'idées et de sédimentations. Ma table a beau être vide et ma bibliothèque aussi depuis des années, comment oublier, cesser d'être malin, ne dire qu'au plus près ce qui vous fait vivre ? Mon espérance est qu'un garçon, une fille soient blessés, guéris par le presque rien entre les mots, qui ne peut jamais être dit.

J'en étais là quand une lettre de l'inconnue est arrivée. Sarah est anglaise, porte un nom russe, a vécu longtemps en France. Elle dit qu'une foi neuve lève en Union soviétique, acharnée comme ces fleurs de haute montagne, dit-elle, qu'on appelle *casse-pierre*, parce qu'elles poussent dans les fissures du roc. Elle n'a rien à voir avec celle de Soljénitsyne, malgré son courage, qui est « une vieille foi emplie de nostalgie et de ressentiment », et c'est pour cela que l'Occident le glorifie, parce que « l'Occident ne fait jamais la fête qu'aux pensées mortes ». C'est une foi sereine qui pousse dans les fractures de l'État confessionnel soviétique qui a pris la place exacte de l'État-Dieu tsariste. Une foi qui ne se scandalise pas d'être affrontée à ce qui est anachronique et qui trouve naturel d'être secrète et difficile parce que heureusement elle n'a pas été habituée à régner.

Ce n'est pas cela qui m'a touché d'abord. Sarah, après avoir lu *Joie errante* et *Je veux battre le tambour*, dit qu'elle s'apprête à « remonter le courant » de mes livres parce qu'elle y entend une voix de secrète espérance, « comme si vous écriviez d'un autre temps, d'une région étrangère ». « Vivre chaque jour comme le dernier, avec passion, joie et liberté, les yeux ouverts sur la douleur, est-ce cela, dit-elle, "marcher au soleil de la mort" ? "Ou bien s'agit-il de la magie des mots" ? Je voudrais comprendre. »

C'est ici que j'ai été touché. Ô Sarah, j'ai envie de te parler à la manière de Patrick White : Attendons encore longtemps avant de favoriser notre rencontre pour ne point rompre une telle intimité...

La passion de vivre serait-elle si forte, capable de susciter le poème, l'au-delà, Dieu, donner joie à être au monde, comme un gosse qui s'habille en Indien, s'imagine au Texas, un décor de carton-pâte d'absolu, fantastique évasion, clownerie, besoin de se nimber, d'être précieux à soi-même. Quelle absurdité ce serait alors de se battre contre les murailles d'idées : elles sont notre seul salut si tout repose sur le vide.

Rien à comprendre, Sarah. Aucune preuve n'est donnée sinon celle-ci qu'Au Commencement était la Parole, qu'elle est venue parmi nous, qu'elle y demeure dans l'humilité du pain de la Parole, que nous sommes quelques-uns à lui faire confiance sans preuve, sinon qu'elle abat les idoles, toute puissance et donne la vie surabondante.

Et maintenant, amis qui m'avez suivi, laissez-moi jouer une fois encore mes airs qui sont aussi les vôtres. Chants d'illusion ou de réalité, ce n'est pas notre affaire. La musique sait mieux que nous, qui nous mène où nous ne voulions pas aller.

Si toutefois le mouvement qui m'anime vous est étranger, ne vous inquiétez pas. Nul ne peut comprendre les pensées qu'il ne porte pas encore en lui. Un jour peut-être viendra que le monde vous sera donné dans son jaillissement, le visible et l'invisible, atroce et radieux, donné, repris, vous dedans infime et joyeux, présent et absent, presque à la manière de Dieu qui anime l'univers tout en lui étant étranger, le bien le mal n'étant que mouvement vertigineux, la « flèche vers l'autre rive ». Ne craignez pas trop de quitter les représentations sincères ou hypocrites, la culpabilité, les impératifs catégoriques et de tendre vers la vie joyeuse. Vous communiquerez plus de bonheur à vivre qu'avec toutes vos industries et prudences. Seulement n'allez pas vous attendre à prendre place au festin ni à être honorés par les médiocres qui font les réputations.

Êtes-vous capables de vous mettre à distance et de regarder les sociétés dans lesquelles vous dites que vous vivez ? Comme le bétail maintenant parqué, numéroté, fiché, vous êtes numérotés, fichés à la police, chez le percepteur, à la Sécurité, partout pour votre plus grand bien en attendant que des caméras vous observent à travers votre téléviseur couleur, vous avez refoulé la Providence, Dieu, mais l'État-Dieu voit tout, sait tout, vous aime assez pour vous communiquer matin, midi et soir, à chaque instant, les mots et les idées dominantes qui constituent votre nourriture « spirituelle » quasi obligatoire, pour sélectionner les livres et les images selon des lois de quantité et de marché à court terme, qui sont les lois de l'argent. L'État-Dieu vous aime au point de permettre aux idéologies concurrentes de s'exprimer. Vous êtes libres. La belle liberté de ne pouvoir être que pour le oui ou le non, comme si les opinions opposées ne se ressemblaient pas comme des sœurs.

Ne l'avez-vous pas compris ?

L'homme d'Occident est l'homme du Tiers Monde spirituel. Insondable sa tristesse. C'est la tristesse de l'homme séparé, insatiable. La pauvreté et la misère du Tiers Monde n'excluent pas une fraternité dans l'angoisse qui est collective. En Occident l'angoisse est individuelle. Vieux, jeunes, malades, handicapés sont pris en charge par des spécialistes, mais sont irrémédiablement seuls. La logique serait de les parquer dans des zones réservées. Le schéma occidental ne cédera que sous une poussée spirituelle. Sans elle les aménagements des technocrates sont insignifiants et ne peuvent remédier au malaise sécrété par la société de profit.

Efforce-toi dès ta jeunesse, mon enfant, épouse les fins que la société te propose. Son expérience est millénaire. Applique-toi, imite, refrène tes goûts, ta vocation, sois réaliste. Ton bonheur est dans l'accord. Sois blanc ou noir, rouge, majorité ou opposition, tu es libre, mais tu dois prendre parti, te battre dans la concurrence universelle qui procure le bien commun, sinon tu trahis, on te punira. Ainsi les foules entrent-elles dans les voies du conformisme, appâtées par l'argent, la réussite, matière première pour les dictatures et pour les démocraties qui pour une part sont déjà, ou encore des dictatures. Il arrive que des hommes décident d'exceller pour réformer. Ils arrivent généralement détruits, se contentent d'arbitrer entre les tendances, de modifier les apparences et d'ajuster les lois aux mœurs. D'autres s'engagent dans la voie révolutionnaire. Mais s'opposer par la violence à des vices c'est les porter en soi. Dès qu'une cause triomphe, il est temps de s'opposer à elle au nom même des valeurs qui la créèrent.

Préférence aux rebelles. J'appelle « rebelle » qui est conduit, à cause d'une certaine santé à relativiser les idées et automatismes produits en lui-même par la société. Il n'est pas assez inconscient pour la refuser. Il la bénirait plutôt pour ses installations, la sécurité qu'elle permet malgré toutes les tares. Ses réalisations l'éblouissent, les routes, les villes, les tours, si elles n'étaient tant les cathédrales de l'argent, tout ce qui ne répète pas seulement le passé mais dit la présence créatrice des hommes à leur temps.

Préjugé favorable à la société qui accepte ou supporte dans son sein les « étrangers », inadaptés, errants et tous les parasites par lesquels elle respire aussi. Dès qu'elle se ferme pour nettoyer, exclure, embrigader, il est temps de quitter la nonchalance et l'humour. Encore que du côté des « pauvres » —

ceux qui ne veulent par remplacer les riches — à l'intérieur de certaines limites, qu'on ne compte guère sur lui pour céder aux passions électorales, entrer dans les idéologies des partis qui ne cessent de bêtifier en se voulant tout, même s'il croit à la nécessité des idéologies. On sait qu'il voit assez spontanément la même chose en ce qui se proclame différent et qu'il esquive les faux dilemmes. C'est un mauvais esprit, parce qu'il n'est porté ni à commander ni à obéir et qu'ainsi on est sans prise. Si chacun en faisait autant ! Tu parles. Il y a toujours assez d'hommes pour ânonner, suivre, d'autres, tirés par la carotte, pour monter sur les scènes, accéder au pouvoir, liquider l'angoisse, masquer l'échec de l'amour. Ils sont nos serviteurs, les délégués à l'inhumain. Nous leur devons le respect.

On est trop prompt à tant charger les circonstances et le milieu. Ce sont pour une part des alibis. La société moderne n'opprime si bien les individus que parce qu'ils sont spirituellement vides et qu'ils applaudissent secrètement à cette oppression qui leur permet bien ou mal de manger la soupe des petits bonheurs.

Le « rebelle » se désintéresse des fins ordinaires : croissance, niveau de vie, réussite, respectabilité. Comment pourrait-il se sentir coupable quand il voit tant de gens occupés passionnément, avec un tel sérieux, à tourner la roue et trouver là leur seule raison de vivre. Sa mission est de désigner l'absence. Ce n'est pas une mission. C'est sa nature. Parmi les prophètes devenus agents de publicité il invite à faire la révolution mondiale en soi-même. Son seul courage est de supporter le silence et la solitude, aux jours où il est tenté de sortir. Qu'on ne le prenne pas pour un ascète ou un sage. Me touche qu'il ne veuille presque rien. À peine ose-t-il se dire chrétien. Il faudrait un autre mot, pudique.

Difficile de vivre à la fois en marge et dedans. Un piège guette l'individu dont j'essaie de parler. Afin de résister à l'incompréhension ou au mépris il est conduit, soit à se replier sur lui-même, il n'est plus alors qu'une curiosité, soit à se durcir et à forcer la voix pour désigner le mal, en oubliant que ce qui se dresse en lui contre la société, c'est ce qui secrètement pactise avec elle. Ainsi la prostituée rêve de sa première communion et de faire un mariage mondain pour entrer dans la société d'approbation. Le gangster veut finir notable. Méfiez-vous du rebelle qui se sert de son insurrection comme d'un marchepied.

Cependant quand il se supporte assez longtemps, garde raison et humour, il peut évacuer tout ressentiment. Les seules sociétés pour lui réelles sont les sociétés petites et provisoires d'amis à l'intérieur du grand corps social. Provisoires, parce que c'est la vérité de la vie, le passage. La fidélité est ailleurs.

L'écriture, quand elle est autre chose que la mise en place d'un savoir ou un miroir de nostalgie, c'est-à-dire quand elle devient écriture-parole, invite à déserter pour un autre engagement. La bataille que l'on fut tenté de mener, qu'un temps l'on mena, dans l'énorme foire du conditionnement culturel, orchestrée par les manipulateurs, montreurs, déclamateurs quasi officiels, ex-guerriers de la connaissance, joyeux drilles de la république des copains, la bataille spirituelle se déroule ailleurs...

Non que le « rebelle » possède le secret dont les mots sont éclaboussés qu'il nous jette au visage. Ne pas retenir ce que l'on découvre. Le perdre à l'instant même. Outre vide, cymbale. Imaginez qu'il détienne le savoir : il n'est plus que le comédien de lui-même. Impossible de germer sans mourir. Mais n'attendez pas votre agonie pour être illuminés. Ne croyez pas que je sois venu apporter la paix (Matthieu x), je suis venu apporter l'épée. Car je suis venu diviser l'homme d'avec son père, la fille d'avec sa mère, la bru d'avec sa belle-mère... et que l'homme ait pour ennemis les gens de sa maison.

Cassez les préjugés, libérez-vous, libérez-moi. Jetez des pierres contre les miroirs des palais de concepts, marchez dans les forêts pacifiques. Je parle en images. Aucun désir de vous changer en vieux hippies. Inutile de crier, et souriez, souriez de vous qui n'êtes pas si braves tous les jours.

Si vous entendez quelqu'un parler le langage que vous attendiez et qui vous comble, soyez en alerte. Est-ce un imposteur ? Je vous mets en garde contre moi-même. Mais ne perdez pas votre temps à être pour, contre. Laissez le presque rien pousser en vous, prendre place.

Refus de vivre seulement pour le travail, l'argent, l'illusion du bonheur, l'avenir lointain. Vos fils prendront soin d'eux-mêmes. Ils n'ont pas plus d'importance que ceux de la concierge. Donc refus de l'efficacité à tout prix et d'actions dont le sens vous est radicalement extérieur. Au premier plan la décision de créer un espace et un temps pour les jeux, la gratuité, de disponibilité à de l'inattendu, à ce qui ni ne se vend ni ne s'achète, à l'instant, à l'« amour durable ». On ne décide pas d'aimer, mais si l'on se désencombre l'amour parfois survient. Telles sont les directions qui, sans être nécessairement chrétiennes, s'accordent assez bien à l'expérience chrétienne.

Plus difficile que vous ne croyez de prospérer dans la société telle qu'elle est, d'accepter les idées dominantes, sans participer à l'inhumain. Prétendre vivre humain ou chrétien n'est qu'utopie ou illusion si l'on ne crée pas les conditions favorables. Dès que les circonstances s'y prêtent, tâchez de bondir. Gagnez moins, démettez-vous. Je ne vous dis pas de vous absenter ni de vous contenter de regarder la caravane de tristesse, mais d'être présent autrement. Si vous êtes pris dans l'engrenage, laissez s'accumuler la colère. Cette colère-là c'est de l'espérance. Le jour où vous pourrez vivre selon votre souffle et votre rythme, dépris des idées régnantes, vous diviserez. Il faudra consentir à perdre la considération, toutes fausses vertus sociales. Vous donnerez joie à quelqu'un, à quelques-uns. C'est assez.

Assumer sa solitude n'est pas nécessairement se retraire de la communion. L'approfondissement d'une subjectivité est libératrice pour autrui. Un jour peut venir, quand tu adhères totalement à toi, c'est-à-dire à ce qui te crée, que jaillit l'alléluia, tu perds le goût de t'emmurer, tout communique, tu rejoins l'universel dans une expérience vitale, tu en baveras encore mais la petite joie increvable t'attend à chaque tournant.

Des recettes. Avoir expérimenté, sans trop l'avoir voulu, qu'on n'est rien, guère plus qu'un ver de terre, et par cela même devenir intraitable. Car impossible de descendre plus bas. Donc exister assez pour être libre à l'égard des conventions et servilités, aussi bien pour les accepter provisoirement que pour les refuser. Ne nous cassez pas les oreilles, n'enlevez à personne ses certitudes, chacun mûrit à son heure, et vous-mêmes dorlotez-vous avec, mais sachez-le et souriez à ce qui naît.

Quand vous voyez des gens sérieux comme des carpes, dites-vous qu'ils regardent encore l'existence à travers le prisme de leurs idées, et, si cela vous aide à échapper à la tristesse, regardez-les précisément comme des poissons dans un aquarium.

Étranglez la phrase où vous alliez comparer le présent au passé, craindre pour l'avenir. Bondissez sur l'instant, le passé et le futur sont dedans, il porte en lui sa charge d'éternel. Cessez de vous acculer, pour cela que la mort empoisonne la vie. L'espoir déçu, le cœur brisé, elle m'a blessé à mort, il m'a détruit, quelle, quelle vanité ! Le bonheur n'est pas dans le bonheur. Il est dans l'incessante marche. Allons sortez, vivez tant que vous êtes vivants, faites quelque chose, un coup de folie, ou mieux, qui sait, si vous venez de dîner faites tranquillement la vaisselle.

ŒUVRES DE JEAN SULIVAN

Aux Éditions Gallimard

DU CÔTÉ DE L'OMBRE.

MAIS IL Y A LA MER.

LE PLUS PETIT ABÎME.

DEVANCE TOUT ADIEU.

CAR JE T'AIME, Ô ÉTERNITÉ.

L'OBSESSION DE DELPHES.

BONHEUR DES REBELLES.

CONSOLATION DE LA NUIT.

LES MOTS À LA GORGE.

MIROIR BRISÉ.

D'AMOUR ET DE MORT À MOGADOR.

PETITE LITTÉRATURE INDIVIDUELLE.

JOIE ERRANTE.

JE VEUX BATTRE LE TAMBOUR.

PASSEZ LES PASSANTS.

in Henri Guillemin : SULIVAN OU LA PAROLE LIBÉRATRICE.

LA TRAVERSÉE DES ILLUSIONS (MATINALES II).

L'ÉCART ET L'ALLIANCE.

PAGES.

Aux Éditions Stock

QUELQUE TEMPS DE LA VIE DE JUDE ET Cie.

Aux Éditions du Cerf

L'EXODE.

Aux Éditions Desclée De Brouwer

LIGNE DE CRÊTE *suivi de* LES HOMMES DU SOUTERRAIN.

DIEU AU-DELÀ DE DIEU.

LA DÉVOTION MODERNE, Introduction à *L'Imitation de Jésus-Christ.*

Aux Éditions Le Centurion

L'INSTANT L'ÉTERNITÉ, entretiens avec Bernard Feillet.

Aux Éditions Albin Michel

PAROLE DU PASSANT.

Aux Éditions SOS

BLOC-NOTES.

Aux Éditions Arlea

UNE LUMIÈRE NOIRE, Sur Beuve-Méry.

Composition Nord Compo.
Impression Bussière Camedan Imprimeries
à Saint-Amand (Cher), le 10 mai 2000.
Dépôt légal : mai 2000.
Numéro d'imprimeur : 002292/1.
ISBN 2-07-041316-0./Imprimé en France.

94560